DE FIRST LADY

JAMES
PATTERSON
& BRENDAN DUBOIS

DE
FIRST LADY

Vertaald door Waldemar Noë

Nieuw Amsterdam

Eerste druk juni 2020
Tweede druk juni 2020

Oorspronkelijke titel *The First Lady*. Grand Central Publishing, a division of Hachette Book Group, New York

Omslagontwerp Bart van den Tooren
Collage omslagbeeld BVDT
NUR 302/305
ISBN 978 90 468 2634 8
www.nieuwamsterdam.nl

FSC www.fsc.org
MIX
Papier van verantwoorde herkomst
FSC® C004472

1

Eenentwintig minuten voor de hinderlaag bevindt Harrison Tucker – voormalig senator, voormalig gouverneur van Ohio, president van de Verenigde Staten, leider van de vrije wereld en een maand verwijderd van een verpletterende verkiezingsoverwinning voor zijn tweede ambtstermijn – zich op een kingsize bed in een hotelkamer in Atlanta. Hij ligt op zijn buik met zijn voeten in de richting van het hoofdeinde, zijn kin rust op het kussen terwijl hij samen met de liefde van zijn leven naar een documentaire over de tv-serie *House of Cards* kijkt.

Een serveerwagen met de resten van twee maaltijden is naar één kant van de kleine, praktisch ingerichte kamer geduwd, en hij zucht van genot als zijn gezelschap – Tammy Doyle, die schrijlings op hem zit – hem een postcoïtale rugmassage geeft.

'Kijk,' zegt hij terwijl hij de fictieve president op het beeldscherm voorbij ziet komen, 'schrijvers moeten de politiek en het maken van deals nu eenmaal fictionaliseren, net zoals in *The West Wing* of *Madam Secretary*, maar Frank Underwood zou in het echte leven nooit tot president zijn gekozen. En weet je waarom?'

Tammy buigt haar hoofd naar hem toe en kirt in zijn oor. Voorafgaand aan dit hadden ze hun kleren nog aan en gaf hij een fondswervende speech terwijl zij toekeek vanachter een tafel die haar lobbyistenkantoor tienduizend dollar had gekost, maar nu waren ze naakt en hing er een lucht van zweet, koffie en seks in de kamer.

'Omdat hij een toupet draagt?' fluistert ze. 'Of omdat hij hoe-heet-hij-ook-alweer op staande voet ontsloeg?'

'Geen van beide,' antwoordt Harrison. 'Het is omdat hij in de eerste episode die hond wurgde. Herinner je het je nog? De meeste kiezers hebben een hond of een kat. Ze hebben een zesde zintuig voor iemand die niet van dieren houdt. Ze voelen dat bij Frank. Niemand zou op hem stemmen, geloof me maar.'

Ze drukt een kus op zijn rechteroor. 'Heb ik je dan ooit niet geloofd?'

'Als dat zo is, heb je het goed weten te verbergen… wat wel leuk zou zijn voor de verandering.'

Tammy lacht – een geluid dat hem nog steeds opwindt – klauwt haar handen nog harder in zijn rug en zegt: 'Je campagneleider hier in Georgia, Congreslid Vickers.'

Hij sluit zijn ogen. Alleen zijn Tammy heeft het over politiek na het bedrijven van de liefde. 'Ik wil nu even niet aan hem denken,' zegt Harrison.

'Dat zou je wel moeten doen,' zegt Tammy zachtjes. 'De organisatie van deze bijeenkomst was een ramp. Een heleboel mensen konden niet naar binnen omdat ze de verkeerde kaartjes hadden. Wat de campagne hier geen goed heeft gedaan.'

'Volgens mij was het een goede speech.'

Tammy buigt zich weer naar hem toe en wrijft als een spinnende kat die aandacht wil hebben haar neus door zijn volle haardos. 'Harry, de speech ging goed omdat de mensen dol op je zijn. Omdat je na jaren van conflicten en geruzie voor rust in de tent hebt gezorgd, het land in beweging hebt gebracht. En omdat je tegenstander, de achtenswaardige gouverneur van Californië, een sukkel is. Maar er hadden hier meer mensen moeten zijn, en dat fiasco met die kaartjes heeft een aantal van je donateurs danig ontstemd, wat niet had gehoeven. Het is allemaal te wijten aan Congreslid Vickers. Dump hem.'

Harrison verschuift onder haar gewicht. 'Tammy… de verkiezingen zijn over vier weken. Zou het niet als een teken van zwakte worden gezien? Trouwens, bij de laatste peilingen in Georgia hadden we een voorsprong van zes procent.'

'Vijf punt zes,' verbetert ze. 'En, nee, het zal niet als een teken van zwakte worden gezien. Het zal wederom aantonen dat je de ballen hebt om stevig in te grijpen en het juiste te doen wanneer dat nodig is. Vickers houdt de campagne alleen maar op. Schop hem eruit – het zal een opsteker zijn voor je donateurs en vrijwilligers.'

'Daar heb je een punt,' geeft hij toe. 'Ik zal erover nadenken.'

Tammy lacht nog eens, grijpt hem bij zijn schouders, rolt hem op zijn rug en gaat met al haar volle rondingen op hem liggen. Hij slaat zijn sterke armen om haar heen en wenst dat deze omhelzing nooit zal ophouden. Nu glimlacht ze, haar dikke bruine haar waaiert langs haar prachtige gezicht.

'Weet je?' zegt ze.

'Wat?'

'Ik hou van je, ook al ben je de op macht beluste, patriarchale president van dit verschrikkelijke Amerika.'

Hij drukt haar middel tegen zich aan. 'En ik hou van jou, ook al ben je een op geld beluste, corrupte lobbyist die het politieke proces corrumpeert.'

Een volgende kus, zoet en aangenaam, die alleen maar wordt verstoord door Harrisons gedachte aan wat zijn vrouw, Grace Fuller Tucker, first lady van de Verenigde Staten, op dit moment in het District of Columbia aan het doen is.

Gedoucht en gekleed in het grijze Brooks Brothers-pak dat Tammy Doyle een paar uur eerder van zijn lijf heeft getrokken, verlaat Harrison Tucker met Tammy achter hem de hotelkamer. Hij heeft een voorsprong van precies één minuut op het schema. Buiten staat de kalme Jackson Thiel – hoofd van zijn PBT, oftewel persoonlijk beveiligingsteam – op een tapijt met oosterse motieven en knikt hem toe. 'Goedemorgen, Mr. President.'

'Goedemorgen, Jackson,' zegt hij.

De agent van de geheime dienst – een lange, stevige Afro-Amerikaanse man met kort haar en het bekende krulsnoertje van een Motorola-set in zijn oor – zegt ook nog 'Goedemorgen, mevrouw', een erkenning die Harrison pleziert. Hij weet dat hij de geheime dienst in een lastige positie heeft geplaatst met zijn relatie – hij weigert het een affaire te noemen omdat hij van deze vrouw houdt. Maar hij heeft de afgelopen vier jaar een vertrouwensband met zijn agenten opgebouwd; hij heeft naar hun veiligheidsaanbevelingen geluisterd, hun verjaardagen onthouden en ervoor gezorgd dat ze goed werden behandeld. Zij toonden op hun beurt respect, genegenheid en... begrip.

Harrison loopt naast Jackson, die in zijn grijze pak naar de dichtstbijzijnde liften loopt. Jackson buigt zijn hoofd naar zijn revers en mompelt 'CANAL is onderweg' in het microfoontje. CANAL is de codenaam die de geheime dienst voor de president hanteert.

Als ze een lift hebben bereikt, glijdt de deur open en blijken er een volgende beveiligingsagent en een militair in burger in te staan die beiden een dikke, uitpuilende aktetas in hun hand hebben. De enige keer in zijn presidentschap dat Harrison zich onbekwaam voelde was de dag waarop hij werd gebrieft over de onheilspellende macht en verantwoordelijkheid die in deze aktetassen op hem wachtten: de codes en communicatiemiddelen om nucleaire wapens te lanceren.

Harrison stapt de lift in, gevolgd door Jackson en Tammy. Ze glimlacht iedereen toe en aarzelt even voordat ze naast Harrison gaat staan. Hij weet dat het klinkt alsof hij nog een schooljongen is, maar met die glimlach kan hij de hele wereld aan. Zelfs de man die de sleutel tot een nucleair armageddon draagt ziet er niet meer angstaanjagend uit.

Het is druk in de kleine lift, Tammy staat vlak naast hem. Hij laat zijn rechterhand in haar linkerhand glijden en geeft een kneepje. Hij weet diep vanbinnen dat het fout is, dat hij geen relatie met Tammy zou moeten hebben, maar ze maakt hem gelukkig. Dat is alles. Ze geeft hem liefde en aandacht en maakt hem gelukkig. En zou hij met alle nachtelijke werkuren, alle compromissen, alle zware beslissingen en alle afmattende verantwoordelijkheden om, zoals de geheime dienst hem noemt, 'the Man' te zijn niet wat geluk mogen hebben?

De lift stopt, en binnen enkele seconden beweegt de stoet zich snel door een ondergrondse tunnel. Atlanta is vergeven van de tunnels, pijpleidingen en oude doorgangen, en deze leidt naar het souterrain waarin de president werd verondersteld alleen de nacht door te brengen.

Een volgende lift, waar al een volgende agent klaarstaat. Als ze erin stappen buigt Tammy zich naar hem toe en fluistert: 'Goed. Als we zo boven zijn knijp ik ertussenuit en pak een taxi. Wanneer zie ik je weer?'

Hij draait zich naar haar toe, kust haar oor door het dikke haar heen en fluistert terug: 'Wat dacht je van New Hampshire? Over drie dagen moet ik spreken in Hart's Location, een van de plekken waar de eerste stemmen van het land worden geteld.'

'Omdat jij het bent,' antwoordt Tammy. 'Want ik heb de pest aan die staat. Ze denken daar dat ze Gods uitverkorenen zijn om de nieuwe president te mogen kiezen.'

Hij draait zijn hoofd terug. 'Maar ze hebben wel míj gekozen.'

Tammy lacht. 'Ach ja, het geluk is met de dommen.'

De liftdeur glijdt open en hij wordt opgewacht door nog meer agenten van de geheime dienst. Hij volgt hen door een opslagruimte met pallets waar in folie gewikkelde goederen op staan tot ze de openstaande metalen roldeuren bereiken van een laadperron met een brede steeg erachter. Het is nog maar net licht, en de ochtendlucht van Atlanta is verfrissend als hij zijn arm om Tammy's schouders slaat.

Het gebeurt als hij haar gedag wil zeggen.

Het eerste wat hij opmerkt zijn de felle lichtflitsen, en hij verwacht half dat er schoten zullen volgen, maar dan komen er vanuit een deuropening mensen op hem af, nog meer flitsen en...

Het zijn fotocamera's.

En spots voor tv-camera's.

Het zijn er wel tien. Ze naderen hem als hongerige monsters

die gevoed willen worden, die antwoorden willen krijgen. Hij wordt toegeschreeuwd. Ze dringen zich aan hem op…

'Mr. President!'

'Mr. President!'

'Mr. President!'

2

Grace Fuller Tucker, first lady van de Verenigde Staten, neemt de tijd om door de kantoren van de East Wing te lopen en haar stafleden goedemorgen te wensen. Haar persoonlijke beveiligingsteam van twee vrouwen en een man volgt haar terwijl ze langs de bureaus van haar jonge werkkrachten loopt die door de media 'de kinderen van de first lady' worden genoemd. Ze glimlacht steevast om het grapje, maar laat nooit merken dat het er haar op een pijnlijke wijze aan herinnert dat zij en Harrison altijd kinderloos zullen blijven.

Ze mag dan wel first lady zijn, gast bij *Ellen*, een populaire keuze voor de omslagen van *People* en *Good Housekeeping* en de beschermvrouwe van een aantal liefdadigheidsfondsen voor kinderen, maar het lot en de carrière van haar echtgenoot hebben er eendrachtig voor gezorgd dat ze nooit, maar dan ook nooit moeder zal worden.

Maar op sommige dagen, zoals deze, gelooft ze bijna dat het zo goed is.

'Goedemorgen, mevrouw.'

'Goedemorgen, mevrouw Tucker.'

'U ziet er goed uit vandaag, mevrouw T.'

Ze lacht en deelt schouderklopjes uit terwijl ze verder loopt. Ja, het is een fijne dag tot nu toe. Ze heeft vanochtend een ontbijtbijeenkomst gehad in een opvangcentrum voor dakloze kinderen in Anacostia. Er was veel pers aanwezig, en veel aandacht voor de overbevolking en het gebrek aan subsidies, en er waren – helaas – ook veel kinderen die met opengesperde ogen op matten op de vloer zaten. Ze keken op naar de drukke activiteiten van de volwassenen, kinderen die nooit een eigen bed of huis hadden gehad.

Ja, het was een goede bijeenkomst en fotosessie, hoewel ze de verleiding voelde om de verzamelde pers te zeggen dat het eigenlijk een nationaal schandaal was dat een rijk en intelligent land als de Verenigde Staten er nog niet in was geslaagd om het probleem van de dakloze kinderen op te lossen, maar die mening hield ze voor zichzelf. Er was een tijd dat ze het tegen Harry had kunnen zeggen, maar die is al lang geleden gestopt naar haar te luisteren.

De kantoren op de eerste verdieping van de East Wing waren ooit klein en benauwd en kwamen allemaal uit op één lange gang, maar de vorige first lady had ze vervangen door een grote ruimte met open werkplekken. Zij en haar stafchef zijn de enigen die nu nog een afgesloten kantoor hebben.

Een van haar stafleden, Nikki Blue, loopt naar haar toe met een koffiemok waarop de first lady met een stralenkrans en engelenvleugeltjes staat afgebeeld – hij is afkomstig van een blogsite die de pest aan haar en haar man heeft.

'Dank je, Nikki.' Ze neemt de mok dankbaar van haar over en neemt een slokje. 'Als Patty me nu mijn dagschema brengt en...'

Er is iets mis.

Er is iets verschrikkelijk mis.

Het praten en kletsen is gestopt. Er klinkt gefluister en gezucht, er is een doodse stilte over de kluwen werkplekken gevallen.

Ze draait zich om en ziet waar iedereen naar kijkt.

Naar een drietal tv-schermen dat aan het plafond hangt, en die alle drie op dezelfde nieuwszender staan.

'O, wat een klootzak,' fluistert iemand.

Op de schermen is te zien hoe haar man ergens in Atlanta in een steeg staat. Hij is in shock, als een hert dat 's nachts door het groot licht van een auto wordt gevangen, en houdt zijn arm om de schouders van een andere vrouw geslagen...

Een andere vrouw.

Grace staat als aan de grond genageld, ze probeert het trillen van haar benen tegen te houden.

De video wordt steeds opnieuw afgespeeld, als een echtelijke Zapruder-film: Harry, die door de geheime dienst in een zwarte SUV wordt geduwd; de vrouw – zeer aantrekkelijk, moet een koud en rationeel deel van Grace toegeven – die een hotel in vlucht, zich door een keuken haast, de ingang van het hotel bereikt en daar in een taxi springt. Het camerawerk is springend en schokkerig in een poging haar bij te houden.

Maar de taxi moet wachten om de drukke straat in te kunnen rijden, en de vrouw – die nu Tammy Doyle wordt genoemd, een lobbyist van een toonaangevend kantoor, hier in DC – houdt haar hoofd van de camera's, microfoons en het geschreeuw afgewend.

Nu is het beeld weer terug bij het begin: de in het nauw gedreven Harry die in de SUV wordt geduwd, waarna de auto wegrijdt. Dan verschijnen de hoofden van de commentatoren, die hun meningen, theorieën en diepere gedachten uitbraken – terwijl het nieuws pas een paar minuten bekend is – en Grace schrikt als ze de hete koffie op haar trillende hand morst.

Ze houdt de mok recht.

O, wat zou ze hem graag naar de tv-schermen willen smijten.

Ze draait zich om en weet een glimlach voor haar kinderen te forceren.

'Ik ben in mijn kantoor,' zegt ze. 'En kan iemand die verdomde telefoon opnemen? Er moet hier gewerkt worden, mensen.'

Grace loopt haar kantoor in, sluit de deur zachtjes achter zich en draait hem op slot. Haar hand trilt nog steeds als ze de mok op haar bureau zet.

Ze doet alle lichten uit en houdt zichzelf vast terwijl ze tegen de afgesloten deur leunt.

Ze zal niet huilen.

Ze zal niet huilen.

Dat plezier zal ze haar man niet gunnen, ook al is hij honderden kilometers van haar verwijderd.

Grace schrikt als er een telefoon op haar bureau begint te rinkelen. Ze hoort aan de toon dat het de privélijn is en ze weet wie ze aan de andere kant van de lijn zal horen.

Nog nooit in haar leven is ze zo geschrokken van het gerinkel van een telefoon.

3

Toen hij jaren geleden campagne voerde om tot senator van Ohio te worden gekozen, herinnerde Harrison Tucker zich dat hij eens een artikel over de Air Force One op 9/11 had gelezen. Er stond in dat de piloten zo'n snelheid maakten om de president zo snel mogelijk uit Sarasota, Florida, weg te krijgen, dat de passagiers in hun stoelen werden gedrukt en het vliegtuig bijna verticaal opsteeg om een veilige hoogte te bereiken.

Nu hij zelf president is zit Harrison in zijn goed uitgeruste en comfortabele werkruimte in het middenstuk van Air Force One en wenst dat het massieve en kostbare toestel hem naar een veilige en onbereikbare plek kon vliegen.

Maar dat is niet mogelijk.

Er is geen veilig toevluchtsoord na de gebeurtenissen in Atlanta, en het nieuws zal alleen nog maar slechter worden. Zijn bondgenoten in het Capitool zullen aarzelen om nog langer in hem te investeren. Met de verkiezingen in het vooruitzicht zullen de invloedrijke columnisten en bloggers hun steun aan hem heroverwegen. De gouverneur van Californië zal zijn kans ruiken om de race om het presidentschap in zijn voordeel om te buigen. En al Harrisons plannen en dromen om de miljoenen mensen in de wijde uitgestrektheid van dit land te helpen staan op de tocht.

Aan de andere kant van zijn grote, glimmende bureau zit Parker Hoyt, zijn stafchef, de man die al jaren achter de schermen opereert – die deals maakt, invloed uitoefent en ervoor heeft gezorgd dat hij tijdens zijn weg van de Senaat van Ohio naar 1600 Pennsylvania Avenue geen averij heeft opgelopen. Zijn donkerblauwe ogen staan ernstig, zijn grijswitte haar is kort opgeschoren en hij heeft een haakneus die door elke politieke tekenaar in het land is bespot.

Parker werpt hem een meelevende blik toe. 'Ik had je gezegd dat je uiteindelijk tegen de lamp zou lopen.'

'Ik weet het.'

'Ik had je gezegd dat de meest gefotografeerde, de meest gevolgde man ter wereld niet weg zou komen met een eeuwigdurende affaire.'

'Ik weet het.'

'Ik had je gezegd dat...'

Harrison heft zijn rechterhand op. 'Jezus, Parker, nu geen "ik-had-je-gezegd" meer, oké? Geef me een plan, een blauwdruk, iets waardoor ik dit verhaal achter me kan laten, iets wat me... van deze ellende verlost.'

'Over dit verhaal gesproken, achter in dit vliegtuig zit een tiental journalisten op een verklaring te wachten.'

'Laat ze maar wachten.' Harrison draait zijn stoel een slag en kijkt naar de rij van vijf raampjes met links het opengeschoven gordijn. Hij ziet het lege, beboste landschap van het zuidoosten onder zich. Er is zo veel ruimte in dit land... en even benijdt hij de mannen van zijn leeftijd die daarbeneden in kleine stadjes wonen, in kleine huizen en met kleinere problemen.

Hij draait zijn stoel terug. 'Parker...'

Zijn stafchef knikt kort. 'Goed. We zullen je relatie met Tammy Doyle volmondig toegeven.'

Een koud en hard gevoel daalt in zijn borst neer. 'Kunnen we niet gewoon zeggen dat ze... een vriendin is? Een reisgenoot? Iemand die me gezelschap houdt tijdens al die lange reizen?'

Parker schudt resoluut zijn hoofd. 'Mr. President, met alle respect, word wakker. Je hebt de pers vier weken voor de verkiezingen een vette kluif toegeworpen. Ze zullen haar achtergrond natrekken, haar reisgeschiedenis, haar relatie met jou. Ze zullen jouw campagneplaatsen vergelijken met reisjes die ze heeft gemaakt om haar cliënten te ontmoeten. Dat is stap één. Stap twee is dat ze met mensen zullen gaan praten, en die zullen dat maar al te graag doen. Er hoeft maar één kamermeisje te zijn, één hotelbediende, één loslippig persoon die zijn of haar vijftien minuten van roem wil pakken, om bevestigd te krijgen dat jullie ergens samen de nacht hebben doorgebracht… in New Orleans, LA of Chicago.'

Harrison zucht. 'Niet in Chicago.'

'Dat is dan mooi voor je,' zegt Parker. 'Maar we zullen hun voor moeten zijn, en dat houdt in dat we ons aan een script zullen moeten houden. En ik waarschuw je maar vast, je gaat het niet leuk vinden.'

Het koude gevoel is er nog steeds, maar hij weet uit ervaring dat je op Parker Hoyt kunt bouwen. Zijn stafchef weet niet alleen uit welke kasten lijken kunnen vallen, hij heeft er ook voor gezorgd dat ze er terecht zijn gekomen. Harrison noemt zichzelf graag een realist – iets wat hij tijdens zijn eerste presidentsrace tegen de kiezers zei – en weet dat hij zonder Parkers raad en adviezen niet in het Witte Huis zou zitten.

'Goed dan,' zegt Harrison. 'Wat is het script?'

Parker knikt tevreden. 'Het begint met een telefoontje naar je vrouw, dan een dag of twee op een onbekende verblijfplaats, dan een excuus en dan een foto dat jullie hand in hand over de South Lawn lopen voordat jullie de Marine One nemen om naar Camp David te vertrekken. Misschien dat je een prominente geestelijke moet vragen om je met raad bij te staan. Dan kiezen we zorgvuldig enkele mediabronnen uit om te lekken dat de first lady woedend op je is, dat je op de bank of in de schuilkelder van het Witte Huis moet slapen, maar dat ze openstaat voor vergeving en een eventuele verzoening.'

Harrison wrijft over zijn gezicht. 'En hoe moet het met Tammy?'

Parker vloekt. 'Je vergeet haar. En wel nu, op dit moment.'

'Maar ze…'

'Het kan me niet schelen of ze Moeder Teresa, 's werelds beste minnares, een politiek genie en ook nog eens gourmetkok is... ze bestaat niet meer voor je. Je moet je druk maken over je herverkiezing en over de first lady. Ze is niet alleen woedend en gekwetst, ze is op het moment in staat om je mannelijkheid eraf te hakken en in de Potomac te gooien. En ze zal de sympathie van een groot deel van de bevolking krijgen... Kiezers, Mr. President. Dat kunnen we niet hebben.'

Harrison blijft stil. Het interieur van de Air Force One is zo goed gebouwd en geïsoleerd dat er van de krachtige motoren niet meer dan een geruis op de achtergrond is te horen.

'Is er geen andere manier?' zegt hij uiteindelijk.

'Nee.'

'Weet je het zeker?'

'Mr. President... om je presidentschap te redden... om deze natie nog eens vier jaar te dienen zul je dit telefoontje moeten plegen. En anders... geef je een zekere gouverneur van de westkust vrij baan om je over vier weken uit het Witte Huis te schoppen. Dezelfde gouverneur, vergeet dat niet, van wie driehonderd topeconomen vorige maand nog hebben gezegd dat hij als president onze economie te gronde zal richten.'

Parkers woorden resoneren in hem. Er is vooruitgang geboekt in binnen- en buitenland, maar er moet nog steeds zo veel gebeuren.

En hij weet dat hij de man is om het te doen.

Parker heeft gelijk.

Na enige aarzeling pakt hij de telefoon om de dienstdoende communicatieofficier te bellen, een man die de talenten en technische vaardigheden heeft om iemand telefonisch te bereiken, waar ter wereld dan ook.

'Geef me de first lady, alsjeblieft.'

4

Kom op, denkt de first lady, en terwijl de lichten nog steeds uit zijn doet ze enkele stappen en neemt op.

'Ja?'

Door het gekraak en de statische ruis weet ze direct dat het telefoontje van de Air Force One afkomstig is, en de communicatieofficier die daar ergens vliegt zegt: 'Blijf aan de lijn voor de president alstublieft.'

Grace leunt tegen de rand van haar bureau.

Ze wacht.

En is verbaasd over hoe kalm ze is.

'Grace?' klinkt de stem die haar ooit opwond en intrigeerde, maar die haar de laatste jaren zo vaak heeft teleurgesteld.

'Ja.' Meer wil ze niet zeggen.

Nog meer gekraak en geruis. Laat hem maar komen, laat hem de toon maar zetten.

'Grace, ik weet niet wat ik moet zeggen, ik bedoel, het spijt me zo dat...'

'Hou maar op, Harry,' zegt ze. 'Bewaar dat maar voor die meid, wie het ook is... En wie is het?'

'Zij, eh, we kunnen erover praten als ik terug ben...'

Ze valt hem in de rede. 'Praten? Waar moeten we over praten? Is ze de eerste? Is ze dat? Of is ze de volgende in een lange rij van bereidwillige jongedames die hun diensten aan de president van de Verenigde Staten verlenen?'

'Ja,' snauwt hij. 'Ze is de eerste. En de enige. En ze is niet de volgende in een...'

'O, bespaar me dit, Harry, dat ze meer is dan een minnares of een vrouw met wie je me hebt bedrogen,' zegt ze. 'Vertel me niet dat die geheime en ranzige affaire van jou zo speciaal was, en zo romantisch. Ben je nu trots op jezelf? Nou? Je hebt me vernederd, je hebt een lachertje van ons huwelijk gemaakt, en je hebt de kiezers een andere optie gegeven als ze over vier weken gaan stemmen. Wie denk je dat ze voor zich zien als ze daar in dat stemhokje staan? De eerbiedwaardige Harrison Tucker, president van de Verenigde Staten, of een man die vreemdgaat?'

'Grace, alsjeblieft, ik hoop dat we...'

Ze laat hem niet uitpraten. 'Hoop?' zegt ze op hoge toon. 'Ik zal je vertellen wat je mag hopen, idioot. Je mag hopen dat de Amerikaanse kiezers nog stommer zijn dan je denkt, dat ze de schaamteloze... waanzin om een maand voor verkiezingsdag je kansen zó om zeep te helpen zullen negeren. En dat ze niet voor die granola-met-yoghurt-etende gouverneur zullen gaan en je met een schop voor je kont uit het Oval Office zullen bonjouren. En dat je mij hierin meesleurt... Dit is jouw tragedie, Harry, ik moet er niets van hebben. Ik heb de afgelopen jaren hard genoeg voor je gezwoegd, van Columbus tot aan DC, en je weet welke offers ik heb gebracht... wat ik allemaal heb moeten opgeven.'

Haar stem verstikt, eindelijk dan, en ze bijt op haar onderlip om niet te gaan huilen. Ze wil hem niet zeggen waar ze aan denkt, dat al het goede werk dat ze de afgelopen vier jaar als first lady heeft verricht – om de hulpbehoevende en kwetsbare mensen in dit land te helpen, om voor ze te vechten terwijl hij en die verschrikkelijke stafchef van hem toekeken – nu door roddelverhalen zal worden verdrongen.

De tranen rollen nu over haar wangen. Harrison heeft haar gekwetst, maar ze vraagt zich af of hij wel beseft wat hij bij haar heeft aangericht.

Door de statische ruis heen – te wijten aan het uitgebreide telefoonversleutelingssysteem van de Air Force One – klinkt de stem van haar man, troostend en verontschuldigend.

'Grace, alsjeblieft... Ik ben in de fout gegaan, zwaar in de fout gegaan. Er is geen excuus mogelijk, het is mijn schuld… maar alsjeblieft… kunnen we het erover hebben, en het uitpraten…'

Hij klinkt niet als een liefhebbende en berouwvolle echtgenoot. Het is de stem van een door de wol geverfde politicus die een deal probeert te sluiten.

Het is te veel.

Ze valt hem nog een laatste keer in de rede. 'Wanneer land je op Andrews?'

'In… minder dan twee uur.'

'En je wilt erover praten nadat je bent geland?'

'Alsjeblieft, Grace. Kunnen we dat doen?'

De first lady haalt diep adem. 'Ik wil nooit meer met je praten. Nu niet, dan niet, nooit meer.'

En ze smijt de hoorn op de haak.

5

Aan boord van de Air Force One zet president Harrison Tucker behoedzaam de telefoon terug in de houder. Ook Parker Hoyt laat zijn telefoon zakken nadat hij naar het gespannen en woedende gesprek tussen de president en een zeer gekwetste first lady heeft meegeluisterd.

Parker bekijkt zijn vriend en president nog eens goed, de man die hij van de Senaat in Columbus naar het Witte Huis in het District of Columbia heeft geduwd, getrokken en geleid. Behalve de paar jaar dat hij bij een internationaal wapen- en inlichtingenbedrijf werkte – om zijn bankrekening te spekken en belangrijke defensiecontacten in binnen- en buitenland te leggen – is Parker nooit van Harrison Tuckers zijde geweken. De president is een slimme man, en een sterke persoonlijkheid met een zeer zware baan, en het is Parkers rol om hem de aanvullende hulp en kracht te geven die dit werk vereist. De president draagt een lichtgrijs pak met een wit overhemd eronder, geen stropdas, en zelfs na de problemen van deze ochtend is hij een knappe man met een vlotte glimlach, ravenzwart haar met het onvermijdelijke wit bij de slapen, en op zijn ietwat scheve neus na – op de middelbare school gebroken als quarterback – kan hij zo doorgaan voor het broertje van George Clooney.

Hij is gevat, sympathiek, en hij heeft 'de gave'. Slechts een paar presidenten die Parker heeft meegemaakt hadden de gave. Lyndon Johnson had het, Ronald Reagan ook, en god, Bill Clinton natuurlijk... Het talent om mensen te bewerken, om alle aandacht naar je toe te trekken, om te glimlachen, informeel te zijn en, boven alles, om dingen voor elkaar te krijgen.

Maar alleen als hij gevat en gefocust blijft.

Wat niet meevalt op deze ochtend.

Harrison kijkt hem vermoeid aan. 'Wat zou ze daar in godsnaam mee bedoelen? Dat ze nu niet en nooit meer met me wil praten? Dat klinkt zo... definitief.'

Hij glimlacht zijn president geruststellend toe. 'Het komt allemaal goed. Vertrouw me maar. Kijk naar wat er de laatste keer is gebeurd toen een first lady haar man op overspel betrapte... Er volgden een paar zware maanden, maar hij kwam er sterker uit en werd op verpletterende wijze herkozen, hij kreeg er zelfs zetels bij in het Congres. Er is genoeg dat in je voordeel werkt, en je hebt tenminste niet met een stagiaire gerotzooid.'

'We hebben niet een paar maanden de tijd,' zegt Harrison.

Parker legt zijn hand even op de pols van de president. 'Je moet me vertrouwen.'

De president schudt zijn hoofd. 'Dat is mijn werk,' vervolgt Parker. 'Je te beschermen. Om jouw visie en deze regering te beschermen. En ik zal niet toestaan dat die trut – vergeef me het woord – je kapotmaakt.'

Als Harrison aanstoot neemt aan Parkers woordkeuze laat hij het niet merken.

'Heb je ooit een koorddansact gezien?' zegt de president kalm. 'Waar zo'n man over een koord loopt, met een stok in zijn handen om in balans te blijven en niet te vallen?'

Parker weet niet waar de president heen wil met dit voorbeeld, maar hij laat het niet merken. 'Natuurlijk, wie niet?'

Stilte. Ze bevinden zich in de exclusiefste cocon ter wereld, en Parker wil aan de slag om de man tegenover hem te redden.

'Je ziet die man daar in de hoogte,' vervolgt Harrison. 'Hoe hij langzaam maar zeker vooruitgang boekt. Net als deze regering, langzaam maar zeker. Niets opvallends of grilligs.' Hij glimlacht, zijn tandpastareclameglimlach die zo veel miljoenen kiezers voor zich heeft gewonnen. 'Zo is het de afgelopen vier jaar gegaan, toch?'

'Zeker. En de kiezers zullen je daar in november voor belonen.'

De stem van de president blijft dezelfde rustige toon houden. 'Toch hoeft er maar één uitglijder te komen, één verkeerde inschatting, één vergissing. En dan begint het koord te schommelen. Eén voet glijdt weg en dan de andere. En daar ga je. En al die vooruitgang... is voor niets geweest terwijl je naar beneden valt.'

Jezus, denkt Parker, ik moet hem weer op de rails krijgen. 'Ja, maar je vergeet één ding.'

'Wat dan?'

Hij raakt de pols van de president weer aan om hem gerust te stellen. 'Er hangt een vangnet onder, om de koorddanser te redden. Het lanceert hem terug omhoog en hij staat weer op het koord.'

De president zegt niets.

'Mr. President... ik ben je vangnet. En ik zal je redden. Dat beloof ik je.'

De ogen van de president zijn vochtig geworden; hij knikt en doet net of hij de voorbijsnellende bossen onder zich bekijkt.

Parker kijkt nog eens op zijn horloge. Nadat ze geland zijn zal hij de noodzakelijke telefoontjes plegen om een uitgebreid vangnet aan te leggen zodat alles onder controle blijft.

De Air Force One is een geweldige vliegende machinerie, met genoeg communicatieapparatuur om op vijfenveertigduizend voet een oorlog te beginnen, maar in deze zware tijden heeft Parker geen vertrouwen in deze apparatuur.

Er beginnen zich plannen in zijn hoofd te vormen, plannen die hij voor zijn vriend en baas verborgen zal houden, maar vooral voor WikiLeaks en de Russische inlichtingendiensten.

Hij zal doen wat er gedaan moet worden, wat er ook zal gebeuren, wat de risico's ook zullen zijn.

Hij zal de president beschermen.

De first lady en iedereen die hem dwarsboomt kunnen naar de hel lopen.

6

Grace Fuller Tucker komt uit haar kantoor tevoorschijn en blijft verbijsterd staan: de voltallige staf heeft zich voor haar deur verzameld en begint te applaudisseren. Ze krijgt een kleur van vreugde en gêne – vreugde vanwege de steun en liefde die haar kinderen tonen, en gêne omdat ze met die oude, dunne wandjes hier ongetwijfeld hebben kunnen horen hoe ze tegen de president tekeerging.

Ze heft haar hand op, slikt haar tranen weg en mompelt: 'Dank je, dank jullie wel.'

Als het applaus uiteindelijk stopt vegen sommigen tranen uit hun ogen. Grace haalt lang en diep adem, ze vraagt zich af wat ze tegen haar staf kan zeggen om hen enigszins op te beuren. Ondanks alles werpt ze een blik op de drie tv-schermen. Onder de kop HINDERLAAG IN ATLANTA wordt nog steeds verslag gedaan van de confrontatie.

Weg ermee.

Grace richt zich tot haar staf en vouwt haar handen samen. 'Het... het zal de komende uren en dagen een zware tijd voor ons worden. Al het goede werk dat we samen hebben verricht, het helpen van beschadigde en hulpbehoevende kinderen die door hun families of de samenleving in de steek zijn gelaten, zal nu helaas overschaduwd worden. In de nabije toekomst zal er hier in de East Wing maar één kwestie spelen. En dat... spijt me erg.'

Grace werpt een snelle blik op het tapijt om haar kalmte te bewaren, ze moet nu verder. 'Maar... hoe moeilijk het ook is... negeer die kwestie. Focus op het goede werk dat jullie met mij hebben verricht... focus op de kinderen van wie het leven door jullie is verbeterd of gered. Want op een gegeven moment... op een dag... zal deze... onzin, dit schandaal, vergeten zijn.'

Er barst een volgend applaus los. Ze glimlacht en begint mee te klappen. Dan probeert ze de aandacht van haar stafchef, Donna Allen, te vangen en gebaart naar Donna's kantoor. Grace neemt niet de moeite om de deur achter zich te sluiten want ze hoeft haar stafchef niet lang te spreken.

'Kun je me vertellen wat mijn schema van vandaag is?' vraagt ze.

Donna is een slanke en knappe vrouw met een bril en kort zwart haar, een efficiënte kracht die met vier uur slaap toe kan. Ze loopt naar haar bureau en houdt een A4'tje op. 'Even kijken, mevrouw. U hebt zo een lunch met de Senaatsvrouwen van de partij, dan heeft u om twee uur een groepsinterview met een aantal prominente bloggers en dan om vijf uur een receptie met de vrouw van de Japanse ambassadeur. Daarna heeft u... eh, een diner met, eh... de president, waarna u om acht uur in het Kennedy Center wordt verwacht voor die...'

Grace knikt. 'Zeg alles af.'

Donna kijkt geschokt op. 'Mevrouw?'

'Je hebt me gehoord, Donna.' Ze draait zich om en loopt de kamer uit. 'Zeg alles af, ik vertrek.'

Donna loopt achter haar aan. 'Maar... maar... waar gaat u heen?'

Grace ziet dat Pamela Smithson, het hoofd van haar beveiligingsteam, haar revers ophoudt en iets in het microfoontje zegt. Pamela is een tengere blondine die eruitziet als een scharminkel, maar ze schijnt een expert in het handgevecht en het schieten in benarde situaties te zijn. Grace weet wat Pamela inspreekt: 'CANARY is onderweg.'

Nou, reken maar van yes, denkt Grace.

Ze had eerst een hekel aan de codenaam die de geheime dienst haar had gegeven, maar nu koestert ze hem. De kanarie kent een lange en nobele geschiedenis, vooral als het gaat om het waarschuwen voor rampspoed en ze ziet zichzelf graag in die rol – de Amerikaanse samenleving ervoor waarschuwen dat men niet langer de ogen kan sluiten voor kinderen die in erbarmelijke omstandigheden verkeren.

Ze wil nog iets tegen haar staf zeggen, die haar vol liefde en bezorgdheid aankijkt.

Maar wat moet ze zeggen?

Grace Fuller Tucker, first lady van de Verenigde Staten, draait zich om en verlaat de vertrekken van de East Wing voor de laatste keer.

7

President Harrison Tucker had het niet verwacht, maar zijn stemming is verbeterd als de Air Force One langzaam naar zijn speciale plek op Andrews Air Force Base taxiet. Hij weet dat de piloten van de Air Force One zich erop beroemen dat ze altijd precies op tijd zijn, maar hij kent ook hun geheim: op tijd is het moment waarop ze bij de wielblokken stoppen, en ze zullen de snelheid bij het taxiën versnellen of vertragen om hun doel te bereiken.

Geheimen.

God, als dat ene geheim van hem bewaard had kunnen blijven, al was het maar voor een maand.

Parker Hoyt is de afgelopen uren niet van zijn zijde geweken. Hij stelde voor om een spelletje domino te spelen, en hoewel Harrison keer op keer van zijn sluwe stafchef verloor, vormde het een prettige afleiding. Het heeft hem goed gedaan.

Maar nu zijn de stenen en het bord weer opgeborgen. Hij werpt een blik door een van de ramen. Gelukkig is dit een militaire basis, die niet vrij toegankelijk is voor pers en publiek.

'Wat nu?' vraagt hij.

'Je moet nog een keer de first lady bellen,' zegt Parker. 'Het is een gok, maar misschien dat we haar zover kunnen krijgen om je even gezelschap te houden, een fotosessie op de South Lawn als de Marine One landt.'

'O, kom op, Parker, dat gaat ze echt niet doen,' zegt Harrison.

'Dat weet ik nog niet zo zeker. Want wie is ze eigenlijk zonder jou? Een gewone huisvrouw met grote dromen en ambities. Ze heeft jou nodig als ze haar liefdadigheidswerk wil voortzetten. Er komt een moment waarop ze dat inziet, en dan zal ze het pikken en in de camera's glimlachen.'

Harrison peinst over wat Parker zojuist heeft gezegd. Het klinkt… aannemelijk. Bot, maar aannemelijk. 'En wat verder?'

'We moeten een bijeenkomst beleggen met je senior campagnemedewerkers en vertegenwoordigers van het Huis van Afgevaardigden en de Senaat. Geen Congresleden of senators… Jezus, van die opscheppers die nog even een verklaring afleggen op de South Lawn, die kunnen we nu niet gebruiken. We hebben stafleden nodig die we discreet kunnen laten opdraven om ze te briefen.'

'En wat zeggen we dan?'

'Dat we een onrustige week of twee tegemoet kunnen zien, maar dat we het zullen redden. Zij zullen met die boodschap naar het Huis of de Senaat terugkeren, en dat zal de meesten daar geruststellen. Ze mogen dan wel kwaad op je zijn vanwege je misstap, maar ze zijn ook doodsbang dat de gouverneur van Californië in januari zal worden ingezworen.'

'Wie gaat de briefing doen?'

'Dat zal jij moeten zijn,' zegt Parker. 'De stafleden zullen bloed ruiken als het iemand anders is, ze zullen op hun jonge papbeentjes naar hun senator of Congreslid rennen om afstand van je te nemen. Ze zijn boven alles politici die zich het vege lijf willen redden. Zodra ze tekenen van zwakte of chaos bij het Witte Huis zien, laten ze je vallen. Je moet je spijt betuigen, maar boven alles zul je krachtig moeten overkomen.'

Harrison is nog steeds niet blij met de woorden van zijn stafchef, maar hij weet dat hij gelijk heeft. 'Dat klinkt redelijk.'

'Mooi,' antwoordt Parker. 'Maar eerst: bel haar.'

Hij pakt de telefoon. 'Geef me de first lady, alsjeblieft.'

Als hij de telefoon laat zakken, zegt hij: 'Maar hoe moet het met de pers?'

Parker glimlacht magertjes. 'Laat Jeremy' – de woordvoerder van het Witte Huis – 'ons maar tonen wat hij waard is. Hij zal ze in bedwang houden tot je veilig in Marine One zit.'

'Maar wat zal hij ze zeggen over... wat er in Atlanta is gebeurd?'

'Maak je geen zorgen. Ik zal Jeremy onder handen nemen en hij zal de pers onder handen nemen. En jij neemt de first lady onder handen en probeert haar te kalmeren. Dat moet je doel van vandaag zijn... O, nog één ding.'

'Ja?'

'Je zult zo de gebruikelijke militaire ceremonie krijgen nadat je de trap bent afgelopen. Er is maar één officiële camera, je weet wel, voor het geval je uitglijdt en van de trap dondert. Maar loop nu niet die trap af alsof je vliegende haast hebt, en race niet langs de luchtmachtofficieren die op het asfalt voor je staan te salueren. Neem de tijd. Je bent een man in barre tijden die er alle vertrouwen in heeft dat het weer goed komt.'

Harrison knikt. 'Ik begrijp wat je bedoelt.'

'Hetzelfde geldt voor het Witte Huis. Als je de first lady kunt overhalen om samen met jou te verschijnen, is dat prachtig. Dan zal de ommekeer eerder komen dan ik had gehoopt. Maar als ze nog steeds pissig op je is en niet wil meewerken, ook goed. Je stapt straks uit Marine One, zwaait nog even, en kuiert naar het Witte Huis alsof er niets aan de hand is, alsof je alles volledig onder controle hebt.'

'Klinkt goed,' zegt Harrison, en hij herinnert zich opeens wat Tammy vanochtend zei. 'Maar ik wil dat je nog één ding voor me doet.'

'Ik heb een lange waslijst met prioriteiten, maar vertel.'

'Congreslid Vickers' zegt Harrison. 'De speech van gisteravond was een organisatorische ramp, veel van de kiezers konden niet naar binnen. Ik wil hem weg hebben.'

'Maar dat zal...'

'Kan me niet schelen,' vervolgt Harrison. 'Hij is aan het eind van de dag vertrokken, oké?'

'We hebben een voorsprong van zes procent in Georgia.'

'Vijf punt zes procent,' zegt Harrison, die zich herinnert wat zijn Tammy hem had gemeld. 'En het zou waarschijnlijk een halve punt meer zijn als hij er niet was geweest. Hij ligt eruit.'

Parker knikt, en Harrison bespeurt enige opluchting in zijn blik. Zijn stafchef ziet dat de president van de Verenigde Staten weer aan het werk is.

Er wordt zacht op de deur geklopt, en Harrison zegt: 'Ja, binnen.'

De deur wordt geopend door Jackson Thiel, het hoofd van zijn beveiligingsteam. Hij ziet er bezorgd uit.

Harrison voelt angst opkomen.

'Ja, Jackson, wat is er?'

'Sir… de communicatieofficier… hij heeft contact met me opgenomen nadat u de first lady aan de telefoon had gevraagd.'

'Oké, maar waarom ben je hier?'

'Sir…'

'Ja?'

Jackson aarzelt een dodelijke fractie van een seconde, en zegt dan kalm en zakelijk: 'Sir… de first lady… we kunnen haar niet vinden.'

8

Mijn werkplek is karig verlicht, zo kan ik de monitors met de beveiligingsbeelden en de tv-schermen met het laatste nieuws, de schreeuwende koppen en het geroddel van de tv-zenders beter zien. Ik werp een blik op de beelden, en omwille van mijn collega's probeer ik een professioneel decorum op te houden en niet in lachen uit te barsten op deze ochtend. De man die ik gezworen heb met mijn leven te verdedigen is betrapt, hij blijkt zijn presidentiële pen in een ongeautoriseerd inktpotje te hebben gedoopt. Hij is niet de eerste, en zal ook niet de laatste zijn, en het kan me weinig schelen. De geheime dient is een organisatie met een beschermende rol, we zijn niet de moraalpolitie van Amerika. Hier klinken het zachte gemurmel van stemmen, het gehamer op toetsenborden en de radiogesprekken van politiescanners, van de Metro DC en alle andere lokale korpsen. Zo weten we altijd wat er speelt bij onze naburige wetshandhavers.

Mijn directe assistent – *special agent* Scott Thompson – staat naast me en zegt: 'Wat denk je ervan, Sally?'

'Meld aan iedereen, maar vooral aan onze geüniformeerde buren, dat de druk van de media en andere nieuwsjagers nog verder zal oplopen. Ik wil geen geveltoeristen hebben die de president romantisch advies of een bijbel willen geven, dus verdubbel de straatpatrouilles. Iedereen die zich bij de hekken ophoudt en eruitziet alsof hij eroverheen wil klimmen moet aan de openbare kant worden tegengehouden. Heb je dat?'

'Ja, baas,' zegt Scott, die terug naar zijn bureau loopt. Scott is een ex-militair die bij het Ranger Battalion heeft gezeten. Hij is potig, sterk, en respectvol naar mij en de anderen in de hiërarchie, wat hem een waardevolle kracht maakt.

Mijn blik verschuift van de nieuwszenders – HINDERLAAG IN ATLANTA lijkt de winnende kop van deze ochtend te zijn – naar het elektronische statusscherm. Wij, de presidentiële beveiligingsdivisie, mogen blij zijn met deze Witte Huis-bewoners. Er lopen geen verwende kinderen rond die zich in bars of dancings van hun beveiligers proberen te ontdoen, en er zijn geen getikte schoonmoeders die beweren dat ze door onverlaten worden begluurd als ze zich uitkleden in het gastenverblijf. Nee, we hebben alleen Mr. President en de first lady, wat mijn werk eenvoudiger maakt dan dat van mijn voorgangers.

Volgens het statusscherm staat CANAL op het punt om in Marine One op de South Lawn te landen, en CANARY is...

'Hé, Scotty,' roep ik uit, net op het moment dat hij de telefoon pakt. 'Kun je me vertellen waarom CANARY zich op een manege in Virginia bevindt? Dat stond niet in haar dagschema van vanochtend.'

'De plannen zijn op het laatste moment veranderd, baas. Maar wie zal het haar kwalijk nemen na het nieuws uit Atlanta? Ik niet in elk geval.'

'Ja, dat zal wel,' zeg ik terwijl ik terug naar mijn bureau loop. Ik hou niet van plotselinge veranderingen. Er is geen tijd om de nieuwe locatie te checken, en de omgeving ervan te inspecteren om te kijken of er geen idioten rondlopen die in het verleden bedreigingen tegen de first lady hebben geuit. Het enige goede aan iets spontaans als dit bezoekje aan een paardenboerderij is dat het ook de booswichten zal verrassen.

Maar daar staat tegenover dat dit soort types – vooral de harde en geduldige jongens – snel kan reageren als zich er een gelegenheid voordoet om je protegé te vermoorden.

En dat is niet goed voor je carrière.

'Hé, Scotty,' roep ik mijn assistent toe. 'Als je klaar bent met dat gesprek, neem dan contact op met het persoonlijke beveiligingsteam van CANARY.'

'Natuurlijk, baas. Wat wil je weten?'

Ik hoor een bezorgd stemmetje in mijn hoofd. 'Ik wil weten of alles in orde is.'

'Als dat niet zo is, ben je de eerste die ik het laat weten.'

'Scotty,' zeg ik. 'Bel ze.'

En ik probeer weer aan het werk te gaan.

9

Mijn bureau staat in een hoek van een kelderruimte onder het Witte Huis geschoven, die Room W-17 wordt genoemd. Het is het commandocentrum van de geheime dienst op 1600 Pennsylvania Avenue. Sinds ik hier ben aangesteld is het een van de weinige grappen over deze plek die ik weleens aan vrienden en familie vertel, namelijk dat ik dichter dan wie dan ook bij het Oval Office zit, en wel iets meer dan twee meter.

Het ontlokt doorgaans bewonderende kreten aan de toehoorders, tot ik hun de clou vertel: ik en alle anderen in Room W-17 – ook bekend als Horsepower – bevinden zich iets meer dan twee meter *onder* het Oval Office.

Dat is dus iets minder dichtbij dan je zou denken.

Op mijn bureau is een houten naamplaatje bevestigd dat mijn elfjarige dochter, Amelia, twee jaar geleden voor me heeft gemaakt. In het hout staat SALLY GRISSOM, GEWELDIGE GEHEIM AGENT gebrand. De enige agent die ooit moest lachen om het naamplaatje werkt nu bij de Binnenlandse Veiligheidsdienst. Hij inspecteert cargocontainers in Anchorage. Wat er eigenlijk had moeten staan is SALLY GRISSOM, SPECIAL AGENT, HOOFD PRESIDENTIËLE BEVEILIGINGSDIVISIE, maar Amelia had er zo'n plezier in om dit cadeau voor me te maken dat ze waarschijnlijk in tranen uitbarst als ik haar om een nieuw naamplaatje vraag.

Op een van de monitors van het gesloten circuit van beveiligingscamera's is te zien hoe de Marine One op de South Lawn landt. O jee, denk ik, ik neem aan dat de president wenste dat hij nog hoog in de lucht was, ver weg van zijn woedende vrouw en de immer hongerige media.

Dan ga ik weer aan het werk.

Vanwege de onthulling over de president zal de rest van het land ongetwijfeld in shock verkeren, maar ik niet. In tegenstelling tot negenennegentig procent van de presidentiële beveiligingsdivisie ben ik een meisje uit DC, geboren en getogen, en ik weet alles van de geruchten en schandalen die hier tussen de prachtige monumentale gebouwen onder de oppervlakte borrelen. Politiek is politiek, en de menselijke natuur zal altijd de menselijke natuur blijven, dus waarom zou je daarover verbijsterd moeten zijn?

Ma werkte op het ministerie van Onderwijs, terwijl pa bij de Capitol Police zat. Ze wonen nu in Florida, waar ze van de zon genieten, aan tai chi doen en ruziemaken met elkaar. Ik heb twee zussen, van wie de een bij het Government Accountability Office – het GAO – werkt, en de ander bij de NSA, en laat me je dit zeggen, hun banen zorgen voor de nodige hilariteit binnen de familie, met de ene zus die maar doorgaat over budgetten en spreadsheets en de andere die niets over haar bezigheden mag vertellen.

Op mijn rommelige bureau staan twee ingelijste foto's: een van Amelia, met haar heerlijke glimlach en lange blonde haar – wel iets anders dan de bruine warboel die ik elke ochtend uit moet kammen – en nog een waar we samen op staan, grijnzend met rode bezwete gezichten nadat we de tien kilometer van de Marine Corps-loop hebben volbracht, met T-shirts van de geheime dienst aan waar JIJ KIEST 'M, WIJ BESCHERMEN 'M op staat.

Er is ook een lege plek waar een foto stond van Ben, mijn hopelijk aanstaande ex-man. Hij is een van de gezichtloze, naamloze bureaucraten van het ministerie van Binnenlandse Zaken die onze nationale parken en andere bezienswaardigheden bestieren.

Die foto is al bijna een jaar weg, en nu hij en die bloedhond – pardon, zijn overijverige advocaat – eindelijk tot rede zijn gekomen zal onze scheiding in minder dan twee weken een feit zijn.

Mijn bureau is klein, vol, en het staat precies op de goede plek. Ik heb nog een kantoor in het Eisenhower Executive Office Building aan de overkant van de straat, waar ik op gezette tijden hoogwaardig bezoek ontvang en, al is dat zeldzamer, een agent ontsla die de boel heeft verknald. Maar ik hou er niet van om in dat grote kantoor met zijn mooie meubilair, boekenkasten, banken en salontafels te zijn. Laat mij maar hier zijn, vlak bij de president en mijn mensen, die elke seconde van hun wakkere leven aan zijn bescherming en dat van zijn arme, bedrogen vrouw wijden.

Maar goed, straks zal ik mijn kantoor gebruiken om Jackson Thiel te ondervragen als zijn dienst erop zit om uit te vinden hoelang deze affaire al aan de gang is – en waarom hij dat niet aan me heeft gemeld. Geen goede zaak, maar dat komt later. Ik pak een dossier van de hoge stapel. O, als ik maar de helft van de tijd die ik aan papierwerk verspil in de sportschool kon doorbrengen, of op de schietbaan om mijn vaardigheden op peil te houden. De telefoon rinkelt.

'Agent Grissom,' zeg ik, wat sommigen van mijn collega's verrast. Volgens het protocol zou ik 'special agent Grissom, hoofd presidentiële beveiligingsdivisie' moeten zeggen, maar dat is weer zo omslachtig. Stel dat iemand in de East Room een naar binnen gesmokkelde handgranaat tot ontploffing brengt in de tijd die ik nodig heb om mijn officiële functie bekend te maken?

Maar er zijn nog meer verrassingen, want ik heb Lara Young aan de lijn, de secretaresse van de president. Ik kan me niet herinneren dat ze me ooit eerder heeft gebeld.

'Agent Grissom,' zegt ze, 'de president wil u graag spreken. Nu meteen.'

'Ah...'

Een van mijn agenten schrijft iets op ons back-upbord, iets wat hij op het statusscherm heeft gelezen. Ik had het bord er maanden geleden laten plaatsen voor het geval de stroom zou uitvallen. 'CANAL is in het Oval Office.'

'Ik kom eraan,' zeg ik en ik hang op.

Het bevalt me niets.

Scotty kijkt me aan en zegt: 'Alles oké, baas?'

Ik sta op en ben onderweg.

De president zal nooit het hoofd van de presidentiële beveiligingsdivisie bellen, tenzij er zich een noodgeval of een crisis voordoet.

Nooit.

'Baas?' roept Scotty me na.

Ik loop naar de deur.

Snel.

10

The West Wing is naar mijn mening de enige serie die het Witte Huis goed neerzet. O, niet vanwege de knetterende dialogen van de stafleden als ze teruglopen, of een president die 's middags langs de Reflecting Pool wandelt om wat te ontspannen, maar omdat *The West Wing* laat zien hoe druk en hectisch het er is.

Er dribbelen altijd veel mensen rond, maar er zijn er een paar die een toegangspasje om hun nek hebben hangen, met een bepaalde kleurencode om het voetvolk – pardon, de werknemers en vrijwilligers – uit de West Wing te houden. Ik knik de stafleden die ik redelijk goed ken toe, en een van mijn agenten, Carla Luiz, opent de deur van het Oval Office voor me.

Een goed bewaard geheimpje: de deuren van het Oval Office hebben speciale knoppen, zodat een maniakale toerist die uit de rondleiding is ontsnapt om hierheen te rennen genoeg seconden verliest bij het openkrijgen van de deur om in zijn knieën te worden getaserd.

De deur wordt achter me gesloten en daar is de president, die uit een van de twee banken opstaat. Naast hem zit zijn stafchef, Parker Hoyt. Ze zijn natuurlijk allebei strak in het pak, maar ze zien eruit als twee neven die net hebben gehoord dat de familieboerderij is overstroomd, met een sprinkhanenplaag erachteraan als het water eenmaal is gezakt.

'Mr. President,' zeg ik, en dan: 'Meneer Hoyt.'

'Sally,' zegt de president. Hij gebaart naar de bank tegenover hem, aan de andere kant van de lage salontafel. 'Ga zitten, alsjeblieft.'

Ik kijk om me heen en zie dat er niemand anders aanwezig is.

Het bevalt me niets. Meestal houden zich in deze ruimte een aantal bedienden op om elk verzoek in te willigen, van het serveren van koffie tot het aan de telefoon krijgen van de Franse president, maar nee, we zijn alleen. Het beroemde bureau staat links van me, geflankeerd door de Amerikaanse vlag en zijn eigen vaandel. Door de kogelvrije ramen is de Rose Garden zichtbaar; ik zie de rug van een agent die de wacht houdt.

De zestien weken aan het J. Rowley Training Center van de geheime dienst in Laurel, Maryland, verschijnen voor mijn geestesoog. Mijn cursusgenoten en ik moesten ons door verschillende scenario's met schotenwisselingen, explosies en gewelddadige confrontaties heen werken, maar ik geloof niet dat een van deze scripts me ooit had kunnen voorbereiden op deze situatie.

De president begint. 'Agent Grissom… eh, Sally, we hebben een probleem.'

'Sir,' antwoord ik, blij dat hij meteen ter zake komt zonder eerst een reeks vragen te stellen.

De president kijkt naar Parker, alsof hij steun zoekt, haalt dan diep adem en zegt: 'We hebben je hulp nodig.'

'Natuurlijk,' zeg ik en ik wacht. Ik vraag me af wat er in godsnaam aan de hand is.

Hoyt schenkt me de zelfvoldane blik van iemand die iets weet wat hij niet zou moeten weten en zegt: 'Je hebt een indrukwekkende staat van dienst, agent Grissom.'

Ik heb geen zin om hier iets over te zeggen, dus ik knik alleen maar.

'Vooral dat incident met de Iraanse ambassadeur van vier jaar geleden. Waarom vertel je de president daar niet eens wat over?'

O jee, denk ik. 'Sorry, sir. Maar vanwege de vertrouwelijkheid van deze informatie heb ik zo mijn restricties hierover.'

'Ik weet zeker dat de president de bevoegdheid heeft om deze restricties op te heffen,' zegt Hoyt.

'Hoe dan ook, agent Grissom, vertel,' zegt CANAL.

Ik kan op mijn standpunt blijven staan, maar wat zou ik daarmee winnen? 'Sir, ik had opdracht gekregen om een geheime ontmoeting in Maryland tussen de Iraanse ambassadeur in de Verenigde Naties, de Israëlische ambassadeur en de minister van Buitenlandse Zaken te beveiligen. Er was een aanslag op de Iraanse ambassadeur beraamd die succesvol werd verijdeld.'

'Hoe komt het dat ik hier nooit iets over heb gehoord?' zegt de president.

'Het gebeurde tijdens de termijn van je voorganger,' zegt Hoyt. 'Maar agent Grissom is te bescheiden over haar aandeel in deze verijdelde aanslag. De ontmoeting vond plaats in een privéruimte van een exclusief restaurant in Chevy Chase. Een man die zich voordeed als ober had zich toegang tot het etablissement verschaft. Agent Grissom had de man opgemerkt, ze probeerde hem te ontwapenen, waarna er een vuurgevecht uitbrak. Agent Grissom doodde deze moordenaar in de dop niet alleen, ze beschermde ook nog eens de Iraanse ambassadeur met haar lichaam.'

'Is dat zo?' vraagt de president.

'Ja, zo is het gegaan,' zeg ik.

'Hoe merkte u deze ober op?'

Ik haal kort mijn schouders op. 'Het restaurant in kwestie was zo exclusief dat het niet eens een website had. Maar ik zag dat de ober rouwranden onder zijn nagels had, en dat past daar niet.'

CANAL grijnst. 'De Iraanse ambassadeur zal wel blij met je zijn geweest.'

'Nou, om u de waarheid te zeggen, zodra het vuurgevecht voorbij was wist hij niet hoe snel hij me van zich af moest duwen. Hij wilde niet door een vreemde vrouw aangeraakt worden.'

'Je ziet dat agent Grissom niet alleen moedig en vindingrijk is, maar dat ze ook nog een geheim weet te bewaren,' zegt Hoyt tegen de president. 'En daarom ben je ook hier, agent Grissom. We hebben je expertise nodig, en je talent om een geheim te kunnen bewaren.'

'Welk geheim, sir?' vraag ik aan de president.

Hij trekt een grimas en zegt: 'De first lady... ze wordt vermist.'

Ik kijk hen aan en vraag me af of dit geen uit de hand gelopen grap is om mijn verjaardag of mijn jubileum bij de geheime dienst te vieren, maar ik zie geen spoortje vrolijkheid op hun gezichten.

'Sir… ze bevindt zich op een manege in Campton, Virginia,' stamel ik. 'Met haar team.'

'We weten dat ze daar is geweest,' zegt Parker, die de president aankijkt. 'Maar het afgelopen uur hebben we… heeft de president haar niet kunnen bereiken. Ze neemt haar mobiele telefoon niet op, en haar beveiligingsteam… ze zeggen dat ze haar niet kunnen lokaliseren.'

Het is alsof er een blok ijs in mijn keel zit. 'Dat is onmogelijk. Ze… zouden contact met me hebben opgenomen als er zoiets was gebeurd.' Ik sta op uit de bank en zeg: 'Mr. President, meneer Hoyt, als u me nu excuseert…'

'Sally, ga alsjeblieft even zitten,' zegt de president met een donkere en sombere stem.

Ik maak geen aanstalten om dat te doen. Ik hoor hier niet. Ik moet zo snel mogelijk terug naar beneden, naar W-17, ik moet contact opnemen met CANARY's team en uitvinden waar…

'We moeten dit stilhouden. Voor het moment,' zegt Parker.

'Wat?'

Hij gaat verder. 'Dit is een… delicate tijd. En de first lady… heeft het zwaar.'

Ik begin weg te lopen, maar dan zegt de president op een scherpe toon die ik nog nooit eerder heb gehoord: 'Agent Grissom, ga zitten! Geef ons een paar minuten. Alsjeblieft.'

Ik ga weer op de bank zitten, maar deze keer leun ik niet achterover tegen de kussens. 'Mr. President, met alle respect, maar dit kan niet goed zijn. Als er iets gebeurd is met mevrouw Tucker, zou ik de eerste zijn die het wist. Haar team zou het gemeld hebben, en dan hadden we meteen gereageerd.'

Parker leunt voorover met zijn handen op elkaar. 'De president probeerde de first lady een uur geleden te bereiken, vlak voor de landing van Air Force One. Hij is daar niet in geslaagd. De communicatieofficier van het vliegtuig heeft met de hulp van Jackson Thiel contact met haar beveiligingsteam gehad. En toen hoorden we wat er aan de hand was.'

Er komt een volgende herinnering naar boven. Ik zit op de lagere school en ik begrijp niet waarom ik van de jongens op het voetbalveld niet mee mag spelen, waarom ik buiten word gesloten, genegeerd. 'Ik... de beveiligingsdivisie had hier onmiddellijk van op de hoogte moeten worden gebracht.'

'Ik heb ze opgedragen dat niet te doen,' zegt de president.

Het ijs dat in mijn keel zat heeft zich nu naar mijn buik verspreid, en mijn handen en voeten beginnen ook koud te worden.

De scenario's van de zestien weken lange geheimediensttraining?

O, dit zat er niet tussen.

'Mr. President... dit kan niet waar zijn. U kunt niet... ik bedoel...'

Parker leunt nog verder naar voren. 'Nogmaals, dit is een delicate situatie. We hebben nog een maand tot de verkiezingen. Het Amerikaanse volk moet maar één ding aan zijn hoofd hebben in het stemhokje, en dat is welke kandidaat het land het best kan dienen, niet dat er een aangeslagen first lady wordt vermist. Het zou niet goed zijn voor haar en de natie als dit openbaar zal worden.'

'Wat wilt u hiermee zeggen, meneer Hoyt?'

Meneer Hoyt geeft geen antwoord, maar onze gezamenlijke baas wel.

De president kijkt me indringend aan. 'We willen dat je de first lady vindt.'

11

'Onmogelijk,' luidt mijn snelle en resolute antwoord. 'U moet de FBI inschakelen als ze vermist wordt, of de Binnenlandse Veiligheidsdienst, de DC Metro Police, de Virginia State Police, en ik zou zelfs de...'

De president heft zijn hand op. 'Dat is precies wat we niet willen. De publiciteit, de nieuwsagentschappen die alleen maar aan hun positie en de koppen denken, het zal een uitgebreide zoektocht worden, een jacht... daar hebben we niets aan. Daarom willen we dat jij, samen met een paar agenten die je kunt vertrouwen, haar gaat vinden.'

'Sir, met alle respect,' zeg ik, terwijl door mijn hoofd schiet wat voor historische plek het Oval Office is, en dat ik hier door een speling van het lot bij wat misschien wel het grootste nieuws in vijftig jaar is in word betrokken. 'Maar ik kan het niet doen. We zijn een beschermende dienst. Geen onderzoeksdienst.'

'Bullshit,' zegt Parker. 'Jullie zíjn een onderzoeksdienst. Jullie hebben toegang tot alle informatie van de Binnenlandse Veiligheidsdienst. Jullie gaan het veld in om bedreigingen aan de president te onderzoeken. Jullie werken samen met wetshandhavers, agenten van kleine dorpjes tot aan de politie van New York City.'

Ik heb zin om hem hard in zijn zelfingenomen gezicht te slaan. 'Als onderdeel van onze beschermende taken, meneer Hoyt. Niet om een vermiste persoon te vinden.'

'Het gaat hier niet om een vermiste persoon,' riposteert hij. 'Het gaat hier om de first lady van de Verenigde Staten.'

'Maar...'

De president valt me in de rede. 'Agent Grissom, ik geef je het bevel de first lady te vinden, en ik wil dat je dat snel en geruisloos doet. Want als we het op een andere manier doen en haar uiteindelijk vinden, zullen er ook andere verhalen naar buiten komen. Verhalen waarin men zich zal afvragen hoe het mogelijk is dat jij en je professionele en goedgetrainde agenten mijn vrouw zijn kwijtgeraakt. Wil je soms in het Capitool aan een speciale onderzoekscommissie van het Congres uitleggen hoe dat heeft kunnen gebeuren? Onder jouw verantwoordelijkheid? Nou?'

'Dat zou ik nog liever doen dan... wat me nu gevraagd wordt.'

Parker leunt achterover op de bank. 'Hoe gaat het met Amelia?'

Ik ben weer met stomheid geslagen, voor de tweede keer in minder dan tien minuten. 'Mijn dochter? Ze... het gaat goed met haar. Waarom vraagt u dat?'

Hij grijnst, en er wordt een stel grote en scherpe tanden zichtbaar. 'Een scheiding is altijd zwaar voor kinderen. Hoezeer een alleenstaande moeder ook haar best doet, hoeveel therapie en praatsessies er ook aan te pas komen, er zullen altijd littekens zijn, er zal altijd permanente schade blijven. Het beste wat een moeder als jij kunt doen is de schade zo beperkt mogelijk houden.'

Het is alsof er nog maar twee mensen in deze beroemde ruimte zijn, hij en ik. 'Ik begrijp niet waar u op doelt... meneer Hoyt.'

Zijn grijns wordt nog wat breder. 'Je man... Ben, is het toch? Werkt voor het ministerie van Binnenlandse Zaken, heeft problemen met de fles, en met stagiaires... Ik begrijp waarom je met hem in scheiding ligt. Zijn advocaat is Albert Greer, toch?'

Ik weet waar dit heen gaat, en ik voel me in de val zitten, alsof ik tijdens een sneeuwstorm achter in een taxi zit terwijl de chauffeur op een druk kruispunt de macht over het stuur heeft verloren.

'Dat klopt, meneer Hoyt.'

'Natuurlijk klopt het. Ik ken Albert Greer niet, maar ik ken zijn kantoor. Lockney, Trace, Fulton & Smith. Een groot advocatenkantoor, hier in DC, met vele bezigheden, zowel strafrechtelijk als civiel. Toen ik nog vicepresident Operaties bij Global Strategic Solutions was, hebben we hun veel klussen toegeschoven. Ik heb meneer Lockney nog weleens van me laten winnen bij een partijtje golf. Dus hij en zijn kantoor staan nog bij me in het krijt.'

Ik kijk naar de president om te zien wat hij hiervan vindt, maar hij kijkt hardnekkig langs me heen naar een schilderij van een zeilschip dat aan de tegenoverliggende muur hangt.

'U bent een schoft.' Ik verras mezelf met deze uitspraak.

'Ja,' zegt hij kalm. 'Ik ben de grootste schoft van DC... Dus laten we dit helder krijgen, zodat er geen verwarring kan ontstaan. Je doet wat de president je heeft opgedragen, en we zullen je alles geven wat je nodig hebt... alle ondersteuning en informatie, zolang het maar stil wordt gehouden en onder de radar blijft.'

Er volgt een stilte; voor het effect, natuurlijk. Dan gaat hij op scherpere toon verder. 'Maar als je hier vertrekt zonder ja te zeggen, zul je ontdekken dat je voorlopige scheidingsregeling van de baan is. Er zullen nog veel schermutselingen volgen... zittingen... dure vertragingen... En je kunt je definitieve scheiding tegemoetzien tegen de tijd dat je kleine meisje gaat studeren... als haar examencijfers tenminste toereikend zijn en je nog wat geld over hebt kunnen houden om haar beurs te betalen.'

Ik hap naar adem, maar dat is dan ook alles wat ik nog kan. Ik staar de stafchef aan, maar hij geeft geen krimp. 'Nu begrijp ik hoe u het zo ver heeft kunnen schoppen,' zeg ik.

'Al die kwalijke geruchten over mij? Ze kloppen allemaal, dus laten we geen tijd meer verspillen. Wat is je antwoord?'

Ergens hoop ik dat de president tussenbeide komt, om het weer goed te maken, om die schoft te laten verdwijnen. Maar de president zal me vandaag niet helpen.

Ik sta op.

'Twee antwoorden,' zeg ik. 'Het eerste is "ja".'

Ik loop weg van de bank waar de twee mannen op zitten, en van wie ik er een ooit bewonderde.

'En het tweede is "loop naar de hel".

Ik verlaat het Oval Office en herinner me opeens iets belangrijks.

Vanwege zijn brede, gebogen vorm is het onmogelijk om de deur kwaad achter je dicht te smijten.

12

Het is laat in de ochtend en in The Off the Record, de bar van het luxueuze Hay-Adams Hotel in het centrum van Washington – praktisch tegenover het Witte Huis – lacht Marsha Gray om de afgezaagde mop die haar date net heeft verteld. Ze strekt haar hand uit onder de tafel om hem speels in zijn dij te knijpen.

'Echt?' vraagt ze, om op gedempte toon te vervolgen: 'Is dat waarom die kip de weg overstak? Ik heb het al die jaren nooit geweten.'

Haar tafelgenoot krijgt een kleur. Het is een aardige jongeman, misschien een paar jaar ouder dan zij, en hij draagt een mooi grijs pak van Saville Row met een rode stropdas en pochet. Hij komt uit een van de 'stan'-landen die opdoken na de val van de Sovjet-Unie, en zijn voor- en achternaam bestaan hoofdzakelijk uit medeklinkers – maar zij noemt hem Carl, wat hij prachtig vindt.

'Echt niet?' zegt hij. Zijn stem verraadt slechts het geringste accent. Zijn huid is lichtbruin, en zijn ogen en keurig gekamde haar hebben de kleur van ebbenhout. 'Ik dacht… nou ja, het is een van de oudste moppen ter wereld.'

Ze geeft hem nog een kneepje in zijn dij. 'O, Carl… dat is het ook, maar het is de manier waarop je het vertelt… daar moest ik om lachen.'

Hij knijpt zijn ogen samen, en ze glimlacht hem toe. Ze trekt langzaam haar hand terug en zegt: 'Hoe laat heb je die receptie?'

Carl werpt een blik op zijn TAG Heuer-horloge. 'Over… twee uur, het is een lunchbijeenkomst.'

Ze blijft glimlachen en leunt voorover, zodat ze bijna uit haar laag uitgesneden, minutieuze zwarte cocktailjurk knapt. 'Dan kunnen we nu even naar je kamer gaan.'

Hij glimlacht terug. 'Ik... ik denk dat daar niet genoeg tijd voor is.'

'O, Carl,' zegt ze met een stem waar de teleurstelling van afdruipt. Het is vanochtend druk in The Off the Record, een van de bekendste drinkgelegenheden in het District, wat haar prima uitkomt. Marsha leunt nog iets verder voorover en kust zijn oor. Ze laat haar tong langs zijn oorlel glijden en fluistert: 'Dat wat je altijd al wilde doen... je mag het nu met me doen. Ik meen het.'

Als ze weer achteroverleunt verfrommelt hij met één hand zijn servet terwijl hij met de andere een cheque ondertekent. Ze pakt haar kleine zwarte handtas en hij grijnst als een tienerjongen die eindelijk zijn rijbewijs krijgt overhandigd. Met zijn warme lage stem zegt hij: 'Jij... je bent een groenogige djinn. De manier waarop je me bespeelt.'

Marsha wacht tot hij naast haar staat en biedt hem haar arm aan. Hij steekt de zijne door die van haar en zo lopen ze samen door de bar naar de statige en chique lobby van het Hay-Adams Hotel, met zijn pilaren, hoge plafonds, gepolitoerd hout en efficiënt personeel.

Ze passeren drie potige mannen in te krappe pakken die in fauteuils zitten. Terwijl hun blikken het stel volgen blijft Marsha glimlachen. De lift is geruisloos en snel, en ze zijn er binnen enkele seconden. Ze draait haar hoofd naar hem toe en begraaft sabbelend en likkend haar gezicht in zijn nek. Hij smaakt naar vanille. Ze gaat door met haar liefdesspel om ervoor te zorgen dat haar gezicht niet zichtbaar is voor de beveiligingscamera's in de lift.

Ze lopen door de gang en de hand van arme Carl trilt als hij zijn sleutelpasje probeert te gebruiken; één, twee keer, maar bij de derde poging weet hij de deur zowaar open te krijgen. Marsha ziet dat er een bobbel in zijn broek is verschenen.

Hij wenkt haar naar binnen. Snel neemt ze de luxe en de ruimte in zich op waar Carl de afgelopen twee weken in heeft verkeerd. Ouderwets meubilair, een zitkamer, een schitterende, goed ingerichte slaapkamer en ramen die op het Witte Huis uitkijken.

Marsha draait zich naar hem toe en kust hem hartstochtelijk. Ze drukt zich tegen hem aan en wrijft haar met een zwarte panty bedekte dij tegen zijn kruis. Hij kreunt van lust en verwachting, maar ze maakt zich los van hem en zegt hijgend: 'Carl... geef me even een momentje... goed?'

'Ja... mijn groenogige djinn... alles wat je maar wilt.'

Marsha loopt door de kamer en bedenkt dat zelfs maar één nacht in de kleinste kamer van dit hotel meer kost dan haar maandsalaris van toen ze nog bij het Korps Mariniers zat. Ze trekt de gordijnen dicht, zodat het Witte Huis niet langer zichtbaar is; er zouden agenten van de geheime dienst op het dak kunnen zijn die anders zo naar binnen kunnen kijken. Ze opent haar kleine handtas, zoekt naar iets en loopt dan breed glimlachend terug naar Carl terwijl ze de rits van haar jurkje opentrekt.

Carl laat er geen gras over groeien, hij heeft zijn colbert en stropdas uitgetrokken en zijn openstaande overhemd onthult een donkere, behaarde borst. Terwijl hij met trillende handen zijn riem losgespt gaat Marsha voor hem staan. Ze omhelst hem, kust hem voor de laatste keer en vermoordt hem.

13

De president van de Verenigde Staten en zijn stafchef blijven een minuut lang zwijgend zitten nadat het woedende hoofd van de presidentiële beveiligingsdivisie het Oval Office heeft verlaten. Dan staat Harrison op en loopt naar zijn bureau, bijgenaamd Resolute, een gift aan de natie van Queen Victoria. Hij gaat aan het kleine sierlijke bureau zitten, net als JFK en Bill Clinton dat ooit hebben gedaan, en bedenkt dat zij ook problemen met vrouwen hadden – net als hij nu.

Het Oval Office... Hoe vaak heeft hij het land niet vanuit deze kamer toegesproken? Hoe vaak heeft hij zich hier niet met gasten en hoogwaardigheidsbekleders laten fotograferen? Hoeveel bijeenkomsten heeft hij hier niet gehad met kabinetsleden of journalisten?

En nu heeft hij net een bijeenkomst achter de rug over de geheime opsporing van zijn vrouw, op dezelfde dag dat zijn relatie met Tammy Doyle zo pijnlijk openbaar is gemaakt. Hij zou dit vierentwintig uur geleden niet voor mogelijk hebben gehouden.

Parker loopt naar hem toe en gaat in de gestreepte leunstoel zitten die naast het bureau staat. Harrison kijkt hem aan en zegt: 'Denk je dat ze het zal doen? We vragen veel van haar.'

Parker glimlacht. 'Je weet wat ze zeggen: als je ze eenmaal bij de ballen hebt, volgen het hoofd en het hart vanzelf.'

Voor het eerst sinds ze Atlanta hebben verlaten barst Harrison in lachen uit. 'Het is een vrouw, idioot.'

Zijn stafchef kan er ook de humor van inzien. 'En dat is jouw afdeling, ik weet het. Luister, ze zal haar werk doen. Jij sprak haar aan op haar carrière, en dat liet haar koud. Maar ik begon over haar persoonlijke leven, zij en haar dochter, en dat sorteerde effect.'

Harrison kijkt naar de telefoon en weet dat hij ergens vandaag Tammy Doyle zal moeten bellen. Naast de groeiende bezorgdheid over Grace schaamt hij zich over de manier waarop hij Tammy in Atlanta in de steek heeft gelaten, met die hongerige groep journalisten in haar kielzog. De vrouw van wie hij hield werd gedumpt en moest in haar eentje die jakhalzen van de media van zich afschudden. Hij kan zich de laatste keer dat hij zich zo heeft geschaamd niet meer herinneren.

'Waar denk je dat Grace is?' vraagt hij.

'Niet ver,' zegt Parker. 'Ik denk dat ze haar beveiligingsteam bij de manege het nakijken heeft gegeven, een pick-uptruck heeft geleend en misschien wel naar een motel is gereden om eens flink uit te huilen en een paar borrels te drinken.'

'Hoelang zal het duren voordat we haar vinden?'

'Maak je maar geen zorgen. Ze is een van de herkenbaarste vrouwen op deze planeet. Hoe ver denk je dat ze zal komen? Het zou me niets verbazen als we het op het eind van deze dag weten. Die agent Grissom… ik heb haar dossier gelezen. Ze zal de klus klaren.'

'Vertel me over haar,' zegt de president.

'Ze is net zo lang als jij in het Witte Huis, en is vorig jaar tot hoofd van de presidentiële beveiligingsdivisie benoemd. Ze is begonnen bij de DC Metro Police, is daarna naar de Virginia State Police overgestapt en vervolgens bij de geheime dienst terechtgekomen. En dat met die Iraanse ambassadeur… Het lukte haar een man te redden die haar haat omdat ze een vrouw is die voor de Grote Satan werkt. En dat heeft ze ook nog al die jaren geheim weten te houden.'

'Ik hou er niet van zoals je haar net bedreigde… met haar scheidingsperikelen. En haar dochter. Dat is niet goed,' zegt Harrison.

'Ons doel is ermee bereikt.'

'En toch hou ik er niet van.'

‘Probeer het dan te vergeten, en stel me er verder geen vragen meer over.’

Parker Hoyt probeert te peilen wat er achter de staalgrijze ogen van de president omgaat, en besluit dat het geen slecht idee is om de druk wat op te voeren.

‘Mr. President, ik denk dat agent Grissom haar best zal doen om de first lady te vinden. Maar ze zou obstakels op haar weg kunnen aantreffen die ze… gezien haar karakter niet makkelijk zal weten te omzeilen. We zouden er misschien nog iemand op moeten zetten, zeg maar een soort back-up.’

‘Wie heb je in gedachten?’

‘Het is beter als je dat niet weet.’

De president aarzelt even. ‘Zolang ze maar gevonden wordt…’

‘… en het presidentschap gered zal worden?’

Hij knikt. ‘Ja. Vind haar en bescherm het presidentschap.’

‘Ik zal ervoor zorgen,’ zegt Parker, die opstaat. ‘Ik excuseer me nu, sir. Ik ben in mijn kantoor.’

‘En… de nieuwsmedia. We moeten ze iets zeggen.’

‘Dat heb ik geregeld. Ik ben over tien minuten terug.’

Parker loopt het Oval Office uit, langs de deur van mevrouw Youngs kantoor, langs een agent van de geheime dienst, en maakt dan een scherpe bocht naar rechts om zijn eigen kantoor te betreden. Geld, prestige, macht… het hoort hier in DC allemaal bij de canon, maar wat echt telt is het hebben van toegang tot de president. Parker behoort tot de weinigen in het Witte Huis die de president op elk moment zonder afspraak kunnen zien, en hij is de enige hier die heeft wat er op de hoek van zijn bureau staat: een privélijn die niet via de presidentiële telefooncentrale loopt. Een verbinding die vier jaar geleden, na de nodige pressie en harde woorden in een weekend is aangelegd.

Hij sluit de deur achter zich en kijkt naar de telefoon. Er zijn twee nummers die hem bij deze kwestie uit de brand zouden kunnen helpen, maar welke zal hij kiezen? Ze zijn beide even gevaarlijk.

Wat zal hij doen?

Het doet hem denken aan dat klassieke verhaal: 'The Lady, or the Tiger?'

Welke deur zal hij openen?

Welk nummer zal hij bellen?

Zijn gewone telefoon rinkelt en rinkelt. Hij negeert hem.

Geen tijd voor dagelijkse zaken.

Hij neemt een besluit, hij kan het andere nummer voor later bewaren.

Hoyt toetst snel een aantal cijfers in. De privételefoon gaat één keer over en wordt dan opgenomen door een voormalige collega van hem, uit de tijd dat hij voor Global Strategic Solutions werkte.

'Ja?' klinkt een mannenstem.

'Ik wil... Gray zien. Meteen.'

'Waar?'

Parker zegt het hem.

'Een moment...'

Parker wacht.

'Over een half uur.'

'Oké.'

Hij hangt op, en denkt aan wat de president hem heeft gezegd.

Vind de first lady.

Niet 'red haar', 'bevrijd haar' of 'help haar'.

'Vind haar', dat was het enige wat hij zei.

En dat is precies wat hij van plan is.

14

Zijn ogen sperren open terwijl hij een stap achteruit doet. Marsha Gray houdt de kleine injectienaald in haar hand geklemd, haar nagels zijn felrood gelakt. Hij trilt en probeert adem te krijgen, en terwijl ze zich afvraagt of ze hem nog iets ten afscheid kan zeggen voordat zijn geest naar welk hiernamaals dan ook afreist, zakt Carl in elkaar.

Marsha draait haar armen op haar rug om de rits van haar jurk weer omhoog te trekken, waarna ze de injectienaald terug in haar handtas stopt. Een geraffineerde drug die binnen een paar minuten in Carls bloedstroom zal verdwijnen, en als er sectie zal worden gepleegd zal de lijkschouwer een natuurlijke doodsoorzaak noteren, misschien een hartaanval. Wat er ook in het overlijdensrapport zal staan, Carl zal nog steeds dood zijn.

Missie volbracht.

Bij de werkhoek met de prachtige gestoffeerde stoelen en het mahoniehouten bureau staan twee identieke, zwarte diplomatenkoffertjes.

Verleidelijk.

Ze pakt een paar lichtblauwe latex handschoenen uit haar handtas, trekt ze aan en klikt de koffertjes open. Ze is verbaasd dat ze niet op slot zitten.

Elk koffertje is tot aan de rand toe gevuld met bundels honderddollarbiljetten.

Ze fluit.

'Jee, meid, ik hoop dat je de verleiding kunt weerstaan,' fluistert ze.

Ze werpt nog een laatste blik op het geld en klikt de koffertjes weer dicht.

De arme Carl is – of was – de zoon van een prominent politicus en oligarch, wat op hetzelfde neerkomt in het bewuste land dat op 'stan' eindigt, en zou die middag een bijeenkomst hebben met belangrijke figuren uit de Amerikaanse oliewereld en vertegenwoordigers van zijn land.

Ze is er zeker van dat zijn onverwachte dood veel beroering, wantrouwen en misschien wel een paar vervolgmoorden zal veroorzaken, maar dat zijn haar zaken niet.

Haar enige focus is om veilig uit het Hay-Adams zien te komen.

Ze pakt haar handtas en loopt de aangrenzende badkamer in, die de afmetingen heeft van haar eerste eigen appartement in Cheyenne.

Drie kwartier later drinkt Marsha Gray een paar straten verderop een Diet Coke in een Subway-vestiging. Het drankje, dat ze hier voor 1,99 dollar heeft aangeschaft, zou haar in het Hay-Adams tien keer zo veel hebben gekost, maar nu ze zo succesvol het hotel is uit geglipt voelt ze weinig behoefte er terug te keren, vooral niet nu het circus van politie, FBI en ambulances er elk moment kan arriveren.

Ze was kalm en efficiënt aan de slag gegaan in Carls enorme badkamer. De groengetinte contactlenzen werden door het toilet gespoeld. De zwarte panty werd vervangen door een stel transparante kousen. Een paar rukken en haar speciaal ontworpen cocktailjurk was van zijn decolleté ontdaan en twaalf centimeter langer geworden. Nog een paar rukken en haar pumps waren platte schoenen geworden. De kastanjebruine pruik werd samen met de losse hakken op een centraal punt in haar nieuwe, bescheiden jurk gestoken, zodat het er opeens uitzag alsof ze een paar maanden in blijde verwachting was. Tot slot pakte ze een bril met zwart montuur uit haar handtas en zette hem op. En zo was de weg vrij om Carls kamer te verlaten, de lift naar de lobby te nemen en langs zijn drie bodyguards te lopen, die geen enkele aandacht aan haar schonken.

Ze neemt nog een slok cola, kijkt hoe laat het is en vraagt zich af wanneer er zich een volgende klus zal aandienen.

Haar iPhone gaat. Ze kijkt naar het scherm en glimlacht.

Dat is snel.

15

Voor ik het weet ben ik weer terug in de verduisterde en, ondanks de voortdurende gesprekken op de politieradio's, redelijk rustige omgeving van Room W-17. Mijn hart bonst hard genoeg om te denken dat ik een volgende tienkilometerloop heb volbracht. Die gedachte brengt me bij de foto op mijn bureau, en bij mijn lieve Amelia, en de dreigende taal van Parker Hoyt. Ik check het statusscherm, de monitors en zelfs de tv-zenders, die eindeloos hetzelfde materiaal herhalen: beelden van de man die hierboven zit met zijn maîtresse. Of geliefde. Of vriendin.

Ik ga zitten en kijk nog een keer naar de foto's van mijn meisje terwijl mijn vingers het houten bordje zoeken dat ze voor me heeft gemaakt.

Ik haal diep adem. Zo veel jaren van hard werken, lange nachten, en vele reizen om dit punt te bereiken, het hoogtepunt van een carrière bij de geheime dienst. En de eerste vrouw ooit die hoofd van de presidentiële veiligheidsdivisie is geworden.

En net zo veel jaren van hard werken en toewijding om die andere kant van me in te vullen, als moeder van een jongedame die Amelia Grissom Miller heet en die haar hele leven en toekomst voor zich heeft liggen.

Mijn vingers glijden van het bordje af.

Ik beweeg me niet.

Parker Hoyt heeft gelijk.

Ik verspil mijn tijd.

'Scotty!' roep ik uit.

'Baas,' antwoordt hij. Hij zit voorovergebogen aan een rapport of update te werken, zijn grote vingers hameren op het toetsenbord alsof het een vijand is die de volle laag verdient. 'Ik heb CANARY's team tevergeefs proberen te bereiken. Volgens mij moet ons radiosysteem een upgrade krijgen voordat...'

'Laat dat maar even,' zeg ik. 'Reserveer een beveiligde SUV. We gaan samen een ritje maken.'

Hij heeft de telefoon al in zijn hand. 'Komt voor elkaar. Waar gaan we heen?'

Ik pak mijn tas, mijn zwarte wollen overjas en mijn felrode sjaal. 'Naar het rampgebied... of in dit geval, een manege in Virginia. Kom mee.'

Bij het Witte Huis staat een volgetankte, onopvallende zwarte Chevy van het hoofdkwartier van de geheime dienst op H Street voor ons klaar. Ik laat Scotty achter het stuur plaatsnemen, en even later rijden we langzaam de lange, bochtige oprit van de zuidkant van het Witte Huis af. Hij zet het adres van de manege in de gps en nadat ik mijn autogordel heb omgegespt zegt hij: 'Wat is er aan de hand? Een onaangekondigde inspectie van CANARY's beveiligingsteam?'

Ik maak het mezelf comfortabel en zet mijn tas tussen mijn voeten. 'Zoiets, ja.'

Vanuit de beveiligingspost wordt gebaard dat we erlangs mogen en we rijden in zuidelijke richting 15th Street op naar Constitution Avenue. De Treasury Library en andere neoromaanse overheidsgebouwen staan langs deze vierbaansweg. Het is een frisse herfstdag maar de trottoirs zijn volgepakt met zowel toeristen die zich aan de historische architectuur vergapen als inwoners van DC – lobbyisten, bureaucraten en de enkele politicus. Ze zitten aan hun telefoons en bewegen zich snel door de mensenmassa's met het idee dat zij, en alléén zij, een vitale rol in de regering spelen.

En verspreid in deze kleinere groep is er een nóg kleinere groep, een handvol collega's. Ze zien eruit als toeristen of bureaucraten, maar er is één verschil: hun ogen zijn altijd in beweging, ze hebben de blik van een jager, op zoek naar hen die de president kwaad willen berokkenen.

'Baas?'

'Ja, Scotty,' zeg ik en ik wend mijn blik van de drukke trottoirs af. We zijn nu voorbij de overheidsgebouwen, ik zie rechts het park van de Ellipse (afgelopen december heb ik Amelia hier mee naartoe genomen voor het aansteken van de National Christmas Tree, dik ingepakt tegen de kou terwijl ik haar schouders vasthield en haar vroege kerstcadeau over het mijne had gedrapeerd) en voor ons doemt in de verte het Washington Monument op.

'Wat is er precies aan de hand?' zegt hij. 'Dit is geen inspectietripje, toch? Ik voel het. Je bent te gespannen.'

Politici mogen de term 'stammenoorlog' dan wel graag bezigen, maar Scotty heeft in échte stammenoorlogen gevochten, met bermbommen en luchtaanvallen en een M4 of AK-47 in zijn handen. Dankzij zijn kracht en slimheid is hij er ongehavend uit gekomen, maar vooral dankzij zijn vermogen om aan te voelen wanneer er iets niet klopt.

'Nee, het is geen inspectietripje,' zeg ik.

'Wat is er dan aan de hand?'

Het is druk op de weg, we beginnen steeds langzamer te rijden. Ik knijp in mijn autogordel en zeg: 'De first lady wordt vermist.'

Scotty is gelukkig een prof. 'Op het statusscherm stond dat ze op een manege in Campton was. Er haar team heeft niet gemeld dat er iets mis was.'

'Dat komt omdat hun is opgedragen hun mond dicht te houden.'

'Door wie?'

'Dat zal ik je zeggen, door haar echtgenoot de president,' zeg ik. 'En hij en zijn stafchef hebben mij opgedragen om haar te vinden… en ze willen dat het geruisloos en snel gebeurt, zonder opschudding of krantenkoppen.'

'Maar…'

'We hebben op dit moment een schandaal, Scotty, een máánd voor de verkiezingen. Als er nu nog het nieuws van een vermiste first lady bij komt… kan onze man het verder wel schudden. Er staat te veel op het spel. En het Witte Huis zal het niet laten gebeuren dat die Californische mafkees de volgende president wordt. Weet je wat de gouverneur heeft gezegd over de Chinese troepenopbouw in de Stille Oceaan? Dat we ons niet druk hoeven te maken over de legerbasissen daar omdat de hele boel vanwege de klimaatverandering onder water zal komen te staan, en dat we daarom het defensiebudget kunnen halveren.'

We gaan langzamer rijden als we Constitution Avenue naderen.

'Zoiets geloof je toch niet?' zegt Scotty.

'Inderdaad.'

Ik ben even in gedachten verzonken, en zeg dan peinzend: 'Weet je waarom ik bij de geheime dienst ben gegaan?'

'Niet voor het salaris in elk geval.'

Hier moet ik om lachen. 'Ja, dat is waar. Nee, het is dat ik hier ben opgegroeid... en toen kwam ik bij de politie terecht en moest ik de kleine jongens beschermen. Maar ik wilde iets groters bewaken. De hoop en de dromen waarop deze historische gebouwen zijn gefundeerd. Het klinkt misschien gek, maar ik ging elke dag naar mijn werk met het idee dat ik iets groters dan mezelf beschermde.

Ik zwijg even, en probeer te beredeneren waarom ik dit allemaal zeg. 'En vandaag ben ik er weer aan herinnerd dat ik voor sommige mensen niets meer ben dan een agent die de rotzooi mag opruimen.'

Het verkeer begint nu echt in een slakkengang vooruit te kruipen. Ik kruis mijn armen voor mijn borst en zeg: 'Weet je nog wat ik zonet zei, dat alles geruisloos moest?'

We bevinden ons zo'n zes meter van het kruispunt. We hebben het terrein van het Witte Huis bijna tien minuten geleden verlaten en zijn nauwelijks vooruitgekomen.

'Ja, baas, dat weet ik nog,' zegt Scotty.

'De plannen zijn veranderd, zet alles maar aan.'

Hij zet een paar schakelaars om en de sirene van de Suburban begint te loeien terwijl de rood-blauwe zwaailichten op het dak en in de grille opflitsen. Langzaam begint het verkeer voor ons in beweging te komen en binnen een paar minuten rijden we in westelijke richting over Constitution Avenue om zo dadelijk via de Theodore Roosevelt Memorial Bridge de Potomac over te steken en de staat Virginia in te rijden.

Bij het volume van de sirene is er geen gesprek met mijn assistent meer mogelijk, maar dat is niet erg want ik heb hem net al genoeg verteld.

Het verkeer gaat voor ons aan de kant, en ik zit ontspannen op mijn stoel als we de Potomac oversteken en Virginia in rijden – op weg naar het rampgebied of wat dan ook.

16

Na nog enige tijd met de president te hebben doorgebracht, waarin ze een verklaring hebben opgesteld die voornamelijk uit platitudes bestaat – de sleutelzinnen waren dat de president bekende dat hij een relatie had gehad die 'ongepast' was, hij hoopte dat de pers hier in elk geval een dag lang genoegen mee zou nemen, samen met een bijna oprechte verontschuldiging aan zijn 'lieve vrouw' en 'het Amerikaanse volk' – verlaat Parker Hoyt het Witte Huis om een wandeling te maken. Hij loopt in zuidelijke richting naar Pershing Park, te midden van hordes onnozele toeristen van wie de meesten waarschijnlijk niet eens weten wie de vorige president was. Hij stopt bij een bankje aan de grote vijver die in de winter tot schaatsbaan wordt omgetoverd. Er waait een briesje, en veel passanten zijn stevig ingepakt tegen de klaarblijkelijke kou, hoewel Parker daar geen last van heeft. Als je in Cleveland aan de ijzige oevers van Lake Erie bent opgegroeid, weet je wel wat echte kou is.

Een kleine, lichtgetinte vrouw met dun zwart haar en bruine ogen in een zeemansjekker en spijkerbroek loopt naar het bankje en gaat naast hem zitten. Parker werpt nog een laatste blik op de toeristen. Als een op de honderd hem kon vertellen wie Pershing was en wat zijn wapenfeiten waren, zou hij verbaasd zijn.

Parker zegt tegen de vrouw naast hem: 'Het Korps Mariniers zei dat je merites uit tweeënveertig bevestigde klussen bestaan.'

'Drieënzestig,' antwoordt de vrouw resoluut. Het is Marsha Gray, een voormalige marinier die op contractbasis voor Global Strategic Solutions werkt, en ze is stipt op tijd.

'Hoe kan dat?'

Ze houdt haar handen in haar jaszakken gestoken. 'Het korps heeft strikte regels als het gaat om moordaanslagen. Ze willen een secundaire bevestiging. Voor de meesten is dat geen probleem omdat ze een handlanger hebben die voor hen op de uitkijk staat. Hij kan de aanslag bevestigen. Maar ik werk alleen. Dan zijn er evaluatierapporten of dronebeelden nodig om de aanslag te bevestigen.'

'Vreemd, om alleen te werken.'

'En ik heb op vreemde plekken gewerkt,' zegt ze. 'Door mijn achtergrond heb ik de huidskleur om er onopvallend te opereren. De meeste mannen laten me met rust als ik een chador of iets dergelijks draag. Maar onder die chador draag ik een speciaal model Remington X600 langeafstandsgeweer dat demonteerbaar is. Zo kan ik de losse delen over mijn schouder hangen zonder dat iemand het kan zien. Ik zoek de ideale plek, zet het geweer in elkaar, richt en elimineer mijn doelwit. Tegen de tijd dat hij is uitgebloed loop ik over straat als een fatsoenlijk gesluierde vrouw, onderdanig voor alle mannen met stinkende baarden en God.'

'Dat is mooi.'

'Wat is de klus?' vraagt Marsha.

'Wat is je mening over onze president?' zegt Parker.

Ze haalt haar schouders op. 'Hij is niet beter, maar ook niet slechter. Maar zijn jongeheer heeft hem wel in de problemen gebracht. Waarom vraag je dat?'

Parker vraagt zich af hoe hij het zal formuleren, en besluit om gewoon maar van wal te steken. 'President Tucker… hij krijgt dingen voor elkaar. Het is misschien niet allemaal even baanbrekend en sensationeel… maar hij krijgt dingen voor elkaar. Voor het eerst in lange tijd hebben we een president die niet in een uitzichtloze strijd met de oppositie of met de nieuwsmedia is verwikkeld. We hebben er tientallen jaren over gedaan om zo diep te zinken, en het zal ons nog tientallen jaren kosten om er weer bovenop te komen, maar deze man werkt er tenminste aan. Hij heeft een goede start gemaakt.'

Marsha lijkt niet onder de indruk, dus hij vervolgt: 'Ik ben opgegroeid in Cleveland, de risee van het Great Lakes-gebied. Mijn vader, zijn vader en mijn overgrootvader werkten in de staalfabrieken en -gieterijen. Plekken waar je liever niet wilt zijn. Maar het waren goede banen die hen in staat stelden een huis te kopen, de kinderen iets na te laten en om misschien af en toe een zomerhuisje te huren. Families als de onze kon je geen ondernemers noemen, ze bedachten geen nieuwe internetapps of dat soort dingen. Dus werden ze in de steek gelaten, vergeten. Maar deze president... hij is ze niet vergeten. Hij is mijn familie niet vergeten. En daarom werk ik voor hem, en daarom bewaak ik zijn welzijn en succes. Zijn tegenstander... die denkt dat we een nieuwe wereld vol licht en geluk zullen bereiken als we allemaal kool gaan verbouwen, elkaars hand vasthouden en Kumbaya zingen. Ik kan niet toestaan dat hij de verkiezingen wint, het zal op een historische ramp uitdraaien.'

'Een goed verkooppraatje,' zegt Marsha. 'Maar wat houdt de klus in?'

'Jij bent onder arme omstandigheden in Wyoming opgegroeid, toch? In de bergen, als dochter van een Baskische schapenboer. Je ouders verongelukten in een sneeuwstorm. Je hebt je bij het Korps Mariniers aangemeld om daar weg te kunnen komen, om iemand te worden. Het moet zwaar geweest zijn in Wyoming.'

'Jij had een meer, wij hadden bergen. Jij hebt het beter gehad.'

Parker zwijgt even en zegt dan: 'De first lady is verdwenen. De geheime dienst weet niet waar ze is.'

'Dat is fijn voor d'r,' zegt Marsha. 'Heb je die prammen van die andere meid gezien? Ik zou ook verdwijnen als ik erachter kwam dat hij het met haar deed.'

'Er is hier meer aan de hand. Er hangt een luchtje aan deze plotselinge afwezigheid. Het kan een vermissing zijn, het kan zijn dat ze zelf is vertrokken. Ik zal niet toestaan dat ze de herverkiezing van de president saboteert, dus we houden de zoektocht naar haar geheim. Ik geef je informatie over het onderzoek van de geheime dienst, en ik wil dat je hen schaduwt… en als de situatie het vereist, ga je tot eliminatie over.'

Marsha slaat haar benen over elkaar. 'Hoe zal ik weten dat de situatie het vereist?'

'Ik zal regelmatig contact met je houden. Je zult het weten.'

Er loopt een groep joelende schoolkinderen voorbij, met twee leraressen die verwoede pogingen doen om ze bij de vijver weg te houden. 'Is dat goed?' vraagt Parker.

'Even voor alle duidelijkheid,' zegt Marsha. 'Gaat het alleen om de first lady, of moet ik doen wat nodig is?'

'Doe maar alsof je in het veld bent, en dat je met niemand contact kunt opnemen. Doe dus wat nodig is.'

Ze haalt nog een keer haar schouders op. 'Geen probleem.'

'Weet je het zeker?'

'Ik heb haar trouwens toch nooit gemogen. Geen probleem.'

'Goed,' zegt Parker. 'Ik wil dat je meteen aan de slag gaat.'

'Prima,' zegt ze.

'Mooi.' Hij zegt een serie cijfers op. 'Dat is mijn privélijn in het Witte Huis. Bel me binnen een half uur en ik geef je de informatie die ik tot nu toe heb, vanaf daar gaan we verder.'

'Deal,' zegt ze.

Marsha staat op, en Parker zegt: 'Mag ik je nog één vraag stellen?'

'De meter loopt nog niet, dus ja, vraag maar.'

'Wie is Pershing? Je weet wel, de man naar wie dit park is vernoemd.'

Voor de eerste keer dat hij deze huurmoordenaar heeft ontmoet, glimlacht ze. 'Is dit een grap? Generaal John Joseph "Black Jack" Pershing. Hoofd van de American Expeditionary Force tijdens de Eerste Wereldoorlog. Daarvóór joeg hij in Mexico op Pancho Villa, maar hij heeft hem nooit te pakken gekregen. Verder nog iets?'

'Nee,' zegt Parker. 'Ga nu maar, en bel me niet te laat.'

'Dat zal ik niet doen,' zegt Marsha. Net als huurmoordenaars overal ter wereld mengt ze zich snel tussen de groepen mensen en bomen en is ze verdwenen.

Parker beschouwt dat als een goed teken.

17

Na een half uur rijden door het platteland van Virginia komen we aan bij de Westbrook-manege, die aan de rand van het plaatsje Campton ligt. Scotty parkeert onze Chevy Suburban naast twee identieke zwarte Suburbans die op een modderig terrein staan met een houten hek eromheen dat tot schouderhoogte reikt.

Ik stap uit en Scotty probeert me bij te houden als ik naar het driekoppige beveiligingsteam van de first lady been. Ze staan erbij als een stel konijnen dat bescherming bij elkaar zoekt. Ik laat mijn professionele houding varen en geef ze drie minuten lang de volle laag, schreeuwend en zwaaiend met mijn rechtervuist alsof ik ze elk moment de koppen kan in slaan.

Het team, twee vrouwen en een jongeman, laat de storm gelaten over zich heen komen tot ik stop, diep ademhaal en zeg: 'Dit was niet nodig geweest. Sorry, pure tijdverspilling. Pamela, geef me een briefing.'

Pamela Smithson doet een stap naar voren. Ze is blond en heeft nauwelijks de lengte en het gewicht die vereist zijn voor de geheime dienst, maar ze is een expert in het handgevecht. Ik heb gezien hoe ze vorig jaar op een verjaardagsfeestje van een collega een lomperik van de Binnenlandse Veiligheidsdienst die haar lastigviel in het zwembad smeet.

'CANARY wilde hiernaartoe om een paar uur te gaan paardrijden,' verklaart ze. 'Ze vindt het ontspannend, en de dokter had het haar aangeraden omdat het haar herstel zou bespoedigen.'

Om ons heen staan schuren, bijgebouwen, hekken en veel paarden; het geheel moet miljoenen dollars waard zijn. Dit stuk van de ranch is afgescheiden van de hoofdstallen. Op zo'n dertig meter afstand zie ik een kraal waarin kinderen met pony's en paarden bezig zijn.

'Wat is dat daar?' vraag ik.

'Een gedeelte van het complex is het eigendom van een liefdadigheidsinstelling die Green Grass for Kids heet,' zegt Pamela. 'Ze brengen stadskinderen en anderen die dat nodig hebben naar deze ranch zodat ze van de vrije natuur kunnen genieten en met paarden leren omgaan. Het is een van CANARY's favoriete instellingen.'

'Oké, vertel me wat er is gebeurd.'

Pamela kijkt naar de andere twee agenten – Tanya Glenn, een zwaargebouwde Afro-Amerikaanse vrouw, en Brian Zahn, een slanke jongen die eruitziet alsof hij zijn eerste scheerbeurt nog moet krijgen – en zegt: 'Nadat ze het nieuws uit Atlanta hoorde heeft de first lady haar dagschema geannuleerd. Ze wilde hiernaartoe om paard te gaan rijden.'

'Dus er was geen check of inspectieronde, geen enkele voorbereiding.'

Tanya neemt het woord. 'Daar hadden we de tijd niet voor… en als je zo lang als ons in haar beveiligingsteam zit, weet je dat CANARY's wil wet is. Ze wilde gaan paardrijden, ze ging paardrijden. Ze zei dat dit een van de enige twee plekken ter wereld is waar ze kan ontspannen.'

'En hoe laat was dat?'

Pamela werpt een blik op haar horloge. 'Bijna drie uur geleden.'

'Jullie kunnen alle drie paardrijden,' zeg ik. 'Waarom zijn jullie niet met haar meegegaan?'

De wind draait en ik hoor het gelach en plezier van de kinderen in de verte. 'We gaan altijd met haar mee,' zegt Tanya. 'Dan rijden we vooruit of achter haar aan. Maar vandaag niet… Ze wilde alleen zijn en zei dat ze binnen een uur weer terug zou zijn.'

'Waarom werd ik niet ingelicht toen ze niet terugkwam?'

Pamela kijkt zowel uitdagend als geschokt. 'Orders.'

'Van wie?'

'Van de president.'

'Vertel,' zeg ik.

'Net toen ze te laat bleek, en ook haar telefoon niet opnam, werd er contact opgenomen door de communicatieofficier van de Air Force One. Ik sprak met Jackson Thiel, het hoofd van het beveiligingsteam van de president. Hij zei me even te wachten, waarop ik de president zelf aan de lijn kreeg die me zei om niets te ondernemen. Hij zou het verder regelen.'

'En hij zei niet dat je mij moest bellen?'

Pamela ziet er nu ellendig uit. 'Hij zei me... dat ik het stil moest houden en het aan niemand moest melden. Aan niemand.'

Ik bijt op mijn onderlip en zeg even niets, want ik bedenk somber dat er zojuist een rigoureus einde aan Pamela's carrière en die van de twee anderen is gekomen. Maar goed, hoe dit allemaal verder zal lopen weet ik niet, maar de kans bestaat dat er net zo'n rigoureus einde aan de mijne komt.

'Waar denken jullie dat ze nu kan zijn?' vraag ik.

Tanya antwoordt weer, het valt me op dat Brian, de enige man en het nieuwste teamlid, niets zegt. 'Sally,' zegt ze, 'die paden lopen kilometerslang door... je volgt er een en die vertakt zich, en die vertakt zich dan ook weer, en dan loopt het door... ze kan overal zijn. Ik denk dat ze haar telefoon heeft uitgezet, of weggegooid en dat ze ergens onder een boom is gaan zitten om zich ellendig te voelen.'

'Heeft ze haar noodknop bij zich?'

'Zeker weten,' zegt Pamela.

Iedere protegé heeft een verborgen noodknop bij zich – bij de president is het een Air Force One-medaillon dat hij altijd in zijn zak heeft zitten, de first lady heeft een broche die aan een gouden kettinkje om haar hals hangt – die een sterk waarschuwingssignaal en de exacte gps-positie uitzendt.

'Maar ze heeft hem niet gebruikt,' zeg ik.

'Nee,' zegt Tanya, 'ze heeft hem niet gebruikt.'

Ik laat mijn blik nog eens langs het bedrukte trio gaan, die nog iets ergers hebben gedaan dan het laten verwonden of vermoorden van hun protegé: ze zijn haar kwijtgeraakt.

'Bel zo de coördinator van jullie vervangende team,' zeg ik tegen Pamela. 'Verzin maar een plausibel verhaal, maar zeg dat jullie alle drie je dienst moet verlengen. We moeten dit zo klein mogelijk houden.'

Pamela knikt en ik vervolg: 'Goed, heb je een kaart van dit gebied?'

Ze loopt naar de dichtstbijzijnde Suburban, die een uitgevouwen kaart op het dak heeft liggen en wijst naar een gemarkeerd stukje, wat het parkeerterrein blijkt te zijn. 'Sinds het telefoontje van de president hebben we de dichtstbijzijnde paden verkend, waarbij een van ons achterbleef voor het geval ze zou opdagen.'

'Oké,' zeg ik.

'Het gebied van de ranch is groot,' vervolgt Pamela, 'een paar honderd hectaren, maar de buitengrenzen ervan zijn veilig, met beveiligingspersoneel dat langs het hekwerk inspectierondes doet en camera's. Vanwege onze orders heb ik het management nog niet gesproken over de videobeelden van vandaag, jij moet maar beslissen of je ze wilt zien, Sally.'

Net als ik iets terug wil zeggen roept agent Brian: 'Daar is ze!'

Ik draai me om mijn as, en de opluchting is zo groot dat ik bijna flauwval.

Het zwarte Morgan-paard van de first lady loopt stapvoets vanaf het hoofdpad in de richting van het parkeerterrein.

Ik schop tegen het voorwiel van de Suburban en begin hartgrondig te vloeken.

Er zit niemand op het paard.

18

Het vliegtuig landt over vijf minuten, en Tammy Doyle zit roerloos op haar riante stoel in de businessclass. Het was niet haar oorspronkelijke stoel, maar vlak nadat het vliegtuig van Atlanta naar Washington DC was opgestegen had de hoofdstewardess haar naar voren gewenkt en Tammy's bagage uit het kastje boven haar gepakt.

Met haar vlotte houding en geblondeerde haar had ze Tammy's moeder kunnen zijn, en nadat ze haar een plaats had toegewezen had ze zich voorovergebogen en gefluisterd: 'Het is altijd de fout van de mannen, maar wij moeten ervoor boeten.'

Tammy had gloeiende oren tijdens de vlucht. Ze moest aan de andere passagiers denken, die via de wifi van het vliegtuig met de wereld waren verbonden. Ze wist zeker dat iedereen haar geheim kende: de minnares van de president. Zijn maîtresse. Wat een slet.

Harrison had haar in Atlanta zijn plannen ontvouwd. Hij zou Grace na de verkiezingsdag op de hoogte brengen van hun relatie, daarna zouden ze officieel scheiden en kon hij Tammy tijdens zijn tweede termijn met gepaste bescheidenheid aan het Witte Huis en de rest van de wereld presenteren.

Maar nu?

Wat zou Harrison gaan doen?

Ze schrikt als het vliegtuig de grond raakt, en er komt een nieuwe gedachte naar boven.

Wat zal *zij* nu gaan doen?

Het vliegtuig taxiet binnen een paar minuten naar de gate en haar vriendin de hoofdstewardess heeft opnieuw de regie in handen. Ze helpt Tammy met haar bagage en blokkeert daarna het middenpad zodat ze een voorsprong op de andere passagiers heeft.

Ze knijpt Tammy nog even in haar schouder en fluistert: 'Ik zal voor je duimen.' Tammy knikt en weet niet wat ze moet zeggen. Ze loopt snel de slurf in met haar rolkoffer en haar zware zwartleren handtas over haar schouder.

Als ze de promenade heeft bereikt, zet ze een zonnebril en een marineblauwe baret op en vervolgt haar weg. In deze afgesloten zone is tot haar opluchting geen pers aanwezig. De strenge beveiliging staat niet toe dat je hier zonder boardingpass kunt zijn.

Wat betekent dat ze haar bij de aankomsthal zullen opwachten. Haar hart begint al te bonzen. Ze weet dat ze voor de tweede keer op deze lange en verschrikkelijke dag achtervolgd zal worden.

Samen met een aantal andere passagiers stapt ze in de AeroTrain, die haar naar de centrale aankomsthal zal brengen. Ze ziet een grote latinofamilie – oma, pa en ma en een zestal kinderen – en ze gaat vlak bij hen staan, ze glimlacht en knikt de overspannen moeder toe.

Het treintje komt met een schok in beweging, en bijna net zo snel als hij vertrokken is komt hij aan in de...

Dezelfde felle lichten van tv-camera's.

Verdomme!

De latinofamilie wringt zich erlangs met Tammy in hun kielzog. Ze begint snel te lopen. Ze hoort geschreeuw achter zich, maar de andere passagiers stromen naar buiten, en het is gelukkig een drukke dag in de aankomsthal. Ze zigzagt door de menigte en hoort allemaal vragen naast zich die ze negeert, tot een vasthoudende fotograaf haar de pas afsnijdt. Ze haalt uit met haar zware handtas en hij deinst terug.

Idioten, denkt ze. Ik ben opgegroeid in een arme buurt van South Boston, ik heb stage gelopen in Beacon Hill en heb er hard voor moeten vechten om op K Street terecht te komen. Denken jullie nu echt dat ik zal stoppen om een verklaring af te leggen?

Ze manoeuvreert zich naar buiten en duwt de zakenman die

als eerste in de rij voor de taxi's staat twee briefjes van twintig dollar in zijn hand om zijn plaats te mogen innemen. Binnen enkele seconden zit ze vastgegespt op de achterbank van een zwarte Washington Flyer-taxi en is op weg naar haar huis in Arlington.

Ze voelt een drukkende pijn op haar borst, en als ze achteroverleunt beseft ze waarom.

Ze is bijna compleet vergeten adem te halen.

Gelukkig is de taxichauffeur iemand die haar begroet, zich voorstelt en verder zijn mond dichthoudt terwijl ze het vliegveld achter zich laten. Tammy wringt haar handen samen als ze aan al Harry's beloftes denkt, waaronder die ene dat ze tijdens zijn tweede termijn met de Air Force One zou meevliegen, als hij eenmaal van de first lady gescheiden zou zijn.

'Het is iets om naar uit te kijken, neem dat maar van me aan,' had Harry gezegd. 'Je koffers worden voor je gedragen. Je kunt elke maaltijd kiezen die je wilt. Het is de prettigste, rustigste vlucht die je je kunt voorstellen. Je hebt je eigen cabine met mij voorin, met honderden films waaruit je kunt kiezen, of tv, of wat voor entertainment je ook maar wilt. Man, er is zo veel personeel op de Air Force One dat er zelfs iemand is om je servet op te rapen als je het laat vallen, ik zweer het je. Het is een onvergetelijke gebeurtenis, en die zul je binnenkort krijgen. Dat beloof ik je!'

En nu?

Nu denkt ze ergens diep vanbinnen dat al deze toezeggingen loze woorden waren, en geen beloftes. Sinds het begin van hun... relatie – ze vond het woord 'affaire' te goedkoop voor zoiets – had hij niet nagelaten haar te beschermen, was hij altijd op hun afspraakjes verschenen en had hij haar behandeld zoals een vrouw behandeld wil worden. Met respect, warmte en liefde.

Maar hij had haar daar in Atlanta, een paar uur geleden, in de steek gelaten. Hij had zich door de geheime dienst in een auto laten duwen, zonder te kijken of ze zich wel zou weten te redden uit die hinderlaag van persmuskieten.

En…

Dan ziet ze iets verschrikkelijk fout gaan. Op de naastliggende snelweg met het tegemoetkomende verkeer zijn wegwerkzaamheden, en een zwarte pick-up schiet met hoge snelheid over de middenberm. Ze schreeuwt iets naar de chauffeur terwijl de pick-up steeds groter wordt en zich in de zijkant van de taxi boort, en dan valt ze in een gat van pijn en duisternis.

19

Terwijl het paard van de first lady ons nadert gaat mijn telefoon. ‘Laat iemand naar dat verdomde paard toe gaan en het inspecteren!’ roep ik.

Agent Brian Zahn staat er het dichtstbij, het lukt hem het paard te bestijgen en de teugels te pakken zonder het te laten schrikken. ‘Waar moet ik naar kijken?’

Mijn telefoon klinkt nog een keer. ‘Jezus, bloed of tekens van verwondingen, of voor mijn part dat haar voet eraf is gerukt en nog steeds in een stijgbeugel zit!’

Voordat hij nog een keer gaat neem ik op. ‘Grissom.’

‘Hé, Sally,’ klinkt een zorgelijke mannenstem. ‘Met Gil.’

Ik knik tevreden. Gil Foster is een gewaardeerde collega die bij de technische afdeling van de geheime dienst werkt. Hem had ik gebeld toen we vlak bij de manege waren, met de sirene uit.

‘Gil,’ zeg ik, ‘ik hoop dat je iets hebt.’

Ik hoor hem zuchten. ‘Wat ik kan zeggen is dat de telefoon van de first lady tot drie uur geleden werkte en aanstond, en gebaseerd op de triangulatie van de gsm-masten en de gps-zender bevond hij zich op de Westbrook-manege, vijftig meter ten oosten van de hoofdstallen.’

‘Geweldig,’ zeg ik. ‘En dat is precies waar ik nu ben. Verder nog iets?’

‘Om zestien minuten over elf hield de telefoon ermee op.’

‘En hoe hield hij ermee op? Deed de batterij het niet meer?’

‘Er zou nog altijd een gps-signaal zijn als de batterij het niet meer deed,’ zegt Gil. ‘Die wordt namelijk gevoed door een radioactieve voeding die een jaar lang meegaat.’

'Wat is er dan gebeurd?'

'De telefoon moet beschadigd of vernietigd zijn.'

'Ik dacht dat die dingen niet kapot waren te krijgen?'

'Dat klopt,' zegt hij, 'maar als je het werkelijk wilt... hou je er een snijbrander op, of je legt hem onder een industriële wals, of je maakt hem open en gooit hem in het water, en dan...'

Er schiet me iets te binnen. 'Oké, Gil, bedankt voor de informatie.'

'Sally,' zegt hij snel. 'Ik moet het even weten... toen je me belde zei je dat dit een onaangekondigde oefening was, toch? Een steekproef of de first lady via haar mobiele telefoon kon worden gevonden.'

'Dat klopt,' zeg ik. 'Een oefening, ja.'

'Oké, maar...' hij stoot een nerveus lachje uit, 'zoals je erover praat klinkt het alsof het echt is en geen oefening.'

'Gil?'

'Ja, Sally?'

'Als iemand ernaar vraagt, of het nu je supervisor of ooit een onderzoekscommissie zal zijn, zeg je dat het bij jouw weten gewoon een verdomde oefening was.'

Ik hang op. 'Pamela!'

Ze staat met de andere twee leden van haar team bij het paard. Ze kijkt op en ik zeg: 'Laat me die kaart nog eens zien.'

Pamela komt bij de SUV staan en ik zeg: 'Het dichtstbijzijnde water bij de paden, ik wil het nu zien.'

Zonder te aarzelen wijst ze een blauwe lijn op de kaart aan. 'Dat is hier, Taccanock River. Die loopt dwars door het gebied. Een rivier kun je het eigenlijk niet noemen, het is meer een breed stroompje.'

'Haar paard... hoe heet het?'

'Arapahoe.'

'Het pad waarover Arapahoe terugkwam...'

'Ja, dat begint hier en loopt later parallel aan het water,' zegt ze.

'We gaan er nu meteen heen,' zeg ik. 'Haar telefoon... een van de manieren om hem buiten werking te stellen is om hem open te maken en in het water te gooien.'

'Alsof ze van haar paard is gevallen.'

'We gaan. Nu.'

Ik neem de leiding en zeg tegen Scotty: 'Jij blijft hier, je bent onze commandopost. Breng Arapahoe terug naar zijn stal en hou de pers weg, en ook nieuwsgierige kinderen, of wie dan ook.'

Scotty's blik vernauwt zich. Hij had liever iets anders gedaan, maar hij is een goede agent en doet wat hem wordt opgedragen. Ik wenk de rest van het team en gebaar dat ze in de SUV moeten stappen. 'Gaan we met de auto over het pad?' zegt Brian.

'Ja, we gaan met de auto.'

'Dat zullen de eigenaars niet leuk vinden.'

Ik stap achter in de wagen. 'Daar komen ze wel overheen.'

Voordat ik het portier van de SUV dichttrek, merk ik nog iets.

Alle drie de leden van het persoonlijke beveiligingsteam van de first lady hebben rode ogen.

Ik weet waarom.

Ze hebben gehuild omdat ze hun protegee, de first lady van de Verenigde Staten, zijn kwijtgeraakt.

Het pad is nauwelijks breed genoeg voor de SUV, takken en struiken schrapen langs de ramen. We zijn al langs verscheidene vertakkingen gereden die er precies zo uitzien als het hoofdpad. 'Er staan geen borden,' zeg ik. 'Hoe weet een ruiter welk pad hij moet nemen?'

'Als je hier paardrijdt, dan gaat het vanzelf,' zegt Pamela, die voorin zit. 'Het is een gegeven dat je pas verdwaalt wanneer je je er druk om gaat maken... hé, Tanya, niet zo hard!'

Ze heeft gelijk, want zelfs met onze autogordels om worden we flink heen en weer geslingerd. Ik moet aan iets denken wat eerder is gezegd. 'Zeg, wat was dat precies, dat CANARY hier om medische redenen paardrijdt? Welke medische redenen?'

De motor van de SUV gromt terwijl we verder rijden over het

pad. Pamela verschuift op haar stoel en kijkt me aan. 'Het is... nou ja, het is altijd geheimgehouden. Maar toen de president nog gouverneur van Ohio was heeft de first lady borstkanker gehad. Ze hebben het om de een of andere reden stilgehouden... en dat is nog steeds zo.'

'Hoe gaat het nu met haar?'

'Goed,' zegt Brian, die naast me zit. 'Het is meer dan vijf jaar geleden... maar het paardrijden ontspant haar, en het is goed voor haar bloeddruk... en andere dingen.'

'Wat voor andere dingen?'

Er valt een volgende stilte. De derde agent van het team, Tanya, zit achter het stuur en kijkt voor zich uit. 'De chemokuur die ze heeft gehad heeft haar leven gered... maar die heeft er ook voor gezorgd dat ze een vervroegde menopauze kreeg.'

'O,' zeg ik.

'Ja,' zegt Tanya met enige afkeuring in haar stem. 'Haar echtgenoot stelde en stelde de kinderen maar uit, totdat het te laat was.'

20

De SUV laat het bos achter zich en we rijden nu door een veld, het grindpad voor de paarden buigt duidelijk zichtbaar af naar rechts. We rijden nog een minuut door voordat Tanya op de rem trapt en de auto tot stilstand komt.

Voor ons is het water dat Pamela Smithson 'een stroompje' noemde.

Het water buldert op hoge snelheid voorbij, de golven spatten in sproeiregens uiteen tegen de rotsen en keien. Wat zij een stroompje noemde is diep, breed en gevaarlijk.

We stappen allemaal uit en lopen naar de oever. Aan de overkant begint het bos weer, en ik zie een glimp van de Blue Ridge Mountains in de verte.

'Wat een leuk stroompje hebben we hier, Pamela,' zeg ik.

'Het is de regen van de afgelopen weken... het moet ergens heen... Ik wist niet dat...'

Jij en je team hadden dat moeten weten, denk ik, maar ik slik het in en ga aan de slag. 'Goed dan, Brian en Tanya... jullie lopen stroomopwaarts en zoeken een doorwaadbare plek. Dan zoeken jullie aan de overkant stroomafwaarts. Pamela en ik nemen deze kant voor onze rekening... En laten we opschieten. Als ze van haar paard is gevallen, is ze mogelijk gewond en we hebben niet veel tijd voordat het donker en koud wordt.'

Brian en Tanya doen wat hun is gezegd terwijl ik met Pamela stroomafwaarts begin te lopen. Dit is niet goed, denk ik. We hadden een volledig zoekteam moeten hebben, dit is niet goed.

Maar dan weet ik het weer.

Orders.

'Jullie drie,' zeg ik. 'Jullie lijken zeer verknocht aan CANARY te zijn.'

'Absoluut,' zegt Pamela. 'Ze is anders. Ze is geen machtswellusteling, ze wil de wereld niet redden, het kan haar niet schelen of we verkeerde eetpatronen hebben... maar de kinderen, dat is altijd haar focus geweest, al sinds de dag waarop de president werd ingezworen.'

'En dat is waarom ze hier komt?'

'En ook op andere plekken. De pers ziet maar een fractie van wat ze allemaal doet. Vanaf het begin heeft ze een klein beveiligingsteam willen hebben. Jackie Kennedy kon het af met drie bodyguards, en dat wilde mevrouw Tucker ook. Drie, zodat het relatief discreet en onopvallend bleef. Als de president op reis is bezoekt ze vaak opvangcentra voor daklozen en volkskeukens, of weeshuizen en dan draait ze mee, schenkt donaties, of ze... luistert gewoon. Ze is een hele goede luisteraar.'

Er klinkt een uitroep. Ik kijk op en zie dat Brian en Tanya de overkant hebben bereikt. Ze zwaaien en beginnen aan hun zoektocht. Hun broeken zijn tot boven de knieën doorweekt.

'En verder?'

'Ze is goed voor haar team, dat kan ik je verzekeren,' zegt Pamela, die net als ik de oever en de rivier afspeurt. 'Op Thanksgiving of Kerstmis schuift ze haar reizen altijd een week op zodat we de feestdagen met onze families kunnen doorbrengen. En dan de brieven die ze krijgt... Ze krijgt veel brieven waarin haar hulp of om geld wordt gevraagd. Ze beantwoordt ze allemaal, en ze doet er dan vaak een cheque bij. Zie je dát weleens op het nieuws?'

'Nee,' zeg ik.

'En kijk wat het haar oplevert,' vervolgt Pamela. 'Terwijl ze dakloze kinderen en alleenstaande moeders bezoekt, naait haar man de een of andere slet.'

'Die slet,' zeg ik, 'zit wel in de directie van een groot lobbyistenkantoor op K Street, en die baan heeft ze niet gekregen vanwege haar cupmaat. Laten we haar niet meteen de schuld geven, oké?'

Pamela reageert hier niet op, maar dat kan me niets schelen. We gaan verder met het afspeuren van het veld, de oever en de rivier, een constante opvolging van blikken.

'Als ze nu eens niet van haar paard is gevallen,' zeg ik, 'zou ze dan gevlucht kunnen zijn? Of zich schuilhouden? Of iets anders?'

'Nee,' zegt Pamela. Dan kijkt ze op en zegt: 'Dat is een mooie sjaal die je om hebt.'

'Dank je,' zeg ik. 'Mijn dochter heeft hem gemaakt.'

'Ze is goed.'

'Ik weet het.'

Haar geklets begint me af te leiden, en net als ik er iets van wil zeggen zie ik iets in het water bewegen, als een boomblad, een wit boomblad...

Ik hef mijn rechterarm op. 'Stop.'

Pamela stopt en ik blijf er ingespannen naar kijken.

Wit. Het zit tegen een rots aan, op ongeveer een meter in het water.

'Wat is het?' vraagt ze.

'Ik zou het niet weten,' zeg ik.

Aan de overkant speuren de andere twee nog steeds de oever af. Mooi. We zullen gewoon door moeten gaan als dit niets blijkt te zijn.

Ik doe een stap naar voeren en kijk nog eens goed.

Het lijkt wel een stukje papier.

Toch?

'Ik ga erin,' zeg ik.

'Val niet.'

'Nou, bedankt, hè.'

Ik trek mijn schoenen uit en huiver als ik het koude water in stap. De sterke stroming trekt me bijna omver, en ik sta er pas tot aan mijn knieën in. Ik doe een stap, daarna nog een en bij de derde stap glij ik uit over een gladde steen. Ik sla half voorover en weet met veel maaiende armgebaren overeind te blijven.

Nog een paar centimeter en ik ben er.

Daar.

Een velletje wit papier, niets meer en niets minder, beschadigd en gescheurd door het sterk stromende water, dat tegen een rots aan plakt.

Ik peuter het er voorzichtig af, draai me om en loop terug. Pamela steekt haar hand uit om me op de oever te helpen.

'Wat is het?'

Ik zeg niets, want ik weet het ook nog niet.

Ik begin te rillen van de kou, kniel neer in het modderige gras en probeer het doorweekte velletje papier voorzichtig open te vouwen. Een helft van de dikke rode sjaal die zo liefdevol door mijn Amelia is gebreid, valt in de modder, in een snelle reflex zwaai ik hem terug over mijn schouder.

'O, mijn god,' zegt Pamela.

Ik herken het postpapier.

Bovenaan is een gestileerde tekening van het Witte Huis te zien, eronder staat in drukletters THE FIRST LADY, EAST WING, THE WHITE HOUSE.

En daaronder staat in een net, overhellend handschrift het volgende geschreven: *Mijn geliefden, na de gebeurtenissen van vandaag kan ik er niet meer tegen. Het is duidelijk dat…*

De rest van het bericht is door het water een grillige blauwe inktvlek geworden.

Pamela knielt naast me neer en mompelt: 'Jezus, een afscheidsbrief?'

'Trek niet te snel conclusies,' zeg ik scherp. 'Focus op wat we hebben, en dat is al erg genoeg.'

Ik kijk naar de wilde rivier.

'Een vermiste first lady.'

21

Er klinkt een bezorgde mannenstem. 'Juffie, juffie, gaat het wel?'

Tammy Doyle opent haar ogen en krimpt ineen. De rechterkant van haar hoofd bonst. Het portier aan de passagierskant staat open. De taxichauffeur klikt haar autogordel los en helpt haar bij het uitstappen. Ze staat in de modder en...

Chaos. Complete chaos.

De taxi waar ze in zat staat half op de snelweg met zijn neus in de verkeerde richting. De kofferbak is ingedeukt en er bijna afgescheurd. Op het asfalt zijn remsporen te zien, en het is bezaaid met stukken metaal en gebroken glas van de achterlichten. In de modderige middenberm de bandensporen van de pick-uptruck die eroverheen is geschoten. Het verkeer rijdt langzaam voorbij op beide helften van de snelweg, drie rijstroken in westelijke en drie in oostelijke richting.

Ze schrikt als de chauffeur haar schouder aanraakt om haar een geopende fles mineraalwater aan te reiken. Tammy neemt een flinke slok, en de man glimlacht. 'Wat hebben we een geluk. Ik zat vroeger in de ENDF en...'

'Wat is de ENDF?' vraagt ze met een bibberige stem.

'Ah, ja, de Ethiopian National Defence Force. Ik reed daar in een... hoe noem je het... pantserwagen?' Hij lacht en gebaart met zijn handen. 'Ik heb twee jaar in de woestijn gevochten tegen de rebellen. Als je plotseling een pantserwagen uit een zandstorm ziet opdoemen, leer je wel wat bijsturen is. Dus toen die idioot op ons afkwam heb ik bijgestuurd!'

Hij bloedt bij zijn linkerslaap, en Tammy zegt: 'Hé, je bloedt.'

'O, dat is niets.' Hij haalt een zakdoek tevoorschijn en drukt hem tegen zijn slaap. 'Maar mijn taxi… mijn arme taxi…'

Er klinken sirenes in de verte, en het langzaam rijdende verkeer begint ruimte te maken voor de naderende patrouillewagens en hulpverleningsvoertuigen. Haar chauffeur buigt zich bij het open voorportier voorover, pakt zijn telefoon, toetst iets in en begint snel te praten. Tammy weet zich ergens nog te herinneren dat Ethiopiërs Amharisch spreken, een Semitische taal. Als hij het gesprek heeft beëindigd, zegt hij: 'Mijn neef Jamal komt er zo aan, hij zal u thuisbrengen.'

Tammy leunt tegen de taxi en neemt nog een slok water. Ze merkt opeens dat ze op haar benen staat te trillen.

Thuis lijkt heel ver weg.

Terwijl een van de twee agenten van de Virginia State Police even later haar beknopte verklaring noteert – ze lijken veel geïnteresseerder in de chauffeur – stopt er een andere taxi, en haar chauffeur snelt ernaartoe om met zijn neef te praten. 'Waar is die pick-up gebleven?' vraagt ze aan de agent.

'De auto die jullie heeft geraakt?' zegt hij zonder van zijn formulier op te kijken. 'Geen idee. Het lijkt erop dat hij weer op de snelweg terecht is gekomen. Ik durf erom te wedden dat de bestuurder dronken was of op zijn telefoon zat. Maar we krijgen hem wel te pakken, dat beloof ik u… Weet u zeker dat u niet naar het ziekenhuis wilt?'

'Nee, ik wil alleen maar naar huis.'

De andere agent zegt: 'Dat begrijp ik. Jullie hebben verdomde mazzel gehad.'

Mazzel. Dat is een woord dat haar vandaag niets zegt.

De rit naar huis verloopt snel, Tammy is nog steeds in shock vanwege het feit dat ze net aan een verschrikkelijk auto-ongeluk is ontsnapt… Ze had wel dood kunnen zijn… als haar Ethiopische taxichauffeur niet zo snel had bijgestuurd… Mijn god.

Er was iets wat hij had gezegd… het knaagt aan haar. Ze weet niet waarom.

Tammy kijkt naar de dure huizen en gebouwen in dit gedeelte

van Arlington en voelt weer de stille trots dat ze het zo ver heeft weten te schoppen. Ze wil thuis zijn om haar kleren in de wasmachine te gooien, te ontspannen en alvast na te denken hoe het morgen zal zijn op haar kantoor in K Street, Pearson, Pearson & Price. Ze weet dat ze niet zo ver gekomen is door zwak of bang te zijn en…

Haar nieuwe taxichauffeur, Jamal, remt af en draait zijn hoofd om. 'Juffie?'

Ze kijkt op en wil vragen wat er is, maar dan hoeft ze niets meer te zeggen.

Er bivakkeert een compleet mediacircus voor het hek van het appartementencomplex, er staan vijf satellietwagens met opgerichte schotels, fotografen, verslaggevers met microfoons in de hand…

Een potige man met een licht mouwloos vest aan en een grote camera in zijn hand merkt de naderende taxi als eerste op, dan komt iedereen in beweging, de stormloop begint, Jamal remt af en…

'Rij door!' roept ze terwijl ze in haar handtas het pasje zoekt om het hek open te laten schuiven.

Jamal remt af en schiet vooruit als cameraflitsen het interieur van de taxi verlichten. Ze draait haar hoofd weg. Dan begint het geschreeuw dat al snel versmelt tot een brij van woorden, uitroepen, vragen, gehoon en gesmeek.

De taxi rijdt een stukje door en stopt dan weer. Tammy doet nog een greep in haar handtas, vindt een twintigdollarbiljet en gooit het over Jamals schouder. Het valt naast hem op de stoel en ze zegt: 'Hier, nog twintig dollar… zorg dat we bij het hek komen!'

Een scherpe ruk naar rechts en daar is het zwarte smeedijzeren hek met het schermpje in het midden. Op een bronzen plaquette staat ARLINGTON ACRES en VERBODEN TOEGANG VOOR ONBEVOEGDEN.

'Dichter, dichter,' zegt ze terwijl ze het raam laat zakken. Microfoons worden als dolken naar haar toe gestoken. Ze houdt haar pasje voor het scherm.

Het hek komt niet in beweging.

Ze buigt zich uit het raam en probeert het nog een keer.

Eindelijk.

Het hek schuift open en ze gaat weer achteroverzitten terwijl ze haar hoofd nog steeds van de flitsen, de microfoons en het geschreeuw afgewend houdt. Jamal mompelt iets en de taxi rijdt langzaam het terrein op.

'Mijn god,' fluistert ze.

Het hek schuift achter hen dicht en ze haalt opgelucht adem.

Oké. Nog even en ze zal veilig thuis zijn.

'Wat?' Ze leunt naar voren en kan niet geloven wat ze ziet.

Dit is privéterrein, een afgesloten residentie waar alleen bewoners en gasten mogen komen, en het is werkelijk niet te geloven maar er staat een volgende groep mediavolk voor haar appartementencomplex.

Haar huis!

Jamal ziet deze kleinere groep ook en draait zich naar haar om. 'Maakt u zich geen zorgen, juffie, ik zal het regelen. Blijf bij mij, oké?'

Voordat Tammy kan antwoorden stopt de taxi. Hij springt eruit, pakt haar rolkoffer en rent naar haar kant. Jamal trekt haar portier open, draait zich om en met de koffer voor zijn borst als stormram duwt hij zich door de groep verslaggevers heen. Ze volgt hem, als een schip dat een ijsbreker volgt die de weg vrijmaakt, en negeert het geschreeuw.

Ze staan hijgend in de hal van haar appartementenflat. Er wordt aangebeld en op de deur gebonsd, maar die is op slot. Jamal grijnst. Ze weet niet wat de ritprijs is en duwt hem een stapel biljetten in de hand. Hij knikt, schrijft een bon uit en vraagt haar: 'Sorry, maar ken ik u niet ergens van?'

'Nee,' zegt Tammy.

Als hij is vertrokken draait ze zich om en begint aan de beklede trap. Haar appartement is op de eerste etage, maar na drie treden heeft ze het helemaal gehad. Ze laat haar rolkoffer op de vloertegels vallen. Laat dat ding maar liggen. Hij is te zwaar, ze zal hem later wel ophalen. Ze wil een bad, een glas wijn en ibuprofen. Maar als ze de voordeur opent en naar binnen loopt, merkt ze dat er iets niet klopt.

Rook.

Brandt er iets?

Staat haar appartement in brand?

Tammy realiseert zich dat het tabakslucht is. Er is iemand, iemand heeft ingebroken, en die persoon rookt een sigaret!

In haar huis!

Ze loopt de woonkamer in – iets raakt haar als een mokerslag.

In een van haar luie stoelen zit een oudere vrouw met een sigaret tussen haar vingers. Haar nagels zijn roodgelakt, ze draagt een korte zwarte rok en een zwart jack, daaronder een ivoorkleurige bloes met een parelketting erop. Ze heeft kort roodgeverfd haar, een prominente neus en is perfect opgemaakt.

'En?'

Tammy staat haar hijgend aan te gapen. Het is Amanda Price, een van de partners van het lobbyistenkantoor, en tevens haar directe baas.

'Hoe... hoe ben je binnengekomen?'

Amanda glimlacht, haar scherpe witte tanden verschijnen. 'Onderschat nooit mijn onderhandelingstalenten, Tammy. Je conciërge... hij was een makkelijke prooi.'

Tammy is met stomheid geslagen. Amanda tikt de askegel van de sigaret in een van haar kostbare theekopjes. Het maakt deel uit van een set die eens van een verre tante was geweest die in het begin van de jaren tachtig op de ambassade in Beijing had gewerkt.

'Dus je gaat met de president naar bed,' zegt Amanda. 'Kun je me daar wat meer over vertellen?'

22

Het is niet de eerste keer in haar leven dat Marsha Gray door een bos sluipt. Met een rugzak om beweegt ze zich geruisloos en efficiënt door het groen dat bij deze riante en o zo prestigieuze manege in Virginia hoort. Ze is op missie voor Parker Hoyt en op weg naar de plek waar de geheime dienst de first lady aan het zoeken is.

Ze had een zwarte Suburban vanaf het parkeerterrein het bos in zien rijden, en had door het gebladerte heen het gegrom van de motor gevolgd terwijl ze zich afvroeg waarom het toch altijd Suburbans, Suburbans en nog eens Suburbans moesten zijn.

Had Ford geen SUV's die de geheime dienst van nut konden zijn?

Marsha ziet dat de wagen bij de rivier is geparkeerd. Ze sluipt er ongezien heen en registreert dat het slechts vier agenten zijn.

Vier agenten?

Die naar een vermiste first lady op zoek zijn?

Ze had die ochtend het nieuws over de president en zijn lobbyist op tv gezien. Misschien dat POTUS echt de pest aan FLOTUS heeft?

Waarom zou er anders zo'n klein team op zijn gezet?

Twee vrouwelijke agenten stoppen op de oever van de snelstromende rivier. Eén waadt het water in terwijl de ander vanaf de kant toekijkt.

Geen lieslaarzen, en ook geen echte buitenkleding. Alsof ze hier in alle haast zijn aangekomen, zonder enige voorbereiding.

Wat is er hier aan de hand?

Ze trekt de rugzak van haar schouders en gaat aan de slag.

Nadat ze hem heeft opengeritst zet ze snel het Remington-geweer in elkaar dat haar al die jaren in verre en smerige oorden zo trouw van dienst is geweest. Het zou leuk zijn om het wapen eens in een land met stromend water en toiletten te gebruiken, volgens haar de enige echte tekens van civilisatie. Als de draagband en de telescoop zijn bevestigd vindt ze in wat struikgewas de perfecte plek en houdt haar oog voor de richtkijker.

Nee, je mag niet schieten, zegt een pesterig stemmetje in haar hoofd.

Je moet informatie verzamelen.

En wat heeft ze tot nu toe?

Alles wat ze weet is dat de first lady ergens in deze paardencontreien is verdwenen, en dat er iets moet zijn wat deze agenten naar de rivier heeft gebracht.

Maar wat?

De agent in het water lijkt de leiding te hebben, ze draagt een zwarte wollen jas en heeft een dikke rode sjaal om en een bos kroezend bruin haar. Haar blik is vastbesloten en ze pakt iets uit het water op... iets wits?

Ja, iets wits.

Dan ziet ze beweging op de andere oever, het zijn die andere twee, een jonge man – eerder een jongen nog – en een Afro-Amerikaanse vrouw. Ze stoppen even als ze hun baas in de rivier zien staan.

Marsha richt haar telescoop weer op de dichtstbijzijnde oever en bekijkt de andere agent, ook een vrouw, maar deze is mager en blond. De agent is gefocust op haar baas in het water en kijkt verder niet om zich heen, ze lijkt zich totaal niet van haar omgeving bewust te zijn. Als Marsha de intentie en de orders zou hebben, had ze vier keer snel de trekker overgehaald en de agenten in minder dan een halve minuut naar de andere wereld geholpen.

Ze haalt diep adem.

Man, dat zou nog eens wat zijn geweest.

De agent in het water waadt terug naar de kant, de jonge blonde agent trekt haar de oever op. De oudere agent houdt een wit papiertje tussen haar duim en wijsvinger.

Marsha probeert de telescoop nog scherper in te stellen, maar ze is te ver weg om uit te kunnen maken wat het precies is.

De twee agenten zitten gehurkt het papier te bestuderen. De rode sjaal van de oudere vrouw valt in de modder, ze zwaait hem terug over haar schouder.

Een slechte kledingkeuze, denkt Marsha. Als die agent moest rennen of iemand achtervolgen, of een protegé op de achterbank van een optrekkende Suburban moest krijgen, zou die sjaal alleen maar in de weg zitten.

Marsha verlegt haar aandacht weer naar de andere twee agenten. Ze speuren het water en de oever af, de jongen stopt.

Mijn god, het zou zo makkelijk zijn ze alle vier om te leggen.

Zo makkelijk.

Dan checkt ze de eerste twee agenten weer, en denkt aan het duistere geheim dat alle scherpschutters met zich meedragen, diep vanbinnen, dat speciale plekje in de ziel dat onbekend blijft en waar nooit over gesproken wordt.

En dat duistere geheim is...

Dat het zo heerlijk is om te doen.

Want laten we wel wezen, denkt ze, waar ter wereld heb je de macht over leven en dood, en niet eens in je hand, maar in één vinger?

Meer is er niet voor nodig.

Eén beweging van haar wijsvinger en de jongeman, die nu de rivier in stapt, zou dood zijn. Al zijn dromen, hoop, ambities en plannen voor de komende pakweg vijftig jaar zouden vernietigd zijn.

Door haar.

Door Marsha Gray, de arme dochter van een nog armere Baskische schaapherder en zijn stille, dociele vrouw, beiden dood en vergeten, en nu is hun zielige, verwaarloosde kind hier en heeft ze de macht om met een minieme vingerbeweging iemand te doden.

Ergens in haar hoofd dwalen nog chaotische herinneringen rond aan haar missies in Afghanistan, Irak, Iran, Nigeria en andere landen... Ze weet dat collega-scherpschutters het publiekelijk over hun emoties hebben gehad in boeken en documentaires, dat ze ondanks hun schuldgevoelens gewoon hun werk hebben gedaan... wat volgens Marsha onzin is.

De jongeman staat nu tot aan zijn knieën in het water, hij roept en houdt iets omhoog.

De waarheid, voor haar in elk geval, is dat ze ervan houdt. Ze houdt van het observeren, het jagen, de spanning en, boven alles, het doden.

Ze houdt er meer van dan het leven zelf.

Marsha richt de telescoop nog eens op de jongeman. Hij houdt iets omhoog... Wat is het?

Het is een sieraad.

Ja.

Een gouden kettinkje waar een soort broche aan hangt.

Zou het van de first lady zijn?

Misschien.

Marsha zucht berustend.

Op momenten als deze wenst ze dat ze meer dingen had geleerd dan de beste manier om iemand te doden.

Zoals liplezen, zodat ze zou weten waarom deze vier agenten van de geheime dienst zo opgewonden zijn.

23

Tammy Doyle zet haar handtas op de bank. 'Je rookt.'

'Hoe opmerkzaam,' zegt haar baas terwijl ze de volgende askegel voorzichtig in het onbetaalbare theekopje van haar tante tikt.

'Je mag hier niet roken, Amanda.'

Amanda Price haalt haar schouders op. 'Ik heb geen bordje zien hangen. En ik had er zin in. Verder nog iets?' Ze buigt zich naar haar toe en zegt: 'Je hebt een behoorlijke blauwe plek op je gezicht. Wat is er gebeurd?'

Tammy voelt zich plotseling uitgeput; ze kan het wel uitschreeuwen, maar ze weet zich in te houden. Ze is nog steeds van de kaart door de gebeurtenissen van zonet, maar daarnaast voelt ze zich zweterig, zijn haar kleren een warboel en wil ze met rust worden gelaten.

'Een auto-ongeluk,' zegt ze. 'Mijn taxi... de zijkant van de kofferbak werd geramd door een pick-uptruck... Een meter naar links en we hadden dood kunnen zijn.'

Amanda schudt haar hoofd. 'Interstate 66... wat een horrorfilm kan dat zijn. Gaat het wel?'

'Ik ben een beetje van slag.' Ze raakt even haar beurse jukbeen aan. 'Waarom ben je hier, Amanda?'

Amanda neemt een diepe trek van haar sigaret. 'Hoelang is dit al aan de gang?'

'Maak die sigaret uit.'

'Tammy, je...'

'Die sigaret gaat uit of ik zeg niets meer.' De ene kant van Tammy's gezicht begint nu te kloppen en ze zou eigenlijk een pijnstiller willen nemen, maar ze wil geen teken van zwakte tonen in het bijzijn van Amanda.

Er verstrijken een paar seconden terwijl haar keiharde baas haar indringend aankijkt, maar Tammy slaat haar ogen niet neer. Dan verschijnt de scherpe glimlach weer op Amanda's gezicht, ze drukt haar sigaret uit in het theekopje en zet het op de salontafel. 'Scherp en doortastend,' zegt ze. 'Ik heb je stijl altijd al gemogen.'

'Wil je het over mijn stijl hebben, of ga je me nog vertellen waarom je hier bent?'

'Jij en de president,' zegt Amanda. 'Vertel me wat jullie hebben.'

'Dat zijn jouw zaken niet,' zegt Tammy.

'Zijn dat mijn zaken niet? Ha!' Amanda slaat haar lange benen over elkaar, en nog een keer, maar dan met het andere been boven. 'Tammy, liefje, alles wat jij doet, binnen of buiten werktijd, heeft zijn weerslag op Pearson, Pearson & Price. Is dat duidelijk? Als je wordt aangehouden voor het rijden onder invloed, nou, dat is een overzichtelijk probleem. Maar jij bent gesnapt terwijl je lag te naaien met de leider van de vrije wereld. We zullen het hierover moeten hebben, of je bent je baan kwijt en denk maar niet dat er een lobbyistenkantoor in het Westen is dat jou nog wil aannemen. Tenzij we een... bevredigend gesprek hebben.'

Tammy wacht en de snoeiharde blik verschijnt weer op het gezicht van haar baas. Ze weet dat het op deze manier een verloren wedstrijd gaat worden.

'We zijn nu zo'n acht maanden samen, sinds een fondsenwervingsbijeenkomst in Denver.' Het voelt alsof ze zich zojuist aan de oudere vrouw heeft overgegeven. Haar baas knikt tevreden nu ze de sterkste is gebleken.

'Ben je verliefd op hem?'

Ze voelt iets op haar borst drukken. 'God, ja.'

'Is hij verliefd op jou?'

'Ja.'

'Heeft hij je beloftes gedaan?'

'Ik...'

'Tammy, wat heeft hij je allemaal gezegd?'

'Hij...' Verdomme, ze voelt tranen opwellen in haar vermoeide ogen. 'Ja, hij beloofde me dat hij na de verkiezingen, nadat hij zou zijn ingezworen, van zijn vrouw zou scheiden en dat hij me... na verloop van tijd... aan het Amerikaanse volk zou voorstellen en publiekelijk het leven met me zou gaan delen. Dat we nog tijdens zijn tweede termijn zouden trouwen.'

Amanda grinnikt, een schor en angstaanjagend geluid. 'De first lady verlaten en later met jou trouwen? Dat schip dobbert nu ergens bij Kaap de Goede Hoop en is onderweg naar de Stille Oceaan. Nee, dat schip is gedoemd te zinken.'

Er valt een stilte, en Tammy hoort het zachte geroezemoes van de persmensen die buiten op straat met elkaar staan te praten. 'Je kunt zwaar weer verwachten. Hij zal je waarschijnlijk publiekelijk laten vallen om zijn hachje te redden.'

Ze zegt het zonder na te denken. 'Nee, dat zal hij niet doen.'

Het lijkt of Amanda weer zal grinniken, maar dat doet ze niet. 'Misschien... dat ik ernaast zit. Het is weleens eerder zo gegaan.'

'Ik heb je vragen beantwoord,' zegt Tammy. 'Dus nu ben ik aan de beurt. Heb ik mijn baan nog?'

Amanda trekt haar getatoeëerde wenkbrauwen op. 'Natuurlijk. Je bent een van onze beste krachten, Tammy, en na deze toestand zullen de telefoons roodgloeiend staan. Maar doe niets meer wat ons kantoor in verlegenheid kan brengen, begrepen? Het werk dat je met Gideon Aerospace en Romulus Oil hebt verricht, heeft je in een mum van tijd een partnerschap bezorgd. En dat terwijl je een Harvard-meisje en een Red Sox-fan bent, wat ik je overigens nooit heb nagedragen.'

Tammy glimlacht. 'Er zijn drie grote hobby's in Boston. Sport, politiek en wraak.'

Amanda staat op. 'En dat is een winnend trio. Goed. Zorg dat je morgen op de gebruikelijke tijd op kantoor bent. Loop naar binnen alsof niemand je iets kan maken. En haal het niet in je hoofd om met de pers te praten. Of wie dan ook. Je zou vanavond onder een veilig dekentje met een beker chocolade-ijs van Häagen-Dazs met je hartsvriendin aan de telefoon kunnen hangen... maar dan bedenkt ze zich morgenochtend en heeft ze in een oogwenk je verhaal aan de *National Enquirer* verkocht... Begrijp je wat ik bedoel?'

'Ja, dat begrijp ik.' Ze is blij dat haar baas aanstalten maakt om te vertrekken.

'Mooi,' zegt Amanda, die naar de deur loopt. 'Dan ga ik zo maar verder met het bewerken van onze potentiële klanten, onder wie die hork uit Oklahoma, Lucian Crockett.'

Als ze bij de deur is zegt Tammy: 'Het is maar dat je het weet, maar ik laat zo snel mogelijk een schoonmaakbedrijf komen en ik laat de rekening naar het kantoor sturen.'

Er volgt een geamuseerd hoofdknikje van Amanda. 'Dat moet je vooral doen. En het is maar dat jíj het weet... iets wat je dus ook niet moet doorvertellen, maar de first lady schijnt vermist te zijn. Dat is tenminste het gerucht.'

Tammy is de verschaalde tabakslucht vergeten. 'Vermist?'

'Ja, ze schijnt spoorloos te zijn. Je moet deze informatie voor je houden, maar ze scheen zo pissig op de president te zijn dat ze haar beveiligingsteam het nakijken heeft gegeven en op de vlucht is geslagen.' Het schorre gegrinnik klinkt weer. 'Als ik haar was zou ik naar Reno vliegen, van hem scheiden en me laten verwennen door een jonge god van twintig, gewoon... daarom.'

Als haar baas de deur achter zich heeft dichtgetrokken, haalt Tammy een hand langs haar vermoeide gezicht.

Mijn god.

Wat nu?

Tammy pakt haar handtas van de bank en haalt er haar iPhone uit.

Doorgaans is het haar favoriete object. Het geeft haar de gelegenheid om met iedereen op deze planeet te communiceren, maar nu... Het voelt alsof ze een handgranaat in haar hand heeft die elk moment kan exploderen.

Ze wil hem eigenlijk al terug stoppen, maar er is iets wat ze moet weten.

Tammy zet de telefoon aan, tikt op het scherm en…

Jezus.

Honderd en twaalf gemiste gesprekken.

Honderd en twaalf!

Ze veegt erdoorheen, namen van bekende nieuwszenders en namen van bekende journalisten, veeg, veeg, veeg en nee, ze ziet geen bekend nummer, niet dat ene waarnaar ze op zoek is.

Tammy schrikt als haar telefoon gaat.

Op het scherm verschijnt het nummer 202-456-1414.

De centrale van het Witte Huis.

'Hallo?' zegt ze behoedzaam.

'Mevrouw Doyle? U spreekt met het Witte Huis. Blijf aan de lijn voor de president.'

24

Nadat Brian Zahn de noodknop van de first lady heeft gevonden, bel ik Parker Hoyt op. Hij maakt allemaal tegenwerpingen, tot ik hem zeg: 'Meneer Hoyt? Dit zijn míjn problemen, tot de president me ervan verlost. Ik vraag uw toestemming niet. Ik laat u alleen maar weten wat ik aan het doen ben. Prettige middag verder.'

Dan pleeg ik nog één telefoontje, een oude vriend die tegenwoordig voor de vijand werkt. Gelukkig heb ik zijn privénummer, en als ik hem zeg wat ik wil, moet ik het drie keer herhalen voordat hij me met enige tegenzin de toezegging geeft.

'Goed, Sally, ik zal ervoor zorgen,' zegt hij, 'maar als het moet, zal ik er ook voor zorgen dat je onder een bus terechtkomt en ze alleen maar je pistool en je schoenen terugvinden.'

'Randy...' Ik heb een zeer knappe en zeer bekwame ex-geheime dienst agent aan de lijn met wie ik kort iets heb gehad voordat ik met mijn toekomstige ex-man trouwde, en met wie ik vele lange uren de wacht heb gehouden in hotelkelders en lege kamers. 'Vertrouw me nu maar, het zal een eerlijke samenwerking worden waar iedereen tevreden mee zal zijn.'

Nadat ik heb opgehangen blijven we bij elkaar staan, doorweekt tot aan onze knieën. Ik heb het natte velletje postpapier in een plastic bewijszakje gedaan, zodat de forensische afdeling later kan bepalen of het ook echt CANARY's handschrift is. In een ander zakje de noodknop die voor een sieraad moet doorgaan. Ik loop bedachtzaam in een cirkel met mijn armen over elkaar gevouwen en zie dat de drie agenten me aanstaren. Ik haal mijn schouders op. 'En nu moeten we wachten.'

'Hoelang?' vraagt Brian.

'Zolang als nodig is.' Ik check de instelling van de Motorola XTS 5000-portofoon die aan mijn koppelriem is bevestigd – samen met een set handboeien, pepperspray, mijn SIG Sauer P229-pistool en een uitschuifbare ASP-wapenstok – en zet dan de microfoon om mijn pols aan en zeg: 'Scotty, Sally hier.'

Het is een versleutelde verbinding, maar ik hou niet van het gedoe met codenamen die je onder druk vergeet. 'Hier Scotty, over.'

'We krijgen zo bezoek,' zeg ik, 'stuur ze door naar ons.'

'Begrepen,' zegt hij. 'Hoe moet het met het management van de manege? Ze zijn al een keer langsgekomen en vroegen zich af waar... een bepaald persoon is, en wat ik hier deed.'

'Zeg ze... shit, weet ik veel,' zeg ik. 'Verzin maar iets, over.'

Als ik de microfoon uitzet, gaat mijn telefoon. Ik kijk naar het nummer en mompel een vloek. 'Todd, met Sally. Wat is er?'

Todd Lawson, mijn buurman, een veteraan van de marine, zegt: 'Sally, sorry, maar ik moet over een paar minuten weg.'

Ik keer me van de drie andere agenten af. 'Wat is er aan de hand? Is alles goed met Amelia?'

'O, het gaat prima met d'r. Maar mijn oudere zus Phoebe... ze woont alleen en leeft van een uitkering. En nu lekt die verdomde watertank daar. Ze had een loodgieter gebeld, maar als je hoort wat die voor zoiets vragen...'

'Todd...' Ik loop iets verder van het groepje weg. 'Wil je me Amelia even geven?'

Er verstrijken enkele seconden en dan hoor ik haar lieve stem. 'Mam? Heb je het druk?'

Mijn god, wat een vraag. 'Eh, ja. Luister. Meneer Lawson moet iets eerder weg. Vind je dat goed?'

Ik kan haar met haar ogen zien rollen als ze antwoordt. 'O, mam, ik red me wel, hoor.'

'Oké. Weet je het zeker?'

'Natuurlijk weet ik het zeker. Maar hoe laat ben je ongeveer thuis?'

'Zo snel mogelijk, schat, zo snel mogelijk. Maar zorg ervoor dat de ramen en deuren op slot zijn, en dat je je telefoon bij je hebt, goed?'

'Ja, mam,' antwoordt ze, waarbij de twee lettergrepen zo lang mogelijk worden uitgerekt.

'Goed zo, meid,' zeg ik. 'Geef me nu meneer Lawson nog even.'

Mijn buurman en kinderoppas – Amelia werd verleden jaar boos over het woord 'babysitter', en ik heb haar beloofd het nooit meer te gebruiken – komt weer aan de lijn en we praten nog even kort. Net als ik de telefoon wil opbergen hoor ik het geluid van naderende helikopters.

Twee UH-60 Black Hawk-helikopters verschijnen en scheren laag over de boomtoppen die ombuigen door de luchtverplaatsing van de draaiende wieken. Ze landen een stukje stroomafwaarts op een vlak stuk grasland, en terwijl de motoren wegsterven ren ik naar het dichtstbijzijnde toestel. De onderkant van de romp heeft een goudkleurige band waar in zwarte blokletters HOMELAND SECURITY op staat.

De zijdeur schuift open en een man in een donkergrijze jumpsuit en met zwarte gevechtslaarzen springt uit de helikopter. Om zijn slanke middel heeft hij een zwarte leren koppelriem met een portofoon en een pistoolholster die ook om zijn bovenbeen is gegespt. Hij doet zijn zonnebril af om een rood en verweerd gezicht te onthullen met zandkleurig haar dat alle kanten op waait. Op zijn naambordje staat ANDERSON, we schudden elkaar kort de hand terwijl we van de sputterende motor weglopen.

'Randy,' zeg ik.

'Sally,' zegt hij. 'Oké, aan de slag dan maar.'

Ik haal diep adem. 'Ik heb jullie om een zoekactie verzocht langs deze rivier. Het gaat om een blanke vrouw van midden veertig.'

Zijn blauwgrijze ogen doorboren me. 'Een zoekactie of een berging?'

‘Het is een trainingsmissie, weet je nog? Want dat is het. Een onaangekondigde trainingsmissie.’

Hij vertrekt geen spier. ‘Daar heb ik een hogere autoriteit voor nodig dan jij, Sally. Dat begrijp je denk ik wel.’

‘Wat dacht je van Parker Hoyt?’ zeg ik.

Er naderen nog twee helikopters, ze landen aan de andere kant van de rivier. Randy verheft zijn stem. ‘Dat klinkt nogal urgent.’

‘Ja, dat bedoel ik.’

We kijken elkaar een moment aan en hij zegt: ‘Ik denk dat ik meneer Hoyt maar niet zal storen.’

‘Dat lijkt me een goed idee.’

Hij knikt. ‘Oké, weet je het nog? Toen in Santiago? Jij trok me weg van die vrouw aan de bar in het Ritz-Carlton. Je was zeer volhardend, en ik heb me toen nog verzet, maar later… bleek die bitch voor de Cubaanse inlichtingendienst te werken. Ze had al de levens en carrières van drie andere agenten geruïneerd. Maar nu staan we quitte.’

‘Oké,’ zeg ik. ‘Nu staan we quitte.’

Hij pakt zijn portofoon, draait zich om en mompelt enkele orders die ik niet kan verstaan. Dan wendt hij zich weer tot mij, stopt de portofoon terug en zegt: ‘Maar ik wil het weten, het heeft me altijd beziggehouden. Hoe wist je dat die vrouw voor de DGI werkte?’

‘Mag ik jou eerst iets vragen?’

‘Zeker,’ zegt hij. ‘Maar hou het kort.’

‘Hoe is het om voor de andere kant te werken, onze klungelige concurrenten, de Binnenlandse Veiligheidsdienst?’

Hij lijkt niet eens beledigd, en glimlacht zelfs licht. ‘De geheime dienst is een onderdeel van de Binnenlandse Veiligheidsdienst. We zitten allemaal in hetzelfde team. Maar het zijn minder langere dagen en het betaalt beter. Je zou er eens over moeten nadenken, jij als alleenstaande moeder.’

‘Geen haar op mijn hoofd die eraan denkt,’ zeg ik.

‘Oké, dat is duidelijk,’ zegt hij. ‘Santiago. Vertel.’

Ik doe een stap naar voren en raak even zijn verweerde huid aan. 'Ik wist het niet. Eerlijk waar.'

'Wat niet?'

'Ik wist niet dat ze bij de Cubaanse inlichtingendienst zat, of de Chileense, of de Bulgaarse voor mijn part. Ze zag er geweldig uit en ik was jaloers, ik wilde je voor mezelf hebben... wat later in Bogotá is gelukt, als ik het me goed herinner. Maar daar aan die bar in Santiago moest ik ingrijpen. Je zat haar praktisch uit te kleden met die blikken van je.'

Hij trekt zijn wenkbrauwen op, uit schalksheid of uit afschuw, ik weet het niet. Dan legt hij zijn hand op mijn sjaal. 'Jij... hoe gaat het met je Amelia?'

'Mijn Amelia is op het moment een elfjarig meisje dat nu voor de eerste keer alleen thuis is, en het gaat goed met haar. Met enig geluk zullen vanavond in elk geval mijn slaapkamer en badkamer er nog acceptabel uitzien.'

'Hoe voel je je daarover, dat ze alleen thuis moet zijn?'

'Wat zal ik zeggen? Ze weet dat ze alles op slot moet houden, niet moet reageren als de bel gaat en 911 en mij moet bellen als er iets is waar ze bang van wordt.'

'Dat klinkt goed,' zegt hij. 'Ik vind het rot voor je, die scheiding van Ben.'

'Ach, dat is niet nodig,' zeg ik. En dan: 'Kom op, Binnenlandse Veiligheidsdienst, aan het werk. Je weet wat ze over de geheime dienst zeggen: je kunt een knietje krijgen als je niet met ons mee wilt spelen.'

Hij knikt monter, doet een stap achteruit en pakt zijn portofoon weer. 'Even onder ons. Niemand die het weet of ooit zal weten. Dit is officieel een onaangekondigde training van de Binnenlandse Veiligheidsdienst. Maar Sally... naar wie ben je écht op zoek?'

'Een vogel,' zeg ik.

'Een vogel?'

'Ja,' zeg ik, 'een verdomde kanarie.'

Hij opent zijn mond om iets te zeggen, maar gelukkig komen er net op dat moment een paar Humvees van de Binnenlandse Veiligheidsdienst met brullende motor aanrijden, en de vragen van mijn oude vriend gaan in het geweld verloren.

En dat is de enige meevaller van vandaag, en waarschijnlijk ook van de komende dagen.

25

De meet-and-greet met zijn campagneleiders duurt officieel nog vijf minuten, maar Harrison Tucker is klaar. Hij staat op en zegt tegen het zestal topfunctionarissen: 'Goed, zo hebben we alles wel doorgenomen. Bedankt voor jullie komst... en nogmaals, mijn oprechte verontschuldigingen voor de lastige positie waarin ik jullie heb geplaatst.'

Het hoofd van de delegatie, een zwaargebouwde man die de senior senator van Ohio is, neemt het woord en zegt: 'We zullen u niet laten vallen, Mr. President. De marge is misschien wat kleiner geworden, maar we gaan ervoor zorgen dat die idioot uit Californië hier niet komt te zitten in januari.'

De anderen glimlachen en mompelen woorden van steun als Harrison hen samen met een van zijn medewerkers naar de deur van het Oval Office begeleidt. Maar de oudste van de groep, de voormalige meerderheidsleider van het parlement van Ohio, blijft dralen.

'Mr. President,' zegt Miriam Tanner. 'Zou ik u nog even kunnen spreken?'

Hij aarzelt, maar hij is Miriam veel verschuldigd, en hij wuift de medewerker weg zodat ze met zijn tweeën bij de geopende deur achterblijven. Miriam is eenentachtig, ze heeft een getekend en gerimpeld gezicht en draagt een simpele bloemetjesjurk – waarschijnlijk van de Walmart of de Target, denkt hij – maar ze draait al meer dan zestig jaar mee, en haar politieke instinct is een van de beste dat hij ooit is tegengekomen.

Miriam zegt zacht maar resoluut: 'Waar was je in godsnaam met je hoofd toen je naast de pot aan het pissen was?'

Hij krimpt ineen bij de toon van haar stem. 'Miriam, ik...'

'Shit, Harry, als je zo graag een wip wilt maken, zijn er in deze stad genoeg dure, maar gescreende jongedames bij wie je snel en discreet aan je trekken kunt komen,' zegt ze scherp. 'Wat dacht je nou eigenlijk? Verdomme, jongen, je hebt een fantastische eerste termijn achter de rug, met de belofte van een nog betere tweede termijn, en je gooit alles weg voor een lekker stuk?'

'Miriam... zo... zo is het niet gegaan.'

'En dan hebben we Grace nog,' zegt Miriam, die haar lippen vol afkeuring op elkaar perst. 'Ze mag dan wel een ijskonijn zijn, een koppige bitch die uit een kouwekakfamilie komt, maar mijn god, ze heeft het hart op de goede plaats zitten. Als first lady heeft ze duizenden arme kinderen in dit land geholpen, en wat is haar beloning? Een publieke vernedering. Wat heb je toch gezien in die mollige lobbyist?'

Harrison wil dit gesprek maar al te graag beëindigen en zegt: 'Miriam, alsjeblieft... ik ben verliefd op haar.'

Zijn oude politieke bondgenoot schudt haar hoofd. 'Harry, dat zou je ondertussen toch wel moeten weten. Een president kan niet menselijk zijn. Hij kan niet dronken worden, of in tranen uitbarsten, en hij kan zeker niet verliefd op iemand zijn.'

Ze schudt nog één keer afkeurend haar hoofd en is dan verdwenen.

De dienstdoende beveiligingsagent sluit de deur, en de president van de Verenigde Staten loopt het lege Oval Office in. Hij heeft in elk geval een paar minuten voor zichzelf gewonnen. Het is een zegen om deze kostbare seconden erbij te krijgen, want zijn hele dag wordt tot op de minuut gepland.

Maar... nog steeds geen nieuws van Parker.

Hij loopt naar de telefoon op het bureau, neemt de hoorn op om met de telefoniste van het Witte Huis verbonden te worden en zegt alleen maar: 'Geef me Tammy Doyle aan de lijn.'

'Ja, sir.'

Nadat hij heeft opgehangen, ijsbeert hij door de ruimte – waarbij hij erop let niet op het presidentiële wapen in het tapijt te stappen, dat zou ongeluk brengen en dat heeft hij al genoeg gehad vandaag – en in de donkere dieptes van zijn ziel vraagt hij zich af wie hij het eerst zou willen horen. Parker Hoyt, die hem vertelt dat Grace is gevonden? Of de anonieme telefoniste die hem vertelt dat ze de vrouw van wie hij echt houdt aan de lijn heeft?

Wat voor man ben ik, denkt hij, wat voor echtgenoot ben ik dat ik me op hetzelfde moment zowel over mijn vrouw als over mijn maîtresse zorgen maak?

Een goede vraag.

Maar hij blijft onbeantwoord.

Hij zoekt in zijn linkerbroekzak en vist het dikke medaillon eruit. Aan één kant staan de woorden 'Air Force One' over een beeltenis van het Witte Huis heen gestanst, op de andere kant het logo van de 89th Airlift Wing en het Latijnse credo *Experto Crede*. Als hij op het midden van de munt drukt en hem drie seconden naar beneden richt, zullen de agenten van de geheime dienst toestromen.

Zijn vrouw heeft net zo'n ding om haar hals hangen.

Maar ze heeft het niet gebruikt. Hij stopt het medaillon terug in zijn zak, en ziet het als een goed teken. Als ze echt in de problemen zat, dan…

De telefoon rinkelt. Hij loopt naar zijn prachtig bewerkte bureau en neemt op. 'Mr. President,' klinkt de heldere stem van de telefoniste, die evenals daarnet neutraal en professioneel klinkt op deze 'Hinderlaag in Atlanta'-dag. 'Ik heb mevrouw Doyle voor u aan de lijn.'

'Dank je, dank je wel.' Dan klinkt er een klik, zodat de beveiligde verbinding alleen voor hem en haar is. 'Tammy? Ben je daar?'

'O, Harry,' klinkt haar lieve en vermoeide stem, en hij gaat achteroverzitten in zijn leren bureaustoel. Nu hoeft hij in elk geval niet meer op twee dingen te wachten.

Maar hij hoort iets vreemds aan haar stem. 'Tammy, gaat het wel?'

En dan barst de liefde van zijn leven in snikken uit.

26

De president van de Verenigde Staten zegt: 'Tammy... alsjeblieft... wat is er gebeurd?'

Het snikken gaat nog enkele lange seconden door, een geluid dat door zijn ziel snijdt, het is voor de eerste keer in hun relatie dat hij haar hoort huilen. Hij mag dan wel de machtigste man ter wereld zijn, maar op dit moment voelt hij zich volkomen machteloos.

Hij hoort dat ze diep ademhaalt. 'O, Harry... sorry. De vlucht naar huis was nog wel te doen, maar toen kreeg ik een auto-ongeluk en...'

'Een auto-ongeluk? Ben je gewond?'

Haar stem klinkt nu beter. 'Nee, het gaat wel... ik heb wat pijn, maar de taxi die ik vanaf het vliegveld had genomen was bij een botsing betrokken. We reden ten oosten van Dulles over de snelweg toen een pick-up over de middenberm schoot en onze kofferbak ramde. Het was een flinke klap, maar de chauffeur had godzijdank nog net op tijd weten te reageren, want anders... O, Harry. Wat een klotedag. En toen ik hier aankwam stond er een compleet mediacircus voor de deur.'

Hij verschuift ongedurig op zijn stoel aan het chique bureau. 'Wat heb je ze gezegd?'

'Harry? Wat?'

Hij beseft meteen dat hij een blunder heeft begaan. Hij gedraagt zich niet als haar geliefde, als haar man. Hij reageert als een politicus die de schade probeert te beperken. Niet als iemand die het opneemt voor de vrouw van wie hij houdt. Shit.

'Ik... ik wilde alleen maar weten of je iets tegen ze had gezegd.

Of dat ze iets tegen jou hadden gezegd. Het moet niet leuk zijn geweest.'

'Nee, Harry, ik heb niets tegen ze gezegd... Ik bedoel, wat zou ik ze moeten zeggen?'

Hij wrijft in zijn ogen. Verdomme, dit gaat niet goed.

'Nee, dat is goed. Ik... sorry, ik wist dat je ze niets zou zeggen.'

'Harry...' zegt Tammy, 'wat moet ik doen? Wat gaan wij doen?'

'Zorg goed voor jezelf, dat om te beginnen,' zegt Harrison terwijl hij snel nadenkt. 'Meld je morgen ziek als het moet. Of werk thuis. En wij gaan dit oplossen.'

'Wij?'

'Parker Hoyt... hij is er nu al mee bezig.'

'Door wat te doen?'

'Hij doet... een heleboel dingen. En hij werkt aan de juiste maatregelen.'

Mijn god, denkt hij, dat ging maar net goed. Hij wilde net zeggen dat Parker Hoyt met hem en zijn herverkiezing bezig was, waarop zij zich natuurlijk zou afvragen hoe het dan met háár verder moest.

Ja, hoe moest het verder met Tammy? Hij kan haar niet zeggen wat zijn adviseurs hem zo'n tien minuten geleden zeiden: dump haar, en dump haar publiekelijk.

'Is er iets wat ik voor je kan doen?' vraagt hij. Hij wrijft weer in zijn ogen.

Een bitter lachje. 'Misschien dat je alle pers bij mijn huis kan laten arresteren?'

Het lukt hem terug te lachen. 'Als ik dat kon, zou ik het regelen...'

Het blijft even stil, dan zegt ze kalm: 'Wanneer kan ik je weer zien, Harry?'

'Nu even niet,' zegt hij. 'Je weet hoe het is.'

'Pas na de verkiezingen, toch?' zegt ze scherp.

'Tammy...'

Hij wrijft nog eens in zijn ogen, en dan zegt ze: 'Hoe gaat het met Grace?'

Ze overvalt hem. In de maanden dat ze samen waren heeft ze hoogstzelden naar de first lady gevraagd.

'Ze is boos. Van slag. Zoals je je kunt voorstellen.'

'Dat kan ik zeker,' zegt ze zacht en begripvol. 'Waar is ze nu? Is ze in haar kantoor met het servies aan het smijten?'

Hij draait zich half om in zijn stoel en tuurt door de drie groengetinte glaswanden, groengetint omdat ze van kogelvrij glas zijn.

'Ze is... in de East Wing,' zegt hij snel. 'Ze wil haar gedachten op een rijtje zetten.'

'Maar gaat ze met de pers spreken? Blijft ze in het openbaar verschijnen?'

Hij kan het niet meer. Hij is vanaf het begin altijd eerlijk tegen haar geweest en heeft nooit beloftes gemaakt die hij niet kon waarmaken, en was er altijd duidelijk over wanneer hij haar kon zien en wanneer niet.

Maar nu?

'Ze is... o, luister, Tammy, ik moet nu gaan. Oké? Zet hem op, we kunnen hier samen doorheen komen. Echt.'

En hij hangt op, de beveiligde verbinding is verbroken en hij draait zich nog een keer om in zijn stoel.

Wat een klotegesprek.

En wat was dat nu toch, dat ze naar Grace informeerde?

Dan realiseert hij zich nog iets.

Dit is de eerste keer dat hij heeft gelogen tegen de vrouw van wie hij houdt.

Tammy is verbijsterd dat de president zo bruusk het gesprek heeft beëindigd.

Natuurlijk staat hij onder druk, en natuurlijk worden zijn gedachten beheerst over het nieuws van hun... relatie, vooral nu de verkiezingen zo dichtbij zijn.

Maar hij is nog nooit zo kortaf geweest, en hij heeft nog nooit tegen haar...

Gelogen?
Ze weet nog precies wat Amanda Price haar zonet had verteld.
De first lady was spoorloos.
Maar haar Harry – de president van de Verenigde Staten – had haar zojuist iets anders verteld, dat Grace Fuller Tucker in de East Wing zat, en niet werd vermist.
En toen ze hem daarover doorvroeg...
Had hij opgehangen.
Haar telefoon gaat en ze schrikt. Ze kijkt op het scherm.
CBS NEW YORK.
Ze zet de telefoon uit.
Trekt haar benen op in de luie stoel.
En wacht.
Ze weet alleen niet op wat.
Maar ze heeft ook een harde kant, die haar van een armoedige huurwoning op driehoog in South Boston naar Beacon Hill, Boston College, Harvard en vervolgens naar het centrum van de wereld – Washington DC – bracht, en ze weet dat ze niet eeuwig zal blijven wachten.

De telefoon rinkelt, Harrison Tucker aarzelt even om op te nemen.
Tammy's verhaal over het auto-ongeluk heeft een herinnering uit zijn politieke verleden naar boven gehaald, toen hij campagne voerde om tot senator van Ohio te worden herkozen. Het was een onverwacht spannende race geworden, tot zijn opponent – een gepensioneerde professor – op een regenachtige nacht buiten Toledo een zwaar auto-ongeluk kreeg.
En hij herinnert zich de grijns op Parker Hoyts gezicht toen hij hem de volgende dag het nieuws vertelde. 'Een ongeluk zit in een klein hoekje... en komt soms precies op het goede moment.'
Harrison had er toen om gelachen, en dacht dat Parker het grappig bedoelde.

Maar nu?
Parker… kon hij? Zou hij?
Zijn telefoon blijft rinkelen.

27

Marsha Gray sluipt een paar meter terug het bos in. Ze wil niet ontdekt worden door de potige kerels van de Binnenlandse Veiligheidsdienst, die de first lady zoeken en in een rap tempo de omgeving van de rivier uitkammen. Het hoofd van het geheimedienstteam had zonet een pittig gesprek met een knappe vent in een grijze jumpsuit die de commandant van de helikopter- en Humveeploegen lijkt te zijn.

Marsha haalt een oortje uit haar jaszak en doet het in, dan pakt ze haar iPhone, legt hem op een vlak stuk rots zodat ze erin kan fluisteren zonder dat iemand het hoort, en belt een nummer.

Na één keer wordt er opgenomen. 'Hoyt.'

'Je weet wie dit is,' fluistert ze.

'Wat heb je?'

'Wat ik hier heb lijkt wel een reünie van een opleidingskamp van de Binnenlandse Veiligheidsdienst.'

Hoyt vloekt. 'Hoeveel zijn het er?'

'Veel,' fluistert ze, 'en er komen er steeds meer bij. Het is een gecoördineerde zoekactie, aan beide kanten van de rivier kammen ze het gebied uit. Ze hebben drie Black Hawks en een zestal Humvees ingezet. Het enige wat er nog aan ontbreekt is een drone.'

Er klinken nog meer obsceniteiten aan de andere kant van de lijn. 'Waar is agent Grissom?'

'Die staat zo'n twintig meter van me vandaan toe te kijken. Ik kan haar zien vanaf hier.'

'Hebben ze… nog iets anders gevonden? Behalve dat velletje papier en het sieraad?'

'Nee,' zegt ze. 'En bovendien wordt het zo donker. Wat wil je dat ik doe?'

Het blijft even stil. 'Grissom is de sleutel. Volg haar, waar ze ook heen gaat.'

'Oké,' zegt Marsha. 'Wat voor verhaal hebben jullie bedacht? Het zal niet lang duren voordat men zich gaat afvragen wat de geheime dienst en de Binnenlandse Veiligheidsdienst hier bij die rivier hebben te zoeken.'

'We zullen zeggen dat ze de Virginia State Police en de Virginia Conservation Police assisteren bij de zoektocht naar een vermiste kanoër.'

'Leuk verhaal,' zegt Marsha. 'Weten de twee diensten dat zelf eigenlijk al?'

'Straks wel.'

Ze verschuift een stukje, maar houdt haar blik strak op Grissom gericht. Op de een of andere manier – zelfs op deze afstand – ergert ze zich aan deze vrouw. Ze doet Marsha denken aan de vrouwelijke mariniersofficieren die ze tijdens haar diensttijd heeft meegemaakt, de meesten van hen likten naar boven en trapten naar onder, en hadden er alles voor over om hun carrière naar een hoger plan te tillen. De manier waarop Grissom aanwezig is, hoe ze praat, commandeert en eruitziet... Ze past precies in het plaatje.

Marsha kijkt door de telescoop van haar geweer en richt tot ze Grissoms nek in het dradenkruis heeft. 'Hoyt?'

'Hou het kort,' zegt hij. 'Ik krijg zo een groep Congresmedewerkers op bezoek die een peptalk nodig hebben.'

'Ik kan het nu doen,' zegt ze. 'Ik hoef alleen maar de trekker over te halen, en het is gebeurd. Het zal één grote chaos worden als Grissom is geveld. Wat denk je ervan?'

'Jezus, nee!' snauwt Parker en ze hoort de stemverheffing in haar oortje. 'Je observeert en verder niets. Begrepen? En je belt me meteen als je maar iets ziet wat erop wijst dat de first lady is gevonden.'

'Je hoeft niet tegen me te schreeuwen,' fluistert Marsha. 'Doe dat nooit meer.'

Hij hangt op zonder iets te zeggen.

Marsha richt weer op dat bazige wijf met haar zwartwollen jas en haar bolle rode sjaal. Ze loopt heen en weer, praat zo nu en dan met die knappe agent van de Binnenlandse Veiligheidsdienst, en ook met haar collega's van de geheime dienst.

Nog meer motorgeluiden. Ze kijkt naar links, waar Humvees en Suburbans staan geparkeerd. Er arriveren trucks met opladers waar grote draagbare lichtinstallaties op staan.

Het lijkt een lange nacht te gaan worden. Dat vindt Marsha niet erg. Ze heeft eindeloze nachten doorgebracht op plekken waar in het donker hongerige honden rondzwierven, waar open riolen door de gebombardeerde wijken stroomden terwijl de horizon door explosies oplichtte.

Ze heeft er geen enkel bezwaar tegen om hier de nacht door te brengen.

Maar dan ziet ze dat Grissom lijkt te vertrekken. De vrouw stapt met een van haar agenten in een Suburban en de achterlichten flitsen op. Marsha begint haar geweer te demonteren en opent haar rugzak.

Snel weg hier.

Dat hoort er ook bij.

Maar toch moest ze de hele tijd denken aan die klassieke studentenkamerposter waarop twee gieren op een boomtak zitten, en de een tegen de ander zegt: 'Bekijk het maar met je geduld, ik ga zelf wel iets doden.'

Wijze woorden.

Haar spullen zijn ingepakt, ze is klaar om in de duisternis te verdwijnen.

Maar er is nog één ding.

Ze heeft het oortje nog steeds in, en na een paar vegen over het scherm van haar iPhone, hoort ze een opgenomen gesprek terug.

Zij: *'Even voor alle duidelijkheid. Gaat het alleen om de first lady, of moet ik doen wat nodig is?'*

Hij: *'Doe maar alsof je in het veld bent, en dat je met niemand contact kunt opnemen. Doe dus wat nodig is.'*

Marsha trekt het oortje eruit en stopt de iPhone weg. Ze was nooit zo ver gekomen, en had nooit zo veel geld verdiend, als ze ook maar ooit één man had vertrouwd.

Parker Hoyt heeft nog een paar vrije minuten voordat de eerste Congresmedewerkers zullen arriveren en kijkt naar de speciale telefoon op zijn bureau. Het gaat langer duren, en het is duisterder dan hij had verwacht. De first lady... goed, hij had erop gerekend dat ze kwaad zou zijn, dat was te verwachten.

Maar dit?

Verdwenen?

En dan wat hij van agent Grissom hoorde... een soort briefje en haar noodknop, die niet was gebruikt.

Niet goed allemaal.

Dus wat nu?

Hij wil dit geregeld hebben, het moet klaar zijn zodat hij zich kan focussen op wat écht belangrijk is: ervoor zorgen dat de talentvolle man in het kantoor naast hem opnieuw tot president wordt gekozen.

Parker pakt de telefoon en toetst het tweede nummer in, het nummer dat hij nog niet had willen bellen.

Maar dat was toen.

Er is nu geen tijd meer.

De telefoon gaat over.

En over.

En over.

Dan wordt er opgenomen, en vanwege de achtergrondgeluiden weet Parker dat de persoon aan de andere kant van de lijn zich ergens buiten bevindt.

'Ja?' klinkt het snel en ongeduldig.

'Met Hoyt,' zegt hij.

'Ik kan nu niet praten.'

'Ik weet dat je het druk hebt, maar...'

'Snel dan.'

'Ik wil precies weten wat Grissom doet,' zegt Parker. 'Wat ze denkt, wat ze van plan is, op de minuut.'

'Ze is nu van plan om naar huis en naar haar kind te gaan.'

'Maar...'

'Ik weet wat we hebben afgesproken,' zegt de stem. 'Ik weet wat je hebt beloofd. Maar bel me nooit meer. Ik zal degene zijn die contact maakt.'

En het gesprek wordt beëindigd.

Parker hangt op en leunt achterover in zijn stoel. Het is nu donker, de lichten van de stad zijn zichtbaar.

Dat telefoontje... ja, hij heeft iemand achter de hand als laatste redmiddel.

Iemand met wie hij contact heeft, iemand die voor hem werkt.

Zeer illegaal, zeer onethisch en uiteindelijk – als je bedenkt hoeveel hij krijgt – zeer effectief.

En dat is het enige wat telt.

28

Pamela Smithson rijdt me snel en efficiënt naar mijn huis, een appartementencomplex in Springfield, Virginia, dat dichter bij de manege ligt dan het Witte Huis, waar mijn auto nog staat. Onderweg bel ik om te regelen dat een chauffeur van de geheime dienst me vannacht ophaalt, mocht dat nodig zijn.

Pamela rijdt de parkeerplaats op en laat de motor stationair draaien. 'Bel me meteen als jullie iets hebben gevonden,' zeg ik.

'Je zult het horen,' zegt ze.

'Het is dat ik een dochter heb, anders was ik nog steeds bij de rivier geweest.'

'Dat weten we. Sorry, Sally, maar ik wil nu zo snel mogelijk terugrijden...'

Ik leg mijn hand op de portierhendel. 'Oké, Pamela. Waar is ze?'

Pamela reageert verschrikt. Mooi, dat was precies waar ik op hoopte.

'Sally, ik...'

'Voordat we aan onze zoektocht begonnen, zei Tanya dat de manege een van de twee plekken was waar de first lady het liefste was.'

Pamela zegt niets.

'Dus waar is die andere plek?'

'Ik... dat weet ik niet. Niemand van ons.'

Ik ga door. 'En ik vroeg je waar de first lady zou kunnen zijn als ze nu eens niet van haar paard was gevallen, of ze gevlucht zou kunnen zijn, of zich ergens schuil zou kunnen houden... Je zei alleen maar "nee" en veranderde het gespreksonderwerp.'

Nog steeds geen antwoord.

'Wie is het?' vraag ik.

Ze wendt haar hoofd af en kijkt naar het parkeerterrein. 'Pamela! Wie is het?'

Pamela houdt haar hoofd nog steeds van me afgewend. 'Ik weet het niet.'

'Hoelang is ze al met hem?'

'Dat... weet ik niet precies. In elk geval een paar maanden. Ik hoorde haar met hem praten, drie of vier keer. Voor zover ik weet communiceren ze alleen maar via de telefoon.'

'De hare?'

'Nee, een prepaid.'

'Hoe komt de first lady van de Verenigde Staten in godsnaam aan een prepaid?'

Ze kijkt me aan, en in de lichten bij de parkeerplaats zie ik tranen in haar ogen opwellen. 'Hoe denk je? Ze vraagt het aan een senior staflid, die het doorschuift naar een junior staflid, die een stagiair opdraagt er een te kopen. Die koopt met contant geld een tegoed en een telefoon, maakt een Gmail-account aan met een verzonnen naam om de telefoon te activeren en zo wordt hij weer doorgegeven tot de first lady hem heeft. Zoiets is bijna onmogelijk te traceren.'

'Wie is het?'

'Dat weet ik niet.'

'Pamela...'

Ze veegt haar ene oog droog, dan het andere. 'Het is een man, dat is alles wat ik weet. Ik heb ze de afgelopen maanden een paar keer met elkaar horen praten... En één keer hoorde ik haar zeggen dat ze van hem hield.'

Ik haal diep adem. Het voelt als een klap in mijn gezicht. 'Pamela, je carrière is vanochtend in rook opgegaan toen jij en de anderen jullie protegé zijn kwijtgeraakt. Nu... in de komende vijftien seconden zal je antwoord bepalen of het een geruisloos ontslag wordt of dat je als verdachte in de rechtszaal zal moeten verschijnen.'

Ze knikt alleen maar. 'Heb je enig idee,' zeg ik, 'een spoor of een aanwijzing wie deze man zou kunnen zijn en waar we hem kunnen vinden?'

'Nee.'

'De andere ploegen?'

Ze schudt het hoofd. 'Ik heb ze de afgelopen maanden erover uitgehoord. Ik heb niets gezegd, alleen maar getest of hun iets was opgevallen. Helemaal niets.'

'Goed dan,' zeg ik.

Als ik aanstalten maak om uit te stappen zegt Pamela: 'Ik moet je nog één ding vertellen.'

Ik denk aan mijn elfjarig meisje dat alleen in ons appartement zit. We zijn er een jaar geleden heen verhuisd, dat was toen bleek dat mijn man en haar vader tijdens zijn lunchpauze stagiaires mee naar ons huis had genomen, waarop ik er geen seconde langer meer wilde wonen. Het is een duur appartement, met achterstallig onderhoud in een rotbuurt, maar ik had geen andere keuze.

'Hou het kort.'

'In mei hadden we een afscheidsfeestje georganiseerd voor een collega van de nachtdienst,' zegt Pamela. 'We hadden boven een bar in Georgetown een ruimte afgehuurd. Toen de first lady van het feest hoorde, besefte ze dat haar drie dienstdoende agenten het moesten missen. Zonder enige aankondiging verscheen ze op het feest, het was een totale verrassing. Ze had haar eigen schema aangepast, zodat haar drie dienstdoende agenten het feest niet zouden missen, en ze had plezier, danste mee en dronk een paar glazen wijn met ons mee. Zo is ze... ze is de prettigste protegé voor wie ik ooit heb gewerkt, en Sally, als ik ook maar het flauwste vermoeden zou hebben wie deze man was, dan zou ik nu al onderweg naar zijn huis zijn. Je moet me geloven.'

Ik duw het portier open. 'Ik geloof je. Maar je mag hopen dat je een rechter of een onderzoekscommissie weet te overtuigen als het zover komt.'

Vanuit een op straat geparkeerde Honda Odyssey-minibusje ziet Marsha Gray de agent met de rode wollen sjaal op de parkeerplaats van een appartementencomplex uit de Suburban stappen. Ze heeft een nachtkijker bij zich, maar besluit die niet te gebruiken. Ze is dol op minibusjes omdat ze zo anoniem zijn en nergens opvallen, en een nachtkijker voor haar ogen ziet er weer net iets te opvallend uit.

De Suburban stond er al tien minuten, dus de twee agenten moeten een gesprek hebben gehad, maar waarover? Marsha wenst weleens dat ze niet altijd alleen hoeft te werken. Zo had iemand afluisterapparatuur op de Suburban kunnen plaatsen en had ze nu geweten wat de twee agenten hadden besproken.

Grissom loopt over de parkeerplaats, Marsha ziet tussen twee geparkeerde auto's schaduwen bewegen.

Het begint interessant te worden.

Terwijl ik naar het appartementencomplex loop, zie ik iets voor me bewegen, en ik realiseer me dat het de schaduwen van personen achter me zijn.

Ik draai me om en zie twee jongeren haastig op me afkomen. Ze hebben allebei een baseballpet op en de capuchons van hun hoodie over hun hoofd getrokken zodat ik hun gezichten moeilijk kan zien, wat waarschijnlijk de bedoeling is.

Ze lopen snel en doelbewust naar me toe.

'Kan ik jullie ergens mee helpen, jongens?' vraag ik.

De ene jongen zegt: 'Jazeker, mijn maat hier heeft zijn knie bezeerd. Weet u of er ergens een ziekenhuis in de buurt is?'

'Nee,' zeg ik. 'Maar ik zie hem niet hinken.'

'Schijn bedriegt, moppie,' zegt de ander. 'Misschien doe ik maar net alsof, wie zal het zeggen? Misschien was het alleen maar een reden om je te benaderen en je te beroven.'

Ik doe een stap achteruit, draai me half om en grijp onder mijn jas naar mijn wapenstok. In één beweging schuif ik hem uit en haal hard uit naar de knie van de jongen links. Een korte uitroep, en hij stort met gespreide armen op het asfalt neer. De andere jongen staat als aan de grond genageld.

'Zo,' zeg ik, 'nu heeft hij wel zijn knie bezeerd.'.

Ik doe nog een stap achteruit en zie dat het gevaar is geweken. Dan loop ik door naar de voordeur, toets de toegangscode in, haast me door de stinkende hal en neem de trappen naar de tweede etage. Dan maak ik de deur van mijn huis open, die ik versterkt heb en van een degelijk nieuw slot heb voorzien, en ga naar binnen. 'Ik ben thuis, schat!' roep ik. Het is mijn dagelijkse codebericht om Amelia te laten weten dat haar moeder en niet de een of andere engerd zich toegang tot het huis heeft verschaft.

Binnen is er een halletje dat rechts uitkomt op een kleine woonkamer met een keuken erachter, en links op een gang met een badkamer en twee slaapkamers, één voor mij en één voor Amelia.

Ik ruik aangebrand eten en loop naar de keuken.

Amelia draait zich om en kijkt me glimlachend aan. Ze heeft een wit schort om dat tot aan haar middel met tomatensaus is besmeurd. Op het fornuis staat een pan met water en spaghetti die op het punt staat over te koken, het aanrecht is bezaaid met geopende blikken en in de gootsteen staat een stapel vuile borden. Op de kleine houten tafel staan twee schone borden. Ze zegt: 'Mam, ik heb voor je gekookt!'

Ik knik alleen maar. Dan leg ik mijn handtas en draagtas op de dichtstbijzijnde stoel, doe de sjaal af die ze voor me heeft gebreid en trek mijn zwarte wollen jas uit. Ik zou hem in de kast moeten hangen, maar ik ben doodmoe en gooi hem op de bank.

'Schatje... dat had je niet hoeven doen. We hadden een afhaalmaaltijd bij Chang's kunnen bestellen.'

Er klinken sissende geluiden als de pan met spaghetti overkookt. Amelia slaakt een gilletje en haast zich naar het fornuis. Ze zet het vuur uit en zegt: 'We hebben verleden week al twee keer afhaalmaaltijden van Chang's gegeten, mam. Ik wilde vanavond koken. En trouwens...'

‘Wat?’

Ze pakt een pollepel en giet tomatensaus in een andere pan. De saus spettert tegen haar schort en op de vloer.

‘Ik ben niet gek, mam. Ik weet dat we het zuinig aan moeten doen.’

Wat moet ik daarop zeggen?

Geen idee.

‘Ik ben zo terug,’ zeg ik en ik loop via de gang naar mijn slaapkamer. Ik knip het licht aan, trek mijn jack uit en pak een sleuteltje om de bovenste la van het dressoir te openen. De wapenstok, portofoon, SIG Sauer, handboeien en pepperspray verdwijnen erin, het laatste wat ik erbij leg is het dienstboekje waar mijn insigne van de geheime dienst in zit.

In het leren omslag staan de volgende woorden gedrukt:

EER EN PLICHT.

Ik duw de la dicht.

De woorden lijken me uit te lachen.

29

De spaghetti is taai en had een paar minuten langer kunnen koken, in de saus zitten verbrande zwarte stukjes – aanbaksels die van de bodem van de pan zijn geschraapt – en het knoflookbrood (geroosterd brood met gesmolten boter en knoflookpoeder eroverheen gestrooid) is koud, maar terwijl ik eet glimlach ik mijn dochter toe en zeg: 'Het is heerlijk, schat. Dank je wel. Je hebt het goed gedaan.'

Ik krijg een brede glimlach terug die me opbeurt. Sinds deze klotedag vele lange uren geleden begon, heb ik me nog niet zo goed gevoeld. We eten terwijl Amelia over haar dag vertelt, dat haar vriendinnetjes Stacy en Amy ruzie hebben over een jongen uit de klas, dat het rekenproefwerk goed ging, en dat onze buurman Todd Lawson zo van streek was omdat hij eerder moest vertrekken.

Terwijl ze slierten spaghetti om haar vork draait zegt Amelia: 'Denk je dat het nog steeds nodig is dat Todd op me past?'

Ik denk aan de twee jongens van wie ik me zonet heb ontdaan. 'Nog even, liefje, tot we naar een betere buurt kunnen verhuizen.'

Haar lieve gezicht klaart op. 'Gaan we terug naar papa? Naar ons oude huis?'

Het prettige, lichte gevoel is verdwenen, en ik voel alle scheidingsellende die ik met haar vader heb terugkomen. 'Amelia… alsjeblieft. We hebben het hier toch over gehad? We houden allebei heel veel van je. Maar het zit niet goed tussen ons. Dat heeft niets met jou te maken. Je zult altijd ons speciale meisje blijven, onze dochter. Maar… we… ik zal nooit meer naar je vader teruggaan.'

Amelia buigt haar hoofd en wil niets meer zeggen, zelfs niet als we even later samen de afwas doen. Er wordt op de deur geklopt.

Amelia draait zich om met de droogdoek in haar hand. 'Mam?'

'Wacht even.' Ik haast me naar de slaapkamer om mijn SIG Sauer te pakken, dan loop ik naar de voordeur, die op de ketting zit.

'Wie is daar?' roep ik.

Er wordt nog een keer geklopt.

Nou?

Terwijl ik het pistool achter mijn heup verberg, beweegt mijn hand zich naar de deurknop.

Marsha Gray kijkt toe hoe er mensen het appartementencomplex in en uit gaan. Ze heeft gezien hoe snel Grissom de twee jongens uitschakelde en is er nog steeds van onder de indruk.

Een stoer wijf.

Onthou dat.

Ze gaapt.

Hoelang nog voordat ze hier kan vertrekken?

Totdat alle lichten daarboven uit zijn.

En toch zou ze wat meer info willen hebben over de bezigheden van Grissom. Marsha haat het om bij een klus van een man afhankelijk te zijn, vooral als het Parker Hoyt is. Hij speelt haar dan wel informatie door over Grissoms doen en laten, maar ze kan hem niet volledig vertrouwen.

Ze moet er snel voor zorgen dat ze betere info krijgt.

Ik draai de deur van het slot, doe een stap opzij en…

Een bekend, voorzichtig glimlachend gezicht kijkt me aan.

'Dag, Sally, mag ik binnenkomen?'

Amelia rent vanuit de keuken naar hem toe. 'Papa!'

Ik sluit de deur, haal de ketting eraf en laat hem binnen. Ben Miller, mijn ontrouwe echtgenoot, loopt naar binnen, nu met een brede glimlach. Zijn zwarte haar is keurig geknipt en hij draagt een grijze broek met een zwarte coltrui erop. Ik voel een sprankje van de oude liefde opleven, maar dat doof ik onmiddellijk door aan al zijn leugens en verraad te denken. Hij drukt Amelia stevig tegen zich aan, en ik voel een steek van jaloezie als ik zie hoe vreugdevol ze zijn omhelzing beantwoordt.

Hij kust Amelia op haar hoofd. 'Het is heerlijk om mijn meisje te kunnen verrassen.'

Amelia draait zich naar me toe terwijl hij de deur sluit en een arm om haar heen slaat. Ik heb mijn dochter al een tijd niet meer zo lief zien glimlachen. Ben kust haar nog eens en zegt: 'Ik had gebeld. Amelia zei dat Todd, de babysitter...'

'Pap, hij is geen babysitter!'

'Sorry, meid.' Hij geeft een kneepje in haar schouder. 'Amelia zei dat de buurman eerder weg moest en dat ze niet wist wanneer jij thuis zou komen, dus had ik haar aangeboden hierheen te komen.'

Dat hoorde niet bij de bezoekregeling, denk ik, maar ik verman me en loop de keuken in. 'Mooi. Kom maar mee, Ben, dan kun je ons met de afwas helpen.'

Marsha wacht en wacht tot de lichten in het appartement een voor een uitgaan. Oké. Aan de overkant van de straat is een 24/7 Walgreens met een goed verlicht parkeerterrein. Daar zal ze heen rijden om tijdens de nacht wat hazenslaapjes te pakken en alert te blijven voor het geval Grissom opeens vertrekt.

Ze herinnert zich weer hoe snel de agent van de geheime dienst was. Ze wil het niet graag toegeven, maar toen Grissom tegenover die twee engerds stond voelde Marsha de verleiding om uit te stappen en haar te gaan helpen.

Het was de behoefte om iets goeds te doen.

Marsha start de auto.

Opletten dus, want zoiets mag nooit meer gebeuren.

30

Nadat de borden zijn afgedroogd en weggezet, krijg ik vanwege de lange dag een gaapaanval, maar ik ga nog niet naar bed. Ben en ik voeren een vriendschappelijke en beleefde conversatie, en we hebben chocolade-ijs als toetje. We gaan in de kleine woonkamer zitten, en ik ben iets minder vriendelijk als ik Ben de versleten leunstoel toewijs terwijl Amelia en ik de bank nemen.

Amelia zet de tv aan, en we kijken naar een realityshow over huisvrouwen die allemaal zwaar opgemaakt en gebotoxt zijn. Ze volgen diëten en brengen hun tijd door met het kijven naar elkaar en het bezoeken van dure restaurants.

Mijn dochter heeft een schoolproject en zoekt op haar iPad naar foto's van nationale parken. Ben knielt bij haar neer en vertelt haar de geschiedenis van elk park dat ze opzoekt. Ik probeer wakker te blijven terwijl ik toekijk hoe leden van mijn sekse zich op de nationale televisie verlagen, en ben eensklaps weer helder als ik hun samen bezig hoor.

Amelia wijst naar een foto op haar iPad. 'O, Yellowstone!' roept ze bewonderend uit. 'Met die geiser, Old Faithful. Is het echt zo dat hij op vaste tijden uitbarstingen heeft?'

Ben wrijft over haar schouder. 'Ja, dat is echt zo, schat. Ik was er vorig jaar en ik heb het twee keer gezien. Het was precies volgens het tijdschema.'

Amelia zegt: 'Dat geloof ik niet.'

En haar vader zegt: 'Het is echt zo... Misschien kunnen we er in de zomervakantie wel naartoe.'

'Echt?' Amelia kijkt me aan en zegt: 'Mam, hoorde je dat?'

Ik glimlach krampachtig. 'Ik heb het gehoord, liefje, maar kijk nu eens hoe laat het is. Tijd om naar bed te gaan.'

Deze keer begint ze eens niet te klagen of te zeuren, maar ze klapt haar iPad dicht en zegt: 'Kan papa hier slapen vanavond? Kan dat?'

'Ja, kan dat?' zegt Ben kalm.

Ik pak Amelia's hand, trek haar uit de bank op en leid haar zonder iets te zeggen de kamer uit.

Nadat ze haar tanden heeft gepoetst en in bed ligt, sluit ik de deur achter me en loop terug naar de woonkamer. Ben staat er ongemakkelijk bij en doet net alsof hij een talkshow volgt. Ik ga voor hem staan en zeg: 'Kun je me vertellen wat dit allemaal is?'

Hij negeert me niet en kijkt me aan, wat in elk geval een stap vooruit is, hoewel een paar jaar te laat. 'Ik belde om te kijken hoe het met haar ging. Ze vertelde me dat Todd vanwege familieomstandigheden weg moest, en dat je pas laat thuis zou komen. Ze klonk bang, Sally, dus ik zei haar dat ik eraan kwam. Je weet dat dit een twijfelachtige buurt is.'

Ik sla mijn armen over elkaar. 'En wiens schuld is dit allemaal?'

Ben heft zijn hand op. 'Alsjeblieft... kunnen we geen ruziemaken? Alsjeblieft? Laten we aan Amelia denken.'

'Aan Amelia denken?' Ik doe een stap naar voren en begin zachter te praten. 'Jij had al lang, lang geleden aan Amelia moeten denken, voordat je drankgebruik uit de hand liep en je stagiaires begon te naaien die twintig jaar jonger dan jij waren.'

Zijn stem klinkt mat. 'Ik volg een programma. Ik ben met drinken gestopt en ik heb de afgelopen maanden niet naar andere vrouwen omgekeken. Sally, hoe vaak moet ik je nog mijn excuses aanbieden?'

'Ik zal het je laten weten,' snauw ik. 'En nu we toch aan Amelia denken, je brengt haar helemaal in de war. We zijn een bezoekregeling overeengekomen, en dan sta je hier opeens voor de deur... Oké, ze was bang, maar ik was al thuis voordat jij hier arriveerde. Het is al moeilijk genoeg voor onze dochter, en zo gaat ze alleen maar denken dat er een kans is dat we weer bij elkaar zullen komen.'

Er lijken tranen in zijn ogen op te wellen, ik doe een stap achteruit en zeg: 'Maar, eerlijk is eerlijk. Je kunt op de bank slapen, en je bent weg voordat ze naar school gaat.'

Hij knikt. 'Dank je, Sally.'

'Je hoeft me niet te bedanken. Als ik vannacht word opgeroepen, zorg jij ervoor dat ze morgenochtend bij de schoolbus staat.'

'Geen probleem,' zegt Ben.

Ik loop de woonkamer uit. 'En zet dat verdomde ding zachter of zet het uit.'

Vanuit mijn slaapkamer hoor ik dat het opeens stil is in de woonkamer. Ben heeft de tv uitgezet, als een ontslagen werknemer die hoopt dat alles weer goed zal komen zolang hij de orders van zijn baas opvolgt.

Sorry, Ben, denk ik terwijl ik opgekruld in mijn bed lig. Het zal niet goed komen vannacht.

En na een tijdje merk ik dat er ook geen slaap zal komen.

Niet na een dag als deze.

In mijn hoofd buitelen gedachten over elkaar heen, gedachten over de problemen die ik het hoofd moet bieden, en in plaats van schaapjes te tellen probeer ik ze te vangen – problemen die er eerder als valse wolven uitzien dan als wollige schaapjes. Dan gaat de slaapkamerdeur op een kiertje open.

'Amelia?' fluister ik.

'Nee,' klinkt het bedrukt. 'Ik ben het, Ben.'

Hij komt binnen, sluit de deur en zegt: 'Sorry, Sally. Ik kan niet slapen. Die bank... er zit een soort metalen stang in die in mijn rug steekt.'

'Ga dan naar huis.'

'Kan ik... kan ik niet hier blijven? Bij jou? Je zult geen last van me hebben, dat beloof ik je.'

Zijn gestalte wordt omlijnd door de gloed van de radiowekker en andere elektronische apparaten. Mijn blik ontwijkt het tijdsignaal.

'Je kunt nog steeds naar huis gaan.'

'Sally, alsjeblieft... moet je nu altijd zo boos blijven?'

Ik moet aan mijn hoogste baas denken, en ik vraag me af waar de first lady zou zijn, en of het misschien enige troost is dat de machtigen der aarde ook huwelijksproblemen kunnen hebben, maar ik zie het niet. De first lady zag het bedrog eerder vandaag op tv. Ik zag het een jaar geleden, toen een presidentieel bezoek op het laatste moment werd afgezegd, wat als gevolg had dat ik eerder thuis was en mijn echtgenoot dronken in bed aantrof met een stagiaire van Binnenlandse Zaken terwijl haar vriendin in de keuken een joint stond te roken.

'Goed,' zeg ik. 'Kom maar hier slapen dan.'

Ik hoor bewegingen en het geruis van kleren die worden uitgetrokken, dan een buiging van het matras als hij naast me komt liggen. Het blijft stil tot hij zegt: 'Er gaat geen dag voorbij dat ik geen spijt heb van mijn gedrag, Sally. Echt. Ik schaam me, ik voel me vernederd, en ik vind het zo erg wat ik jou en Amelia heb aangedaan. Vooral Amelia, het was nooit mijn bedoeling geweest om...'

'Ben?' zeg ik in het donker.

'Ja?'

'Ga slapen. En als je me probeert aan te raken, of naar mijn kant wilt komen, breek ik al je vingers.'

31

Door mijn interne klok sta ik altijd om zes uur op, en het is raar dat het me nu overkomt, maar dit is een van de ellendigste ochtenden waarop ik in een leeg bed wakker word. Goed, denk ik en ik werp een blik op de wekkerradio. Het is kwart voor zeven, en dat is helemaal niet goed. Ik spring uit bed, schiet in mijn ochtendjas, roep 'Amelia!' en loop de gang in.

Dan ruik ik koffie en bacon. Ben staat grijnzend bij het fornuis terwijl Amelia de tafel dekt en zegt: 'Kijk, mam, papa en ik hebben een ontbijtje voor je gemaakt!'

Mijn god. Ik kijk nog eens hoe laat het is en zeg: 'Jezus, Ben… ze moet over tien minuten beneden zijn voor de schoolbus.'

Ben krijgt een kleur. 'Ik dacht dat ze om kwart over zeven werd opgehaald.'

Ja, idioot, dat was voordat ik je betrapte, en ik gezworen heb nooit meer een stap in dat huis te zetten.

'Ben… zo was het in het oude huis.' Ik kijk Amelia aan en zeg: 'Is je rugzak al ingepakt? Heb je je lunchgeld?'

'Mam…' begint ze.

En ik zeg: 'Schiet op en eet zo veel als je kunt.'

Ik draai me om en haast me terug de slaapkamer in.

Negen minuten later sta ik aangekleed buiten met Amelia, ik heb snel een kam door mijn haar gehaald en draag op mijn ondergoed na dezelfde kleren als gisteren. Ik heb gebeld en geregeld dat ik door een chauffeur van de dienst kan worden opgehaald. Daarna heb ik nog twee andere telefoontjes gepleegd, één naar Scotty en één naar Pamela Smithson. Ze hebben beiden bevestigd waar ik al bang voor was: de zoekactie naar Grace

Fuller Tucker heeft nog niets opgeleverd.

'Goed,' heb ik hun gezegd. 'Blijf doorgaan. Dan ga ik er in Washington mee verder.'

Als ik heb opgehangen zie ik hoe de heldergele schoolbus zich een weg door het drukke ochtendverkeer baant. Amelia staat naast me en ziet er klein uit met de felgekleurde rugzak die bijna net zo groot als zij is. Ben heeft haar een paar minuten geleden nog een snelle kus gegeven en zijn armen onhandig om haar gebogen schouders geslagen.

'Hé, schat,' zeg ik, 'wat is er?'

'Je hoeft niet zo gemeen te doen.'

'Amelia...'

Ze kijkt me fel aan. 'Papa is gisteravond gekomen omdat ik bang was! Hij heeft ons met de afwas geholpen. En hij heeft ontbijt voor ons gemaakt. En je deed helemaal niet aardig tegen hem...'

'Maar Amelia...'

'Hij kwam uit jouw slaapkamer vanochtend. Dat betekent dat hij nog steeds van je houdt, mama. Snap je dat dan niet? Als je nu eens ophoudt met zo gemeen tegen hem te doen, dan kunnen we terug naar ons echte huis, en dan hoeven jullie niet te scheiden en kan alles weer zoals vroeger worden.'

De schoolbus stopt, en ik zie de zwarte Suburban naderen die me naar DC zal brengen.

'Het ligt wat ingewikkelder dan dat, liefje. En we komen niet meer bij elkaar. Sorry.'

De deuren van de bus gaan open, ze is nu aan het schreeuwen. 'Als je aardig tegen hem deed, zou hij ons terugnemen. Hij zou ons terugnemen, dat weet ik zeker! We zouden weer samen kunnen zijn!'

'Liefje...'

Ze rent naar de bus, en beklimt snel met haar enorme rugzak de treden omhoog, maar dan draait ze zich om en schreeuwt met een hoge stem die altijd door me heen snijdt, wat voor stoere moeder ik ook ben: 'Als jij niet zo gemeen deed, waren we nog steeds een gezin! Waarom moet je zo gemeen zijn?'

De deuren sluiten. Amelia loopt naar een stoel. Als ze zit, zwaait ze altijd nog even naar me.

Deze keer niet.

De bus stort zich weer in de ochtendspits en de Suburban stopt voor me. Ik open het portier en stap in. 'Geen woord, of ik smijt je eruit en rijd zelf wel,' zeg ik tegen de jonge chauffeur.

Zijn scherpe pak en opgeschoren haar kunnen niet verhullen dat hij bang voor me is.

Mooi zo.

'Ja, mevrouw,' zegt hij.

Ik klik mijn autogordel vast. 'Dat waren twee woorden. Laat het niet nog een keer gebeuren.'

En dan zijn we op weg.

32

Parker Hoyt zit op deze ochtend al drie uur achter zijn bureau. Hij telefoneert, stelt geschrokken senators en Congresleden gerust, pept belangrijke geldschieters op en hoopt dat de first lady vandaag gevonden zal worden. Het nieuws over Atlanta is nog steeds grimmig, maar in sommige commentaren klinkt een hoopvolle toon door vanwege de excuses die de president gisteren heeft gemaakt en de fouten die hij heeft toegegeven. Het grootste deel van de opinieartikelen heeft dezelfde teneur: zijn campagne heeft een zware klap te verduren gehad, maar er valt nog overheen te komen. Vooral als de first lady naar voren treedt en bereid is om hem te vergeven.

Maar er worden ook vragen opgeworpen... Waar is de first lady?

Parker wrijft over de achterkant van zijn nek. De officiële versie luidt dat ze in retraite is. Maar de waarheid... Er zijn zo'n zes mensen die weten wat er werkelijk aan de hand is, en in DC zal dat aantal in de komende uren snel groeien, tenzij hij die bitch vindt, dood of levend.

Op dit moment maakt het hem niet zo veel meer uit.

Zijn telefoon rinkelt, en zijn secretaresse zegt 'Agent Grissom is hier om u te spreken', waar hij 'Stuur haar door' op antwoordt.

De deur gaat open en agent Grissom komt binnen. Ze ziet er belabberd uit. Ze heeft kleine oogjes, haar kapsel is een warboel, haar huid is gevlekt en zo te zien draagt ze hetzelfde kloffie als gisteren. Een vals stemmetje in Parker vraagt zich af hoe ze in godsnaam een man heeft gevonden om een kind mee te maken... Maar dan herinnert hij zich dat ze hem wel gevonden heeft, maar niet heeft weten te houden.

'Ga zitten,' zegt hij, en als ze dat heeft gedaan: 'Waarom ben je hier?'

'Er is een capabel team bij de rivier aan het werk. En ik heb hier in de stad andere zaken af te handelen.'

'Valt er nog iets nieuws te melden?'

'Niets,' zegt ze. 'Het paard kwam terug zonder ruiter. Niemand van de stallen heeft iets ongebruikelijks gezien. Er is maar één weg naar en van de manege. De beveiligingsbeelden zijn bekeken en ze heeft het terrein niet verlaten.'

'En het briefje en de noodknop?'

'Die hebben we dus gevonden, en het forensisch lab heeft me er al over gebeld,' zegt ze. 'Beide zijn authentiek. Weet de president al van deze vondsten?'

'Ja,' zegt Parker. 'Is de Binnenlandse Veiligheidsdienst daar nog steeds?'

'Ze zijn er nog, ja.'

'En het verhaal van de vermiste kanoër houdt nog steeds stand?'

'Tot nu toe wel… maar ik weet niet voor hoelang.'

Parker veegt een stoffig plekje weg op zijn doorgaans zo smetteloze bureau. 'Hoe heb je die eenheid daar eigenlijk zo snel gekregen?'

'Ik heb ze aangesproken op hun integriteit,' antwoordt Grissom bijna snauwend. Parker besluit hier maar niet over door te vragen.

'Wat zei je nu zonet, dat je hier andere dingen te doen had? Wat bedoel je daar in godsnaam mee?'

'Daar bedoel ik mee,' zegt Grissom, 'dat de vrouw van de president nog steeds wordt vermist. Er is een zoekactie aan de gang in het gebied waar ze voor het laatst is gezien, het zal geen snars helpen als ik daar in de weg loop. Het kan wél helpen om hier met mensen te praten.'

'Welke mensen?'

'Het hoofd van het persoonlijke beveiligingsteam van de president bijvoorbeeld.'

'En wie nog meer?'

'Ik zou de president graag willen spreken. Privé,' zegt Grissom.

Parker schudt zijn hoofd. 'Onmogelijk.'

'Maak het dan maar mogelijk, en als het even kan vanochtend,' zegt Grissom. 'Op het moment is er geen enkel spoor. Nul, helemaal niets. Dus moet ik vragen gaan stellen en kijken of dat iets oplevert.'

'Ze kan net zo goed dood zijn,' zegt Parker. 'Dat velletje papier... het had wel iets van een afscheidsbrief.'

'Misschien, maar ik hou alle opties open.'

'Denk je dat ze net doet alsof het zelfmoord is?'

'Zoals ik al zei, ik hou alle opties open. En ik wil de president spreken, zo snel mogelijk.'

'Agent Grissom...'

'Regel het, meneer Hoyt,' zegt Grissom. 'De beste manier om deze toestand tot een snel en succesvol einde te brengen is door het als elk ander crimineel onderzoek af te werken. Wat inhoudt dat ik mensen zal moeten spreken. En daar reken ik de echtgenoot van de vermiste vrouw ook onder. Als er een vrouw is verdwenen, ga je met haar man praten. Net als in alle andere gevallen.'

'Maar dit is een speciaal geval.'

'Dat kunt u nu wel blijven denken, meneer Hoyt, maar dat kan ik me niet permitteren. Anders zullen we haar nooit vinden.'

Nadat ze weg is belt Parker met de nodige tegenzin een van de twee nummers die hij heeft gebruikt vóór alles zo'n puinhoop werd.

Zijn contact neemt op, en naar de achtergrondgeluiden te oordelen bevindt deze persoon zich wéér ergens buiten.

Deze keer klinkt er geen enkele aarzeling aan de andere kant van de lijn. 'Bel me absoluut niet meer, heb je dat begrepen? Ik bel je als ik informatie heb, en die heb ik op dit moment niet.'

'Ik wil alleen maar checken of er nieuwe ontwikkelingen zijn,' zegt Parker.

Hij krijgt geen antwoord. De persoon, die op zijn persoonlijke loonlijst staat, heeft het gesprek beëindigd.

Parker staart een moment naar zijn privételefoon, dan valt zijn blik op een geprint vel papier dat hij zorgvuldig op zijn bureau heeft gelegd. Hij pakt de Witte Huis-telefoon en belt de secretaresse van de president.

Hij slaakt een zucht van verlichting als ze opneemt. ‘Mevrouw Young, ik heb de president een kwartiertje nodig vanochtend… dus zeg maar tegen de delegatie van het Better Business Bureau dat ze het straks met de minister van Handel zullen moeten doen.’

33

In een kleine raamloze verhoorkamer die naast Room W-17 ligt heb ik eindelijk een gesprek met Jackson Thiel, het hoofd van het persoonlijke beveiligingsteam van de president en degene die het vaakst aan zijn zijde is te vinden. Er staan geen planten en er hangen geen decoraties of ingelijste foto's in de kamer, er staan alleen maar een stalen bureau en twee stoelen die nog uit de tijd van de regering-Carter lijken te stammen.

Ik ga zitten en Jackson neemt tegenover me plaats. Zoals altijd is hij onberispelijk gekleed. Zijn gezicht is onaangedaan, maar toch bespeur ik er enige verontrusting in en ik besluit meteen van wal te steken.

'Wanneer is het begonnen?'

'Wanneer is wát begonnen?' zegt Jackson zonder enige aarzeling.

Ik slaak een diepe zucht die hij zeker moet horen. 'Oké, als je het zo wilt spelen, ga dan je gang maar. Binnen een dag of twee zullen de gebruikelijke druiloren van het Congres een speciale aanklager eisen om uit te vinden welke wetten er zijn overtreden toen CANAL vreemdging. Daarna zullen de geheime dienst en de Binnenlandse Veiligheidsdienst besluiten of ze achter hun sjoemelende agenten zullen staan, of dat ze hen als een baksteen laten vallen. Als dat gebeurt, sta je er alleen voor, agent Thiel. Met andere woorden, als de agenten die de kogels voor CANAL opvangen hun levens en carrières willen vergooien, dan moet het maar zo zijn.'

Jackson doet zijn mond open om iets te zeggen, maar ik geef hem geen kans. Daar heb ik op het moment het geduld niet voor. 'Je hebt de procedures aan je laars gelapt door de president met zijn maîtresse naar bed te laten gaan, en dat is ongeautoriseerd en subversief. Je werkt voor mij en ik ben er gisterochtend achter gekomen. Denk je dat ik zoiets door de vingers zie? Of dat onze directeur dat zal doen?'

'Maar ik...'

Mijn schrobbering is nog niet klaar, en ik ben misschien te hard, maar dat kan me niets schelen. 'Je weet vast nog wel wat er gebeurde met de agenten die in de Clinton-Lewinsky-affaire verwikkeld waren. Ze moesten zelf een advocaat inhuren. Ze raakten hun huizen en hun bankrekeningen kwijt. Hun carrières gingen in rook op. Ken je soms een goede advocaat?'

Ik pak mijn schrijfblok en tas en sta op. Jacksons gezicht verzacht. 'Het gebeurde acht maanden geleden.'

Ik ga weer zitten. 'Waar en hoe?'

'Het was op een banket na een fondsenwervingsbijeenkomst in Denver,' zegt Jackson kalm. 'Mevrouw Doyle maakte deel uit van het gezelschap. Er waren zo'n vijfentwintig mensen, er volgde een meet-and-greet, men mocht op de foto met CANAL, dat soort dingen.'

'Ga door.'

'Toen vroeg CANAL of we nog even konden wachten voordat we naar het hotel teruggingen. Hij en mevrouw Doyle verdwenen in een zijkamer naast het zaaltje en bleven daar ongeveer een half uur.'

'Was dat de eerste keer dat ze elkaar ontmoetten?'

'Bij mijn weten wel.'

'Heeft ze hem op de een of andere manier verleid?'

'Verleid?'

Ik verlies mijn geduld weer. 'Jezus, Jack, je weet best wat ik bedoel. Droeg ze een laag uitgesneden jurk en liet ze per ongeluk een stukje cottage cheese in haar decolleté vallen? Lachte ze veel en raakte ze zijn schouder of zijn haar aan? Draaide ze zich om en tilde ze de achterkant van haar jurk op om te laten zien wat voor string ze droeg? Zoiets?'

Jackson schudt zijn hoofd. 'Nee, niet zoiets. Mevrouw Doyle... heeft klasse.'

Dat schiet me in het verkeerde keelgat. 'Ik wil niet bot zijn, maar ze naait met een getrouwde man, en niet zomaar een getrouwde man.'

Jackson zet zijn hakken in het zand. 'Ze... ze maakt hem gelukkig. Dat is alles wat ik weet. En een gelukkige president... nou, dat lijkt me niet verkeerd.'

'Was ze een stalker? Hing ze rond bij de campagnezalen? Probeerde ze Camp David binnen te komen? Stuurde ze hem bundels met liefdespoëzie?'

'Absoluut niet. Zoals ik al zei, ze heeft klasse. Een innemend persoon.'

Ik bijt op mijn tong en zeg: 'Hoe vaak zagen ze elkaar?'

'Twee, drie keer per maand.'

Ik kan het niet geloven. 'Je neemt me in de maling.'

Jackson schudt zijn hoofd. 'Nee, hoor.'

'Hoe heeft dit in godsnaam... Hoe had je gedacht hiermee weg te komen? Hoe had híj gedacht ermee weg te komen?'

'Ach, je weet hoe het gaat. CANAL bezoekt een campagneavond, of een politieke bijeenkomst, en op een gegeven moment zegt zijn woordvoerder dat het genoeg is geweest voor vanavond, dat het een lange dag voor de president is geweest. En de hotels waarin hij dan verblijft... ze zijn beveiligd, discreet... we reserveren zijn etage, en dan ook nog de etage eronder en die erboven. Maar in de uren voordat hij echt gaat slapen is het makkelijk genoeg om door een achteruitgang of een dienstingang naar binnen of naar buiten te sluipen voor een... ontmoeting.'

'En jullie werkten mee aan deze... ontmoetingen.'

'Dat deden we, ja.'

'Dat stond niet echt in je taakomschrijving, toch?'

Hij haalt zijn schouders op. 'Orders zijn orders.'

'Die Tammy Doyle... denk je dat er iets slechts in haar zit? Dat ze de president iets zou willen aandoen? Of de first lady?'

'Absoluut niet.'

Na een stilte zeg ik: 'Verder nog iets?'

Ook hij laat een stilte vallen. 'Ja. Ik hoor... geruchten. Over de first lady. Dat ze misschien wel... nou, dat ze zich in elk geval op een onbereikbare plek bevindt.'

Ik sta op. 'Dat was het, Jack.'

'Je had het over Tammy Doyle en de first lady. Er is iets aan de hand, of niet?'

'Jack, je carrière ligt al in puin. Moet er nu ook nog een bulldozer overheen?'

Hij kijkt naar me op. 'Maar als je daar iets aan moet doen... aan de onbereikbaarheid van de first lady, ik bedoel, dat is ons werk niet. Dat is iets voor de FBI. Of de politie van Washington, of andere diensten...'

'Zoals je net al zei,' zeg ik. 'Orders zijn orders.'

34

Nadat ze drie uur lang e-mails en ingesproken berichten heeft afgewerkt, leunt Tammy Doyle achterover in haar bureaustoel en haalt diep adem. Via de buren en een dienstingang is het haar gelukt om het gebouw van Pearson, Pearson & Price ongezien binnen te glippen.

Er zijn een paar blikken en glimlachjes op de werkvloer geweest, maar gelukkig wordt ze redelijk met rust gelaten. Ze bevindt zich hier in een veilige cocon, de receptionisten checken elk binnenkomend gesprek en de media kunnen buiten op de stoep wachten tot ze een ons wegen.

Tammy voelt zich beter, ook al voelen haar gezicht en een kant van haar lichaam nog steeds pijnlijk vanwege het auto-ongeluk van gisteren. Ze heeft de blauwe plek op haar wang met foundation gemaskeerd, niemand die iets gemerkt heeft. Ze heeft het nieuws vanochtend genegeerd en alles wat ze op dit moment wil is een derde kop koffie, maar dan wordt er op de deur geklopt.

'Binnen,' roept ze.

Ralph Moren, de administratieve hulp, verschijnt in de deuropening en zegt: 'Tammy, ik heb hier een vrouw die je wil spreken.'

'Dat lijkt me sterk,' zegt Tammy, 'ik heb geen afspraken vandaag.'

Ralph knikt, en zijn gezicht wordt net zo rood als de stropdas eronder. 'Dat weet ik, maar deze vrouw... is van de geheime dienst. En ze wil je direct spreken.'

Tammy denkt even na en zegt dan: 'Goed, Ralph. Laat haar maar komen... en breng me een kop koffie, je weet hoe ik hem wil hebben. O, en vraag of zij ook koffie wil.'

Ralph verdwijnt en zo'n tien seconden later loopt de agent van de geheime dienst haar kamer in. Tammy staat op, geeft haar een hand en laat haar blik over haar bezoek glijden. Nadat ze... Harry heeft ontmoet heeft ze zo'n zes agenten van de geheime dienst leren kennen, maar deze vrouw maakt geen deel uit van zijn persoonlijke beveiligingsteam. Ze is ouder, lang en ziet er vermoeid uit, met kroezig bruin haar en opgezwollen ogen. Ze draagt een zwarte wollen jas die tot aan haar knieën reikt, met een lange rode sjaal die handgemaakt lijkt te zijn. Na de eerste onhandige ontmoetingen met Harry kon ze het goed vinden met het beveiligingsteam, ze maakten zelfs grappen met elkaar.

Deze vrouw lijkt niet in de stemming voor grappen.

Ze zoekt in haar leren handtas en haalt er een kleine portefeuille uit die ze openklapt om haar penning te tonen. 'Mevrouw Doyle, ik ben Sally Grissom, special agent van de geheime dienst en hoofd van de presidentiële beveiligingsdivisie. Fijn dat u me wilt ontvangen.'

De vrouw gaat zitten, wat Tammy ook doet terwijl de deur opengaat. Het is Ralph, die een grote witte mok met het logo van de firma erop in zijn hand heeft. 'Weet u zeker dat u niets wilt, agent... Grissom?'

'Ja,' zegt ze en Tammy hoort een snoeiharde houding in deze ene lettergreep doorklinken. Als Ralph weg is zegt ze: 'Heb ik een advocaat nodig?'

'Waarom denkt u dat?' kaatst Grissom terug.

'Dat weet ik eigenlijk niet... Waarom bent u hier?'

'U bent een slimme vrouw,' zegt Grissom, 'u werkt hier al drie jaar en u weet uw weg in DC goed te vinden. En zo weet u waarschijnlijk ook wel dat de agenten die u in het gezelschap van de president... gedoogden de protocollen van de geheime dienst met handen en voeten hebben getreden.'

'Maar ze waren... nou, de president wist dat.'

'De president is hun baas niet,' zegt Grissom scherp. 'Dat ben ik. En ik ben hier om u te ondervragen, om er zeker van te zijn dat u integere intenties had en hebt.'

Tammy ontspant enigszins, ze glimlacht en neemt een flinke slok koffie. Vanaf buiten klinkt het constante gedruis van het verkeer op K Street. De ramen van haar kamer bieden uitzicht op de belangrijkste straat van deze stad, waar deals worden bekrachtigd en het geld rolt, en dat allemaal om de motor van het machtscentrum in het Witte Huis en op Capitol Hill te smeren.

'Alstublieft,' zegt ze, 'ik heb geen dubbele agenda. Eerlijk waar.'

'Wanneer is het begonnen?' zegt Grissom.

'Ah, u bedoelt wanneer mijn affaire met de president is begonnen?'

'Precies.'

'Ongeveer... acht maanden geleden. Tijdens een bijeenkomst in Denver.'

'Had u hem voor die ontmoeting al gevolgd?'

'Gevolgd? U bedoelt... gestalkt? Ik ben geen stalker.'

'Dus het was gewoon toevallig dat u hem in Denver ontmoette.'

'Ja.'

'Hoe gebeurde het?'

Tammy houdt er niet van om op deze manier in de aandacht te staan. Het voelt als een sollicitatiegesprek dat uit de hand loopt.

'Het gebeurde gewoon.'

'Sorry, maar dat is me iets te mager. Ik wil details, of ik laat u nu inrekenen.'

'U bluft,' zegt Tammy.

'Wacht maar af,' zegt Grissom rustig.

Tammy wacht een moment. 'Het was in Denver. Ons kantoor representeert bedrijven die belangen hebben in de olievelden van Colorado. Er was een banket na de bijeenkomst. We kletsten even met elkaar... en later, toen iedereen vertrok, zag ik dat Harry... ik bedoel, de president, naar me keek. Hij gebaarde dat ik hem moest volgen... en we liepen een zijkamer in. En toen hadden we daar een gesprek. Meer niet. Over Denver, over zijn campagne.

Het weer... En weet u? Hij leek me zeer eenzaam. Die arme man... gewoon eenzaam.'

'En?'

'Er klopte iemand van zijn beveiligingsteam op de deur om te zeggen dat de colonne klaarstond om te vertrekken,' zegt Tammy. 'We omhelsden elkaar... kusten... en toen vroeg hij of ik er volgende week in Saint Paul ook weer zou zijn.'

Als ze aan die eerste keer denkt voelt ze zich warm worden. 'Ik zei "ja", wat ik eigenlijk ter plekke bedacht. En zo... werden we intiem met elkaar.'

'Op al die momenten dat jullie samen waren... hebben jullie het toen ooit over de first lady gehad?'

Er verandert iets in Tammy's kamer, het is niet langer de veilige cocon waar ze net nog zo van hield.

'Sorry, maar ik begrijp uw vraag niet.'

'Grace Fuller Tucker. Hebben u en de president het over haar gehad? Zag u haar als een rivale? Een vijand?'

'Nee, absoluut niet,' zegt Tammy.

'Oké, vertel.'

Tammy voelt zich betrapt door de koude blik van de geheim agent die tegenover haar zit. 'Ik... we hadden het eigenlijk nooit over haar. Eerlijk waar. We hadden maar zo weinig tijd samen, dat we die goed gebruikten... en dan hadden we het niet over zijn vrouw.'

'Heeft de president beloftes gemaakt? Over jullie toekomst?'

Tammy aarzelt. Misschien is het nu het moment voor een advocaat, maar toch... ze moet er niet aan denken dat ze zo dadelijk met haar armen op haar rug geboeid door de menigte wordt geleid, beelden die de hele wereld zullen overgaan.

'Ja... hij zei dat hij na de verkiezingen nieuws zou lekken over zijn relatie met de first lady, dat ze uit elkaar waren gegroeid. Hij zou dan na de eedaflegging hun scheiding aankondigen, waarna we voor het eerst samen in het openbaar konden verschijnen.'

'Wat een leuk plan,' zegt Grissom. 'Maar zeg eens, hebt u een hekel aan de first lady? Hebt u haar achtervolgd of anonieme bedreigingen gestuurd? Of bent u jaloers op haar relatie met de president?'

'Nee, nee, ik heb... luister.' Ze haalt diep adem. 'Ik weet dat het een moeilijke situatie is, maar de president... hij was eenzaam. En er ontstond iets tussen ons tweeën. Ik hou van hem, en hij houdt van mij. We hadden het bijna nooit over de first lady... en weet u wat? Ik bewonder haar. Ze probeert dakloze kinderen te helpen, ze probeert dingen te veranderen... en daar bewonder ik haar om. Dat meen ik echt.'

'Nog een laatste vraag,' zegt Grissom, en Sally kan het wel uitschreeuwen van opluchting.

'Oké.'

'Heeft de president u ooit gezegd dat de first lady zelf ook een affaire had? Had hij vermoedens dat ze hem met een andere man bedroog?'

Tammy is stomverbaasd en weet even niets te zeggen. Dan herstelt ze zich en zegt: 'Nee. Met geen woord. Ook niet de geringste toespeling... niets.'

Grissom staat abrupt op. 'Goed. Ik dank u voor uw medewerking, mevrouw Doyle... en succes de komende dagen.'

Voordat Grissom bij de deur is, zegt Tammy: 'Mag ik u iets vragen?'

De geheim agent heeft de tas in haar ene hand en herschikt de rode sjaal met de andere. 'Ja, zeg maar.'

'Ik heb... geruchten gehoord. Of het wel waar is dat de first lady zich in het Witte Huis heeft teruggetrokken. Of ze niet eigenlijk...'

'Pas goed op uzelf, mevrouw Doyle,' zegt Grissom.

En dan is ze verdwenen. Haar loze antwoord roept alleen maar nog meer vragen bij Tammy op.

Ze pakt haar telefoon uit haar zak. Ze voelt opeens de behoefte om Harry te bellen en te kijken hoe het met hem gaat.

Maar...

Tammy stopt de telefoon terug.

De laatste keer dat ze hem over deze telefoon sprak had Harry tegen haar gelogen.

Die kans wil ze hem niet nog een keer geven.

35

Ik bevind me op de eerste etage van het Witte Huis in de studeerkamer van de president, en ik zou diep onder de indruk moeten zijn, maar dat ben ik niet. Ik denk aan de onoorbare zaken die zich hier in het verleden hebben afgespeeld – Harding, LBJ, Clinton – en met een geforceerde glimlach op mijn gezicht ga ik tegenover de leider van de vrije wereld zitten. Parker Hoyt is aan zijn zijde en staat voor een kast met in leer gebonden boeken. Aan de muren hangen kleine olieschilderijen van beroemde politici uit het verleden, en president Tucker zit achter een bescheiden houten bureau.

'Agent Grissom,' begint hij, 'allereerst wil ik me excuseren voor mijn barse toon van gisteren. Je kunt je onze stress hopelijk voorstellen.'

'Dat begrijp ik,' zeg ik terwijl ik met mijn handen op mijn schoot stilzit. Ik kijk zijn stafchef aan en zeg: 'Meneer Hoyt, zou u ons even alleen willen laten?'

De verkiezingscampagne mag dan wel een flinke knauw hebben gekregen, en de tv-komieken en commentatoren hebben natuurlijk de tijd van hun leven met de 'Hinderlaag in Atlanta', maar ik moet het Parker Hoyt nageven: hij ziet er nog steeds even onverzettelijk en scherp uit als de laatste keer dat ik hem zag.

'Geen sprake van,' zegt hij. 'Ik blijf hier. Ik moet horen wat er aan de hand is.'

Ik glimlach hem toe. 'Goed dan.' Ik verschuif mijn blik naar de president. 'Mr. President, weet u waar uw vrouw is?'

De president fronst. 'Nee, natuurlijk niet.'

'Dank u.'

Dan zeg ik: 'Meneer Hoyt, dan is hiermee mijn onderzoek beëindigd. U hebt me gisteren gezegd dat ik kon doen wat ik nodig achtte om de first lady te vinden, een taak die ik niet kan uitvoeren als u bij een persoonlijk vraaggesprek aanwezig bent. Dus u hebt de keuze om deze ruimte te verlaten zodat ik mijn onderzoek op mijn manier kan voortzetten, of u blijft hier en het onderzoek is afgesloten. De conclusie is dan dat ik de first lady niet heb kunnen vinden.'

'Parker, dat klinkt redelijk. Je mag je excuseren,' zegt de president.

'Mr. President…'

'Parker.'

Zonder een woord te zeggen loopt de stafchef snel naar de zware houten deur, die hij achter zich sluit. 'Zo, naast al je andere bezigheden heb je ook nog eens een vijand voor het leven gemaakt, agent Grissom,' zegt de president.

'Hij zal een volgnummertje moeten trekken,' zeg ik. 'Dank u, sir. Ik zal het kort houden. Ik weet dat uw tijd kostbaar is.'

Hij knikt, en ik moet denken aan de tijd dat ik bij de Metro DC en de Virginia State Police mannen verhoorde die ervan verdacht werden drugskoeriers, pedofielen of verkrachters te zijn. Dat ik nu mijn verhoortechnieken op de president van de Verenigde Staten moet loslaten doet me duizelen.

'Nogmaals, Mr. President, u weet niet waar de first lady is?'

'Nee.'

'Nu we weten van uw… relatie met Tammy Doyle, moet ik u het volgende vragen… had u een slecht huwelijk?'

Hij knikt en kijkt bedroefd. 'Ah…'

Meer zegt hij niet.

'Mr. President… alles wat u me zegt blijft vertrouwelijk. Zelfs als ik ervoor word gedagvaard. Ik wil uw vrouw vinden en daar heb ik uw hulp bij nodig.'

Hij knikt, slikt en ik heb op dit moment niet meer de machtigste man ter wereld tegenover me zitten.

Tegenover me zit een echtgenoot wiens vrouw wordt vermist.

'Het... begon een paar jaar geleden. We hadden allebei drukke dagschema's en verplichtingen. We hadden vaak ieder onze eigen reizen door het land... en ik begon compromissen te sluiten. Grace kon – of wilde – dat niet begrijpen. De politiek is een praktisch bedrijf, en een half brood is beter dan niets. Maar ze had zich erin vastgebeten en bleef erover doorgaan... Ze ging zelfs achter mijn rug om met belangrijke Congresleden praten. Nadat we privé een aantal botsingen hadden gehad... trokken we ons terug. We trokken ons allebei terug in onze eigen wereld, ons eigen leven...'

Ik hoor zijn woorden en moet aan mijn eigen huwelijk denken – de lange periodes dat ik van huis weg was, wat ook voor Ben gold, die het land afreisde om nationale parken te bezoeken... Hoe we met onze carrières en behoeftes worstelden terwijl we ook nog een dochter moesten opvoeden.

'Ik begrijp het, sir. Ga door.'

Hij haalt zijn schouders op. 'Ons huwelijk... We hielden het op voor de buitenwereld. Het was een lege huls. Er was geen romantiek, geen passie meer. Een vluchtige kus op de wang of op de lippen, dan weer een week samen hier... we hebben een paar keer geprobeerd om het weer goed te maken en brachten lange weekenden door in Camp David, maar dan vervielen we weer in de oude argumenten en patronen. Maar er is één ding dat je moet weten, agent Grissom.'

'En dat is?'

'Ik voel nog steeds veel voor haar, en dat zal ik altijd blijven doen. Ik hou nog steeds van haar. Zonder haar steun en opofferingen was ik hier niet gekomen. Je moet weten dat ik haar niets slechts toewens.'

Ik probeer zijn stemming te peilen, wat er zich achter dat knappe en bedroefde gezicht afspeelt, en zeg: 'Wanneer was het de laatste keer dat u de first lady sprak?'

'Gisterochtend, toen we net Atlanta hadden verlaten.'

'Dat moet een moeilijk gesprek zijn geweest.'

Hij slikt nog een keer. 'Dat was het, ja.'

'Hoe liep het af?'

'Sorry?'

Er flikkerde iets op in zijn gezicht. 'Uw gesprek met de first lady,' zeg ik. 'Hoe liep het af?'

Hij lijkt ergens mee te worstelen, en ik besluit hem niet te pressen. Hij zal dit gesprek afkappen als ik te veel druk op hem uitoefen, en misschien een andere, volgzamere agent opdragen dit warrige onderzoek te leiden. Wat eigenlijk een aantrekkelijke optie zou zijn, ware het niet dat ik er nu al te diep in zit en het zelf tot een goed einde wil brengen.

'Ze was kwaad,' zegt de president. 'Heel erg kwaad. En ze vroeg wanneer ik op Andrews zou landen... en toen zei ze, ja, ze zei toen: "Ik wil nooit meer met je praten. Nu niet, dan niet, nooit meer." Ze hing op, en heeft mijn telefoontjes daarna niet meer beantwoord, en... nou, je kent de rest van het verhaal.'

Dat ken ik zeker, en er kwamen aardig wat wetsovertredingen en schendingen van het protocol bij kijken. 'Sir,' vraag ik, 'is er misschien een plek waar ze volgens u zou kunnen zijn? Zeg maar een schuilplek?'

'Ons huis aan Lake Erie, in Vermilion. Wat ook wel het Erie Witte Huis wordt genoemd, zoals je weet.'

'Ik zal de beveiligingsdivisie daar waarschuwen, maar ik denk niet dat ze onopgemerkt de manege heeft kunnen verlaten om daarheen af te reizen,' zeg ik. 'Maar haar team heeft me verteld dat er naast Camp David nóg een plek was waar ze alleen kon zijn en ontspannen. Doet dat een belletje bij u rinkelen?'

De president schudt zijn hoofd, ik voel zijn frustratie. 'Nee, nee. Ik wilde dat ik je kon helpen, echt, dat ik je iets bruikbaars kon geven.'

Ik haal diep adem en besluit dat het nu tijd is voor de cruciale vraag. 'Mr. President, is er voor u een aanleiding, heeft u een verdenking of is er misschien alleen maar een suggestie dat... de first lady misschien óók een affaire heeft?'

Hij kijkt me verbijsterd aan, en lijkt me hiermee zijn antwoord te geven. 'Nee... niet dat ik weet, ik bedoel...' Dan verheft hij zijn stem. 'Wat suggereer je hiermee, verdomme? Wie heeft je dat verteld?'

'Dat doet er nu niet toe. Waar het om gaat is dat mijn bron een gesprek hoorde waarin uw vrouw haar liefde betuigde aan een onbekende man.'

'Kun je dat telefoontje traceren, om erachter te komen wie het is?'

'Uw vrouw gebruikte een prepaidtelefoon, die iemand van de East Wing waarschijnlijk voor haar heeft geregeld.'

De president schudt zijn hoofd en leunt achterover in zijn bureaustoel. 'Ik... ik kan het niet geloven. Wanneer kon ze zoiets doen? Hoe kon ze zoiets doen?'

Als ik nu nog harder op mijn tong bijt, ligt hij in tweeën. Het is precies hetzelfde als wat jij hebt gedaan, denk ik. En als wat mijn man Ben heeft gedaan. Vanwaar die verbijstering? Godzijdank gaat op dat moment mijn telefoon.

Ik zie dat het Scotty is en zeg: 'Sorry, sir, maar dit telefoontje moet ik nemen.'

Ik sta op uit mijn stoel, loop naar de deur, trek hem open en sluit hem weer achter me. Gelukkig is er niemand in de smalle gedecoreerde gang met oude schilderijen en meubels.

Gekraak, statische ruis en de woorden '... een lichaam'.

'Wat? Zeg dat nog eens, Scotty?'

Dan komt hij even helder door. 'We hebben een lichaam gevonden! Een vrouw... bij Quinnick Falls... een kilometer of vijf ten zuiden van de manege. Je kunt maar beter...'

Een volgende uitbarsting van ruis en de verbinding is verbroken.

Het maakt niet uit.

Ik ren al.

36

Het begint al bijna te schemeren als Marsha Gray door een moerassig gebied bij Quinnick Falls ploetert waar ze heen is gestuurd nadat ze een hectisch telefoontje van Parker Hoyt heeft gekregen. Het schijnt dat het lichaam van de first lady is gevonden, en Marsha hoopt het van harte want ze heeft schoon genoeg van het jagen in eigen land.

De modder en het water komen tot aan haar knieën terwijl ze langzaam door struikgewas en jonge bomen in de richting van de geluiden waadt: draaiende motors, luide stemmen en het stotende gegons van een helikopter in de lucht.

Ze nadert haar doel, vindt een droog plekje bij een esdoorn en neemt een korte adempauze. In de derde wereld was het jagen net zo leuk als een spelletje hints. Agenten en beveiligers konden worden omgekocht om de andere kant op te kijken. Verkeersregels leken eerder suggesties dan geboden te zijn. En in de meeste derdewereldlanden werd je als vrouw genegeerd, je was een onbeholpen en afgeschermd decorstuk.

Wat het jagen zo leuk maakte.

Maar hier?

Marsha zet haar rugzak neer, opent hem en haalt er een geavanceerde verrekijker uit. Ze leunt tegen de stam van de esdoorn en scant de omgeving af. Het vervelende van het jagen in eigen land is dat er geen wetshandhavers kunnen worden omgekocht, als ze nu een lokale agent of een Virginia State Trooper zou tegenkomen, zou ze hem moeten doden, en dat is alleen maar meer werk.

Maar goed.

De waterval is zo'n dertig meter breed en twee meter hoog. Veel rotsen, verstrikte boomwortels en oude stammen die uit het water omhoogsteken. Aan de overkant van de rivier staan agenten van de Binnenlandse Veiligheidsdienst en van de geheime dienst. Een man in een zwart duikpak gaat het water in. Hij heeft een gordel om waar een oranje nylon touw aan is bevestigd. Marsha stelt de kijker scherp en ziet zijn arm uit het water omhoogkomen, de rest van zijn lichaam wordt door de razende stroming en het schuim bedekt.

'Dat is wel wat anders dan wat lanterfanten in de East Wing, hè?' fluistert ze.

Er verschijnt een tweede duiker, die meteen onderuitgaat in de woeste stroom. Hij wordt met veel geschreeuw de kant opgetrokken en probeert het dan nog een keer.

'Ja, hoor,' fluistert ze. 'Wees een held, verzuip maar om een dode vrouw te bergen.'

Ze vorderen tergend langzaam. Marsha richt de kijker op de oever en ziet de zoveelste Suburban met zwaailichten naderen. En, ja hoor, daar is ze weer, de koningin van de geheime dienst in haar wollen jas met wapperende rode sjaal.

Grissom praat met een andere agent, de koningin krijgt een verrekijker aangereikt en loopt naar de oever. Er wordt een witte tent opgezet en er slaat een generator aan.

Het ziet ernaar uit dat de twee duikers de plek van het lichaam hebben bereikt, er komen meer touwen tevoorschijn die eromheen worden geslagen, dit natuurlijk voor het geval dat de twee helden het lichaam uit hun handen laten glippen. Het zou niet zo mooi zijn als het in de sterke stroming nog een kilometer werd meegesleurd.

Oké.

De twee mannen in duikpak beginnen aan de terugweg, het lichaam in touwen tussen hen in geslagen. Marsha vloekt binnensmonds. Ze ziet een torso, meer niet. Ze worden opgewacht door een groep agenten, van wie er vier klaarstaan met een brancard.

Het zou natuurlijk geen pas geven om de first lady van de Verenigde Staten als een zak aardappels in die tent te kieperen.

O, shit.

Marsha verstijft.

Ze vergeet adem te halen en is gefocust op Grissom, de koningin van de geheime dienst, die bewegingloos staat en haar recht aankijkt.

Nu niet bewegen, denkt ze.

Het ergste wat een scherpschutter kan overkomen is zojuist geschied.

Ze is ontdekt.

37

Het was een helse rit in vliegende vaart vanaf het Witte Huis, maar nu hebben we eindelijk Quinnick Falls bereikt, een park dat zo'n vijf kilometer stroomafwaarts ligt van de plek waar ik het briefje van de first lady heb gevonden. Ondanks de gekmakende nieuwsgierigheid heb ik tijdens deze hectische rit mijn portofoon en telefoon niet gebruikt, bang dat iemand me zou afluisteren en erachter kwam waarom ik zo'n haast had.

En om deze vooravond nog wat extra cachet te geven belde mijn buurman Todd Lawson om zich te verontschuldigen en excuseren, maar vooral om te zeggen dat hij niet op Amelia kan passen omdat hij wederom een noodgeval bij zijn zus heeft.

Shit, shit, shit.

Mijn chauffeur vindt een plekje naast alle andere Suburbans en Humvees, en nog voor hij goed en wel is gestopt heb ik het portier al opengegooid. Ik ren naar het groepje mensen toe dat bij een aantal houten picknicktafels staat waar een wirwar van touwen, dregankers en communicatieapparatuur op ligt.

Scotty komt naar me toe, er hangt een verrekijker om zijn nek.

'Wat hebben we?' zeg ik.

Hij knikt vermoeid en wijst naar de waterval, waar een agent in een duikpak doorheen waadt met een feloranje touw om zijn middel. 'Een groepje spelende kinderen zag een half uur geleden het lichaam van een vrouw tussen de rotsen hangen, ze leek verdronken te zijn. Rond diezelfde tijd reed er net een Humvee van de Binnenlandse Veiligheidsdienst langs die nog met de zoekactie bezig was. De kinderen gebaarden hun te stoppen.'

'Hoe wisten ze dat het een vrouw was?'

Scotty lijkt zich te generen. 'Ze zagen een loshangende borst, Sally. Haar bloes was opengescheurd en... haar lichaam is zwaargehavend. Ze had al een tijdje tussen de rotsen gehangen.'

'Geef me de verrekijker.'

Zonder iets te zeggen reikt hij hem mij aan, en ik speur het bulderende water af. Ik voel een loodzware last op mijn schouders vallen als ik een gezwollen vorm ontwaar, gedeeltelijk gekleed, met een arm die in het water bengelt.

Ik geef Scotty de verrekijker terug. Er slaat een generator aan, en achter ons wordt een witte tent opgezet. Randy Anderson moet er ook ergens rondlopen, mijn oude vriend van de Binnenlandse Veiligheidsdienst die ik heb overgehaald deze ongeautoriseerde en misschien wel illegale zoekactie te leiden.

'Waar is haar beveiligingsteam?'

'Dat van CANARY? Ze staan daar, bij dat houten bord waar de geschiedenis van Quinnick Falls op staat.'

'Laat ze hierheen komen,' zeg ik.

Er stapt een tweede duiker in het water met een gordel om waar een touw aan vastzit. Hij glijdt uit en gaat onderuit. 'Waarom?' vraagt Scotty.

'Omdat ik wil dat zij en jij de brancard dragen als het lichaam op de oever is, Scotty. Jullie dragen haar met zijn vieren naar de tent, en daar zal ze onderzocht worden.'

Scotty knikt. 'O ja,' zeg ik, 'en nog iets. Zeg tegen iedereen dat als ik een camera zie flitsen terwijl ze naar de tent wordt gedragen, dat ik die persoon standrechtelijk zal executeren. En dat meen ik.'

'Dat weet ik,' zegt Scotty en hij loopt weg.

Ik kijk toe terwijl ik me verkleumd, hongerig en ellendig voel. Dit is niet nieuw voor me. In mijn jaren als wetshandhaver heb ik vaak genoeg gezien hoe een lichaam geborgen werd – een verdrinking, zoals nu, maar ook bij verkeersongelukken, uitgebrande appartementen en trailers – maar deze vondst raakt me als een mokerslag. Dit zal de geschiedenisboeken halen, het zal op het nieuws komen, er zullen documentaires over worden gemaakt, en we mogen echt van geluk spreken dat de media nog niet ter plekke zijn.

De twee mannen hebben het lichaam bereikt en gaan in het koude water aan de slag. Ze slaan er touwen omheen en trekken het los. Ze beginnen aan de terugtocht en hebben moeite om overeind te blijven.

Ik zie beweging vanuit mijn ooghoek. De brancard arriveert met Scotty en de drie murw gebeukte leden van CANARY's veiligheidsteam: Pamela Smithson, het hoofd, met Tanya Glenn naast haar, en dan Brian Zahn, de jonge man. Hij huilt, maar niemand let erop.

Ik draai me om en...

Wacht.

Wacht even.

Er gebeurde net iets.

Een beweging, op de andere oever.

Het minieme flitsen van licht.

Nu is het weg.

Maar er bewoog zich daar iets, absoluut.

Wat was het?

Ik tuur en ik tuur, en ik moet denken aan een tv-serie uit mijn kindertijd, *De Man van Zes Miljoen*; had ik nu maar bionische ogen die konden inzoomen.

Een verrekijker zou handig zijn, maar die heeft Scotty bij zich en ik wil hem niet storen nu de drenkeling op de oever wordt gelegd. Pamela houdt een felgele deken op zodat het lichaam uit het zicht blijft, en als het op de brancard ligt bedekt ze het voorzichtig en discreet.

Ze tillen met zijn vieren de brancard op en dragen het bedekte lichaam zwijgend naar de witte tent, het zoemen van de generator is het enige geluid dat te horen is. Niemand die iets zegt, er klinken geen orders, en iedere agent, man of vrouw, wendt het hoofd af als de brancard voorbijkomt.

De kleine processie verdwijnt in de tent. Ik zie Randy Anderson bij de ingang staan. Ik loop naar hem toe en probeer ondertussen te bedenken hoe we deze stoffelijke resten naar het Bethesda Naval Hospital moeten vervoeren. Een openbaar ziekenhuis is natuurlijk geen optie. Dan klinkt er gegil.

Ik grijp automatisch naar mijn SIG Sauer als Tanya Glenn gillend de tent uit rent, maar dan begint ze te lachen en roept luidkeels: 'Het is haar niet! Het is haar niet! Het is niet de first lady!'

38

Het is een chaotische toestand bij de tent. Er wordt over en weer geroepen en Marsha Gray probeert erachter te komen wat er aan de hand is. Toen Grissom van de oever wegliep was Marsha snel van positie gewisseld. Met haar buik op een moerassig stuk grond zag ze hoe de brancard de tent in werd gedragen. Iedereen stond stil toen dat gebeurde, men wendde zijn hoofd af en er werd gesalueerd, alsof de dode vrouw een militair was.

Maar nog geen minuut geleden stond alles op zijn kop toen een zwarte vrouw huilend en lachend de tent uit rende – ze heft nu haar armen op onder de donker wordende hemel.

'Wat is dit, in godsnaam?' fluistert Marsha.

Ze richt de verrekijker op verschillende personen en probeert het te begrijpen. Het lijkt alsof er iets is gebeurd waardoor ze opgelucht zijn. De groep zag er net nog somber en vermoeid uit, maar dat is nu veranderd. Ze zijn ontspannen, er wordt gelachen en ze slaan elkaar op de schouders.

Oké dan.

Zonet werd het lichaam van de first lady geborgen. Iedereen was stil en somber, het leek wel een uitvaartplechtigheid. Maar nu is alles anders.

Glimlachende gezichten. Vrolijke mensen.

Grissom is nu druk gebarend aan het praten met iemand van de Binnenlandse Veiligheidsdienst, die zich ook niet onbetuigd laat.

Conclusie?

De first lady wordt nog steeds vermist.

Het is niet haar lichaam dat werd geborgen.

Shit.

Ze pakt haar iPhone, doet haar oortje in, veegt over haar scherm en belt.

Er wordt niet opgenomen.

Waar is Parker Hoyt in godsnaam?

De groep aan de overkant begint zich te verspreiden. Er zijn al twee Humvees vertrokken.

'Nou, mooie boel,' fluistert Marsha.

Wat nu?

Er zal iets moeten veranderen. Ze is tot nu toe een jachthond geweest die de aanwijzingen en bevelen van Parker Hoyt heeft opgevolgd. Oké, dat is het werk. Ze is een grote meid en weet haar taak uit te voeren.

Grissom en de agent van de Binnenlandse Veiligheidsdienst zijn nog steeds in gesprek met elkaar, het ziet er geanimeerd uit. Wat dan ook. Als ze zich nu op de andere oever had bevonden, had ze kunnen horen wat er besproken en gepland werd, en hoe deze zoekactie verder zou verlopen.

Marsha weet wat haar te doen staat, iets wat ze al eerder had besloten.

Het is tijd om ertussenuit te knijpen en naar Grissoms huis te vertrekken, daar alles te checken en een scherp horend souvenirtje achter te laten en – mocht het lukken – ook iets op Grissoms auto te bevestigen.

Maar toch…

Misschien dat ze nog een laatste keer moet proberen haar baas te bereiken.

Ze bewerkt het scherm van haar iPhone.

Er wordt nog steeds niet opgenomen.

Waar is Parker Hoyt in godsnaam gebleven?

39

Als ik Tanya enigszins heb gekalmeerd zeg ik: 'Hoe weet je dat ze het niet is?'

Ze veegt tranen uit haar ogen terwijl er een brede lach op haar gezicht staat. 'Haar tanden! Die arme vrouw... haar gezicht was nauwelijks herkenbaar, maar je kon haar tanden goed zien... Ik zag een hoop herstelwerk zitten. Het is niet de first lady! Die heeft een perfect gebit!'

Het hart klopt in mijn keel, alsof ik in een achtbaan zit en het karretje voor de laatste steile afdaling is blijven steken.

'Weet je het zeker?'

Pamela Smithson en Brian Zahn komen nu ook uit de tent, en als ik hun vrolijke gezichten zie weet ik dat het waar is. Die arme, gehavende drenkeling in de tent is niet Grace Fuller Tucker.

'Tanya heeft gelijk... CANARY heeft perfecte tanden,' zegt Pamela. 'Die vrouw daar... Er is behoorlijk aan dat gebit gesleuteld.'

Goed, wat nu? Ik loop van hen weg en pak mijn telefoon om Parker Hoyt te bellen. Hij gaat over en over... Er wordt niet opgenomen.

Wat zullen we nou krijgen? Als je zijn gezicht had gezien toen ik hem in het Witte Huis vertelde dat er een lichaam was gevonden, zou je toch denken dat hij op dit moment door zijn kamer ijsbeerde, wachtend op mijn telefoontje...

Maar er wordt niet opgenomen.

'Sally?'

Ik draai me om. Het is Randy Anderson van de Binnenlandse Veiligheidsdienst, voormalig agent van de geheime dienst, en hij is doodop. Zijn jumpsuit zit onder de modder en hij moet zich nodig eens scheren.

'Sally...' zegt hij, 'dit was het. We gaan vertrekken.'

'Maar... jullie gaan morgen toch weer verder?'

Hij schudt resoluut het hoofd. 'Onmogelijk.' En ik haat het om het toe te geven, maar mijn oude vriend heeft gelijk als hij me uitlegt hoe het zit. Hij gebaart naar de Humvees, de tent, naar de mannen en vrouwen van zijn divisie en zegt: 'Ik kon ze een dag lang wijsmaken dat dit een onaangekondigde oefening was, een zoekactie om een zogenaamde vermiste kanoër te vinden. Met die tweede dag heb ik mijn nek al uitgestoken, Sally. Een onaangekondigde oefening die een dag wordt verlengd? Goed, het is me gelukt. Maar twee dagen is het maximum, sorry. Een oefening van drie dagen is onmogelijk.'

Randy knikt in de richting van de tent. 'Ik weet dat het cru klinkt, maar de vondst van die arme vrouw is een zegen. Een onaangekondigde veldoefening met een speciaal einde zal ons gunstige publiciteit opleveren en mijn bazen zullen me sparen. Begrijp je wat ik bedoel?'

Ik haat zijn woorden, maar ik begrijp het wel. 'Ja, Randy, ik weet het.'

Hij glimlacht vermoeid. 'Sorry, Sally. Ik wilde je graag helpen...'

'Dat heb je gedaan, maak je geen zorgen.'

'Maar CANARY...'

Ik knik, en steek mijn koude handen in mijn jaszakken. 'Randy, je hebt geen idee waar je het over hebt.'

'Sally...'

'Randy, dit heeft niets met de first lady te maken, en dat weet je. De Binnenlandse Veiligheidsdienst heeft een onaangekondigde oefening bij deze rivier gedaan, en leden van het beveiligingsteam van de first lady zijn door mij aangewezen hierbij te assisteren om te trainen op toekomstige gezamenlijke acties.'

Hij wrijft met zijn hand over de stoppels op zijn kin en knikt langzaam. 'Op die manier...'

'Randy, misschien is het mijn moederlijke inborst, maar ik heb je in Santiago gered, en ik doe het nu weer. Dus iedereen kan naar huis... en dank je wel.'

'Als dit voorbij is...' zegt hij.

Ik raak zijn ongeschoren kaak aan. 'Als dit voorbij is, kun je me in de gevangenis komen opzoeken, oké?'

'Misschien kom ik je wel bevrijden.'

'Wees geen domme jongen,' zeg ik. 'Ga nu maar.'

Hij loopt naar zijn mensen toe, ik pak mijn telefoon om Parker Hoyt te laten weten hoe het ervoor staat.

Hij neemt nog steeds niet op.

Een paar minuten later voeg ik me bij Scotty en de drie leden van CANARY's beveiligingsteam. De vreugde is gezakt, ze staan er afgemat en uitgeput bij. Scotty zwijgt en Tanya en Brian kijken naar Pamela Smithson, het hoofd van hun team, die simpelweg zegt: 'Wat nu?'

Dat zou ik haar ook wel willen vragen, maar we zijn alweer twee dagen verder en ik zeg: 'Iedereen mag naar huis vanavond. We zijn doodmoe, en dan ga je fouten maken.'

En die hebben jullie al genoeg gemaakt, wil ik er eigenlijk aan toevoegen, maar ik ben te moe om ze er nog een keer van langs te geven.

'We gaan morgenochtend om acht uur verder.'

'Waar?' Tanya stelt de voor de hand liggende vraag. Ik weet dat we niet in mijn kantoor, de East Wing of W-17 kunnen afspreken... Er zullen te veel vragen op ons afkomen waarom er sinds de 'Hinderlaag in Atlanta', nu twee dagen geleden, geen taal of teken van de first lady is vernomen. En ik zal de overige leden van haar persoonlijke beveiligingsteam wederom leugens moeten verkopen, allemaal onwaarheden die de nodige fantasie vereisen.

'De manege,' zeg ik. 'De gebouwen daar, ze zijn nog niet grondig doorzocht. CANARY zou zich er schuil kunnen houden.'

'Zou het management niet meer weten?' vraagt Brian.

'Ze zijn loyaal aan haar, net als jullie,' zeg ik. 'Als hun gevraagd is om hun mond dicht te houden, denk je dat ze dat dan niet zouden doen?'

Niemand die iets zegt, zo te zien denken ze erover na.

'Jullie kunnen gaan,' zeg ik en ik loop weg.

Scotty komt me achterna. 'Hoe moet het met jou, baas?'

Ik zou het liefste in die tent naast de dode vrouw in het natte gras gaan slapen. 'Ik moet naar huis,' zeg ik. 'En ik moet Parker op de hoogte stellen.'

'Wil je een lift?'

'Ja, graag.'

'Komt in orde, baas.'

'Dank je, Scotty.' Ik probeer Amelia te bellen.

Geen antwoord.

Ik voel een steek.

Oké.

Dan bel ik Parker Hoyt nog een keer, zowel op zijn kantoor als mobiel.

Op geen van de twee nummers wordt opgenomen.

Ik hang op.

Voertuigen vertrekken, er blijven steeds minder mensen over. Er verschijnt een ambulance van Rockford County om de dode vrouw te vervoeren.

Waar is Parker Hoyt in godsnaam?

40

Parker Hoyt beëindigt abrupt het gesprek met de bezorgde meerderheidsleider van de Senaat en grijpt naar zijn speciale telefoon nadat hij één keer is overgegaan.

Wederom kan hij aan de achtergrondgeluiden horen dat de ander zich ergens in de buitenlucht bevindt.

'Hoyt,' zegt de stafchef.

'Het is haar niet,' zegt zijn beller.

'Wat?'

'Je hebt me gehoord. Het is haar lichaam niet. Ik moet nu weer aan het werk.'

De verbinding wordt verbroken, Parker zet de telefoon terug in de handset en ploft neer in zijn stoel. Hij had zich het afgelopen uur aan het idee van een verdronken first lady gelaafd. Het zou het nieuws van Atlanta verdringen en de president genoeg sympathie van de kiezers opleveren om de schade van het schandaal beperkt te houden. Maar die hoop is nu vervlogen.

Verdomme.

Waar hangt die bitch in godsnaam uit? En hoelang kan hij deze ellendige toestand nog stilhouden?

Zijn reguliere telefoon rinkelt. Het is zijn secretaresse, Ann Glynn, die zegt: 'Ik heb Amanda Price aan de lijn, sir. Van Pearson, Pearson & Price.'

'Bedankt, Ann. Verbind haar maar door.'

Er klinkt een klik en de schorre, doorrookte stem van Amanda Price komt helder en duidelijk door. 'Parker, schat. Hoe is het ermee?'

'Ik heb betere dagen gehad. En als we de boeddhisten moeten

geloven heb ik betere levens gehad. Wat wil je van me, Amanda?'

'Je jochie is zeer ondeugend geweest,' klinkt haar vertrouwde stem.

'En jouw meisje ook,' kaatst hij terug.

Ze grinnikt. 'Laten we zo ergens afspreken, dan kunnen we het erover hebben.'

'Ja,' zegt hij zonder enige aarzeling. 'Laten we dat doen.'

Drieëndertig minuten en twee taxiritten later stapt Parker uit in een smalle steeg op M Street Northwest in Georgetown, ten westen van het Witte Huis. Dit chique gedeelte van Georgetown heeft nog een ouderwetse kinderkopjesbestrating, maar de massieve houten deur waar hij naartoe loopt is glad. Nadat hij een cijfercode in het paneel heeft getoetst klikt de deur open en bevindt hij zich in de Button Gwinnett Club.

Binnen is het oud en versleten, en het eten en drinken is vergelijkbaar met de keuken van een Holiday Inn in West Virginia die op het punt staat opgedoekt te worden. Maar met zijn lidmaatschapsbedrag van honderdduizend dollar, en een boete die tien keer zo hoog ligt als iemand het discretieprotocol overtreedt, is de Button Gwinnett Club tamelijk exclusief te noemen. Parker kent de regels als hij door de gelambriseerde hal loopt. Met een sleuteltje opent hij een houten kluisje met een nummer erop waar hij zijn iPhone, zijn horloge en zijn portefeuille in legt.

Een oude man met een zwarte pantalon, een wit overhemd, een zwarte stropdas en een fris gesteven wit schort tot op kniehoogte knikt hem toe en zegt: 'Uw gast zit in kamer drie, sir.'

'Dank je.' Hij draait zich om en loopt door een deur naar een volgende met een koperen 3 erop.

Amanda Price zit met een martini aan een rond tafeltje met een wit tafelkleed eroverheen, en hij gaat tegenover haar zitten. Het is een privékamer. Alle kamers in de Button Gwinnett zijn privé, en omdat mobiele telefoons en andere elektronica er verboden zijn, biedt de club iets wat hoogst zeldzaam is in het District of Columbia: een plek waar politici en lobbyisten zich kunnen terugtrekken om open gesprekken te voeren zonder te worden opgemerkt of afgeluisterd door de media – dat is het discretieprotocol van de Button Gwinnett Club.

Gegarandeerde privacy.

De deur gaat geruisloos open en een ober arriveert met zijn bestelling – een tumbler met Jameson Ierse whiskey en een karaf ijswater.

'Werkelijk, Parker,' begint Amanda. 'Wat is er in die jongen van je gevaren? Ik dacht dat hij slim genoeg was om zijn jongeheer in bedwang te houden.'

Hij neemt een verkwikkende teug. 'Amanda, ik dacht dat we hier bij elkaar waren voor een gesprek. Als je alleen maar sarcastische opmerkingen wilt maken, kan ik net zo goed weer aan het werk gaan, want dat doen de nieuwszenders al dagenlang.'

Amanda glimlacht als iemand die een geheim weet. 'Hoe is Grace eronder?'

'Redelijk, zoals te verwachten viel.'

'En waar is ze?'

'In retraite. Luister, Amanda...'

'Hoe staat het met de zoekactie?'

De whiskey dreigt in zijn keel naar boven te kruipen. 'Ik weet niet waar je het over hebt.'

'Leuk geprobeerd, maar ik ben geen idioot. Ik weet dat ze gisteren haar beveiligingsteam het nakijken heeft gegeven en dat er een zoekactie op touw is gezet. Zo discreet mogelijk, maar toch.'

Parker neemt de tijd om nog een slokje Jameson te nemen. Het smaakt zacht en warm.

'Wat wil je van me?' zegt hij.

Ze glimlacht haar scherpe tanden bloot. 'Zo mag ik het horen. Ik wil graag weten... of we een gemeenschappelijk belang hebben. Ik zou de media links kunnen laten liggen, maar dan wil ik er wel wat voor terugkrijgen. Het is altijd handig om nog iets tegoed te hebben van iemand, zeker als het om een zaak van dit formaat gaat.'

Het blijft even stil in de kamer. De deuren en muren zijn hier dik, en het discrete management van de Button Gwinnett Club heeft de regel dat er om het uur een elektronische controle op afluisterapparatuur plaatsvindt, maar Parker aarzelt.

'Stel,' vervolgt Amanda, 'dat dit naar buiten komt, wat overigens hoogst onwaarschijnlijk is... Dan hangen we allebei, toch?'

'Welk gemeenschappelijk belang?' zegt hij uiteindelijk.

Haar roodgelakte nagel glijdt langs de rand van haar glas. 'Laten we zeggen dat we het erover eens zijn dat een vermiste first lady een zegen voor beide partijen zou zijn. Een dode first lady mag ook natuurlijk.'

'Ga door.'

'Theoretisch gesproken...'

'Uiteraard.'

'Er zijn bepaalde verzekeringsmaatschappijen en farmaceutische bedrijven die door haar onvermoeibare campagne om nobele daden te verrichten behoorlijk in diskrediet zijn geraakt. Ze kijken er niet naar uit om nog eens vier jaar het doelwit van haar constante kritiek te zijn.'

Parker neemt nog een slokje van de Ierse whiskey. 'Waarschijnlijk krijgen ze binnen vier weken hun zin.'

Amanda schudt haar hoofd. 'Nee, dat zou het alleen maar erger maken. Een voormalige first lady, die niet meer onder de duim van haar ontrouwe echtgenoot en de regering wordt gehouden, is vrij om haar activisme volledig te ontplooien. En dat zou nog weleens langer kunnen duren dan een tweede ambtstermijn. Ze zal niet meer in het Witte Huis wonen, maar ze wordt door sommigen nu al als een tweede Jackie O. gezien. Ze zal veel invloed hebben.'

De whisky en haar woorden maken hem enigszins lichthoofdig, een gevoel waar Parker een hekel aan heeft want het maakt hem zwakker. 'Nou, dat is me nogal theoretisch allemaal, Amanda. Maar, en we blijven theoretisch natuurlijk... Wat zou voor mij een drijfveer zijn... of niet, om jou en je cliënten te steunen?'

Haar glimlach is nu zacht en zelfverzekerd. 'Als jouw jongen het Amerikaanse volk ervan kan overtuigen dat ze hem een tweede ambtstermijn moeten gunnen, maar dan zónder die wandelende stoorzender aan zijn zijde, zou je eens moeten zien hoe coöperatief mijn cliënten zich naar het Congres zullen opstellen om zijn agenda erdoor te krijgen. En als jouw jongen ze niet kan overtuigen, is er altijd nog genoeg plaats in onze directie, en die van onze cliënten... om de juiste mensen passend te belonen.'

Een volgende stilte, en een laatste slokje whiskey. 'Interessant. Ik zal kijken wat ik kan doen om ervoor te zorgen dat die... wandelende stoorzender zich niet meer aan zijn zijde bevindt. Linksom of rechtsom.'

Ze knikt tevreden.

'En even voor alle duidelijkheid, als je de theorie niet in praktijk weet om te zetten, verpletter ik je persoonlijk – en Pearson, Pearson & Price.'

'Ik zou precies hetzelfde doen,' zegt Amanda.

Hij knikt, en neemt een slok van het verfrissende ijswater. 'Ik heb je nooit gemogen, ik heb je nooit vertrouwd, maar ik heb altijd goed zaken met je kunnen doen, Amanda.'

'Hetzelfde geldt voor mij, Parker.'

'Maar genoeg over mijn jongen... laten we het over jouw meisje hebben.'

'Dat is goed, steek maar van wal.'

'Ze moet dat knappe mondje van haar dichthouden.'

'Komt in orde.'

'Of ze krijgt nog een keer een auto-ongeluk.'

Amanda trekt haar linkerwenkbrauw op. 'Nog een keer?'

Hij zet zijn glas terug. 'Ze is aan de dood ontsnapt toen ze gisteren van het vliegveld naar huis reed. Ik dacht dat jij daarachter zat, om je kantoor alvast voor mogelijk gezichtsverlies te vrijwaren.'

Ze kijkt hem ingespannen aan, haar gezicht vertoont geen enkele emotie. 'Terwijl ik dacht dat jíj erachter zat, om je president alvast voor mogelijk gezichtsverlies te vrijwaren.'

Parker wacht even en staat dan langzaam op. 'Goed, dan laten we het maar zo.'

'Laten we dat maar doen,' zegt Amanda.

41

Marsha Gray staat weer voor de toegangsdeur van het appartementencomplex waar Sally Grissom woont. Ze neemt een gok, maar dat is prima. Haar hele leven is één grote gok geweest, en soms kan ze daar alleen maar vrolijk van worden.

Het kost haar zo'n dertig seconden om een zendertje op het toetsenpaneel bij de deur te plaatsen, het signaal over te nemen en het slot te openen.

Klaar.

Ze loopt de hal in en begint aan de trappen. Er hangt een lucht, een teken van armoede en wanhoop, een mix van urine, bakvet en vochtig afval. Het brengt haar terug bij haar jeugd in het landelijke Wyoming. De nachtwind die door de kieren en scheuren van hun trailer naar binnen kwam. De stukken kaas van de voedselbank. Dezelfde verstelde kleren die ze dag in, dag uit moest dragen.

Marsha heeft deze keer een jack van het telecombedrijf Comcast aan dat tot over haar middel reikt, en ze heeft een baseballpet op, diep over haar ogen getrokken. Onder het jack draagt ze een koppelriem om haar slanke middel. Zoals een boerka je in sommige delen van de wereld onzichtbaar maakt, zo kun je op andere plekken hetzelfde bereiken met een bedrijfsoutfit.

Ze is nu op de tweede etage en loopt snel en geruisloos naar het bewuste appartement. Met behulp van een niet te traceren telefoontje naar de woningbouwvereniging – ze zei dat ze een vakbondsadvocaat was die het adres van haar cliënt wilde checken – is ze achter het huisnummer gekomen.

Zo. Marsha buigt zich naar het slot toe en ziet dat het er een van het merk Block is. Indrukwekkend. De koningin van de geheime dienst weet hoe ze haar huis moet beschermen.

'Maar deze meid is geen insluipende junkie,' fluistert ze zacht. Ze trekt en duwt even met haar slotenmakersgereedschap en het slot is open. Marsha duwt de deur voorzichtig open en ziet dat de deur bovenin op de ketting zit.

Oké.

Hij ziet er stevig en effectief uit, maar Marsha weet er wel iets op.

Ze haalt een elastiek en een stuk ducttape uit een vak van de koppelriem. Ze kijkt door de kier naar binnen en ziet een keuken, verder niets. Mooi. Ze steekt haar rechterhand door de kier, haalt het elastiek om de ketting heen, trekt het een stuk naar binnen en plakt de tape er zorgvuldig aan vast.

Dan steekt ze haar hand nogmaals naar binnen, rekt het elastiek zo ver als ze kan uit en plakt het op de deur. Vervolgens trekt ze voorzichtig de deur dicht en...

Er klinkt een klik. Doordat ze de deur dichttrok, rekte het elastiek uit dat – op zijn plaats gehouden door de tape – de ketting uit de houder heeft getrokken. Marsha trekt de deur open, stapt naar binnen en trekt de tape met het elastiek los.

Niet slecht.

Ze heeft zich net succesvol toegang verschaft tot een goed beveiligd huis.

En nu aan het werk.

In de keuken ruikt het naar gebakken bacon, en ze voelt een steek van jaloezie. Dit is een gezin dat samen ontbijt, dat om elkaar geeft... Marsha schudt het gevoel van zich af. Ze ziet recht voor haar een gang en links een woonkamer. De tv staat aan, ze kan hem horen.

Met de ketting op de deur en een tv die aanstaat is het duidelijk dat er iemand thuis is.

Marsha wacht om te zien of er iemand verschijnt die op hoge toon zal vragen hoe en waarom ze is binnengekomen. Ze zou kunnen uitleggen dat de deur niet op slot was, dat ze heeft geklopt en zichzelf heeft binnengelaten nadat ze iemand 'binnen' meende te horen zeggen.

Er verschijnt niemand.

Ze sluipt langzaam naar de woonkamer.

Er zit iemand op een mottige bruine bank.

Marsha haalt diep adem om tot rust te komen.

Een jong meisje zit onderuitgezakt op de bank tv te kijken. Ze moet zo'n tien of elf zijn, het kind is slank, zeer knap met lang blond haar en heeft een lichtblauwe deken over zich heen getrokken. Ondanks het feit dat ze tv-kijkt is ze ook nog met een videospel op een iPad bezig. Het meisje – ongetwijfeld de dochter van Grissom – heeft oortjes in.

Wat verklaart waarom Marsha's binnenkomst onopgemerkt is gebleven.

Dan schiet haar iets te binnen.

Wat was haar opdracht ook alweer?

Ze moest agent Grissom in de gaten houden, haar acties saboteren als daar reden toe was, en de first lady uitschakelen zodra ze de daar mogelijkheid toe had.

Het meisje op de bank verschuift constant haar blik van de tv naar haar iPad en weer terug. Dan trekt ze de oortjes uit en bestudeert ze, alsof ze het opeens niet meer doen.

In plaats van het installeren van de afluisterapparatuur zou ze... Kijk, hier was haar mogelijkheid, onderuitgezakt op de bank. Marsha kon direct en met het nodige geweld het onderzoek van Grissom saboteren.

Waarom niet?

Het meisje verschuift op de bank, haar hoofd draait zich naar Marsha toe.

42

Scotty doet zijn best om me zo snel mogelijk thuis te krijgen, maar zijn hoge snelheid en het gebruik van de zwaailichten en de sirene maken mijn gemoed niet lichter. Drie telefoontjes naar Amelia die op de voicemail gingen en onbeantwoord zijn gebleven. Ik heb zelfs mijn trots ingeslikt en haar vader gebeld, maar ook Ben neemt niet op. Verdomme.

Scotty werpt me een zijdelingse blik toe. 'Wat is er mis?'

'Scotty...'

'Ik bedoel, wat is er mis behalve die puinhoop waarmee we nog steeds zitten?' Dan zegt hij: 'Amelia neemt niet op, hè?'

'Precies.' Ik leg de iPhone in mijn schoot.

'Het zal vast wel goed gaan daar,' zegt hij. 'Ik bedoel, kinderen...'

We scheuren door een rood stoplicht, het verkeer komt met piepende remmen tot stilstand en claxonneert. Hij draait als een razende aan het stuur, links-rechts, links-rechts, en ik kan zo voor me zien hoe hij ergens in een gepantserde Humvee vijandelijk vuur en granaatinslagen ontwijkt.

'Scotty.'

'Ja, baas?'

'Daarnet, bij de waterval... Is je daar niet iets opgevallen? Iets vreemds?'

Scotty is een slimme man en weet dat ik zoiets niet zomaar zeg. 'Nee, het zag eruit als... Ik bedoel, het was een heel circus, maar wel goed georganiseerd. Ik heb niets vreemds gezien. Wat zag je dan?'

'Op een gegeven moment meende ik aan de overkant van de rivier een opflikkerend lichtje te zien. En beweging. Alsof we in de gaten werden gehouden.'

'Nog andere dingen?'

'Nee, verder niets.'

'Misschien was het wel een vogelaar die zich afvroeg wat er aan de hand was. En die zich uit de voeten maakte toen hij of zij alle drukte zag.'

'Misschien, ja,' zeg ik, al ben ik er niet van overtuigd. Ik bel nog een keer.

Geen antwoord. Aan de ene kant ben ik boos op Amelia, dat ze iets doet wat me zo overstuur en bang maakt, en aan de andere kant is er de diepe angst dat haar iets ergs is overkomen. En met mijn lange ervaring als agent kan ik genoeg voorbeelden verzinnen wat 'iets ergs' zou kunnen zijn.

'Vervelend dat ze niet opneemt,' zegt Scotty.

Ik kijk zwijgend voor me uit, en zie het verkeer voor ons opzijgaan.

'Misschien is ze in slaap gevallen,' vervolgt hij. 'Of ze is aan het douchen. Of ze heeft haar telefoon uitgezet. Kinderen, toch?'

Ik wacht zo lang mogelijk terwijl ik nerveus aan de wollen sjaal friemel die mijn dochter voor me heeft gemaakt.

'Scotty?'

'Ja, baas?'

'Vanaf het moment dat je getrouwd bent,' zeg ik, 'vader wordt, het kind ziet opgroeien en vanbinnen lijdt als het valt, huilt of bang is... vanaf dat moment mag je meepraten als het over Amelia gaat.'

Zijn kaken verstrakken, en ik weet dat ik te ver ben gegaan, maar ik weet dat ik in tranen zal uitbarsten als we het nog langer over Amelia zullen hebben, en dat wil ik niet in het bijzijn van mijn assistent.

'We zijn er bijna,' zegt hij koeltjes terwijl we door onze vervallen buurt rijden. 'Binnen een minuut.'

'Dank je, Scotty,' zeg ik, maar hij reageert niet.

43

Marsha doet geruisloos twee stappen achteruit als ze het hoofd van het meisje haar kant op ziet draaien, gelukkig houdt de rugleuning van de bank haar buiten het zicht van het kind. Ze hoort buiten een sirene klinken en denkt, nee, het is een goed plan, ik hou me aan het plan.

Ze loopt terug de keuken in, ziet de telefoon aan de muur hangen, en plaatst snel een microfoontje in het mondstuk.

En dan?

De slaapkamer, denkt ze, de koningin van de geheime dienst mag voortaan haar bedgeheimen met me delen.

Marsha loopt de gang in, opent een deur en ziet een keurig opgemaakt bed met pluchen knuffelbeesten op de kleurige sprei en een houten plank met kinderboeken die op twee betonnen sierblokken staat. Ze voelt een steek, want op de knuffels na – daar hadden haar ouders geen geld voor – is het precies haar oude slaapkamertje in het desolate Wyoming.

Ze sluit de deur weer.

Denk niet zo veel, zegt ze in zichzelf als ze de andere deur opent.

Sober, eenvoudig.

Net als de koningin zelf.

Hier moet ze om glimlachen. Er staat een telefoon op het nachtkastje, prima, snel plaatst ze het volgende microfoontje. Waar verder nog, denkt ze. Misschien eentje achter het bureau.

Marsha loopt naar het bureau toe en verstijft.

Ze hoort een gedempte stem vanuit de keuken klinken. 'Ik ben er, schat!'

Verdomme!

Marsha draait zich razendsnel om – er staat hier geen tv, geen computer, niemand zal ooit geloven dat ze een ordinaire insluiper is, en die stomme agent Grissom ís al zo achterdochtig en volledig over de rooie...

Nee, weinig kans dat ze hier zonder kleerscheuren van af zal komen.

Dan...

Een gedaante in de slaapkamer, Marsha denkt aan haar marinierstraining en duikt er meteen bovenop – ze heeft geleerd dat het verrassingseffect negen van de tien keer effectief is. Er volgt een worsteling. Marsha's rechterhand voelt een zware sjaal, ze gebruikt alle kracht in haar armen om de gestalte te overweldigen, haar sterke handen omklemmen de dunne hals, dan een snelle ruk en het is voorbij.

Marsha laat het lichaam op de vloer vallen.

Wegwezen hier.

Ze rent de slaapkamer uit en schiet door de gang naar de felverlichte keuken. Maar dan staat het meisje opeens gillend voor haar, en Marsha overweegt in een fractie van een seconde of ze haar ook niet moet uitschakelen.

Een fractie van een seconde.

Nee, er zal te veel ophef van komen.

Ze maait het meisje opzij en stormt door de voordeur naar buiten.

Marsha verandert van richting – neem nooit twee keer dezelfde route – en haast zich de brandtrap aan de achterkant af waar beneden een dienstdeur op uitkomt. Binnen een minuut loopt ze rustig op straat. Ze trekt het Comcast-jack uit, gooit het in een afvloeiingskanaal en als ze haar minibusje bereikt hoort ze sirenes in de verte.

Eerder, bij de waterval, had ze Parker Hoyt maar al te graag gesproken.

Nu niet meer.

44

Ik zie rode en blauwe zwaailichten bij mijn appartementencomplex. Scotty vloekt en rijdt door het zwart-gele politielint om zo dichtbij mogelijk te komen. Hij schampt bijna een patrouillewagen en ik ben er al uit. Ik ben geen ex-politieagent en geen special agent van de geheime dienst meer, alleen maar een angstige en eenzame moeder.

'Amelia!' roep ik terwijl ik me duwend en trekkend langs een paar agenten wring die de omstanders op afstand moeten houden. Ik vis het pasje van de geheime dienst uit mijn zak en roep: 'Wie heeft de leiding? Waar is mijn dochter! Wie heeft de leiding?'

Naast de angst is er een koud en klam schuldgevoel, schuld over het feit dat ik een alleenstaande moeder ben die in deze ongure buurt haar dochter alleen heeft gelaten, en dat ik te koppig was om Ben een tweede kans te geven – anders hadden we nu veilig in het oude huis gezeten. Als ik niet zo hard rende zou ik hier op de drukke parkeerplaats over mijn nek zijn gegaan.

'Mam!'

Ik kan er niets aan doen, maar dat ene woord doet me in tranen uitbarsten. Achter een paar agenten zie ik Amelia met een grijze deken tussen de geopende achterdeuren van een ambulance zitten terwijl twee verpleegkundigen met blauwe latex handschoenen aan haar voorzichtig onderzoeken.

'Mam!' roept ze nog eens, en nu begint ze ook te huilen.

De verpleegkundigen geven me de ruimte, en ik omhels en kus haar. Amelia zegt snikkend en snotterend iets over een enge man die ons huis was binnengedrongen. Dan voel ik een hand op mijn schouder.

‘Mevrouw?’ klinkt een zachte stem. Ik draai me met een ruk om en er staat een Afro-Amerikaanse man van in de dertig voor me. Hij draagt een grijs pak met een regenjas en heeft een kort getrimd baardje, om zijn dikke nek hangt een koord met een rechercheurspasje. Zijn bruine ogen kijken me bezorgd aan.

‘Rechercheur Gus Bannon,’ zegt hij. ‘Fairfax County Police Departement.’ Hij kijkt in zijn aantekenboekje. ‘Dit meisje… Amelia Miller. Is ze uw dochter?’

‘Ja… kunt u me vertellen wat er is gebeurd? Is ze ongedeerd?’

Hij gebaart om iets verderop te gaan staan. Amelia snikt nog steeds. Ik kus haar voorhoofd en dan zie ik iets opmerkelijks: ze heeft de pluchen panda die ze in de National Zoo had gekregen bij zich.

Die heeft ze al twee jaar niet meer in haar handen gehad.

Ik volg rechercheur Bannon naar de zijkant van de ambulance. ‘Iemand heeft kortgeleden in uw appartement ingebroken. Uw dochter maakt het goed. Ze is geschrokken en heeft haar pols bezeerd, maar…’

‘Hoe heeft ze haar pols bezeerd?’

‘Dat heeft de inbreker gedaan,’ verklaart hij kalm. Ik wil dat hij opschiet en me vertelt wat er is gebeurd, wie het was, hoe die pols verzorgd moet worden, en ik realiseer me met een schok dat dit de eerste keer is dat ik opeens degene ben die vragen moet beantwoorden, die ongeduldig is en van alles van de politie wil horen. Ik…

Ik ben het slachtoffer.

‘De inbreker is via de keuken naar buiten gerend en heeft Amelia opzij geduwd,’ vervolgt hij.

‘Een man?’

Hij knikt. ‘We denken van wel. Het ging heel snel volgens uw dochter. Een kleine man, licht getint, in een soort uniform.’

‘Uniform? Als een brandweerman? Of een agent?’

De rechercheur schudt zijn hoofd. ‘Eerder als iemand van het energiebedrijf. Een onderhoudsmonteur, misschien wel van de kabel-tv. Dat is alles wat we op dit moment hebben.’

Ik knik en realiseer me dat ik mijn vuisten heb gebald. Had ik nu maar de nek van die inbreker tussen mijn handen. Ik ben zo woedend, zo gefocust en tegelijkertijd opgelucht dat Amelia ongedeerd is dat ik niet meer hoor wat de rechercheur zegt.

'Wat zei u?' vraag ik. 'Sorry, ik was even ergens anders met mijn gedachten.'

Hij kijkt bedrukt naar zijn aantekenboekje. 'Dat kan gebeuren. Ik vroeg u, mevrouw Miller, of...'

'Grissom,' zeg ik automatisch. 'Ik heb altijd mijn eigen naam gehouden.'

'Maar u bent getrouwd met Ben Miller. Hij werkt voor het ministerie van Binnenlandse Zaken.'

Ik heb het gevoel dat er een tornado mijn kant op komt, en dat ik alleen maar mijn ogen kan sluiten en net doen alsof er niets op me afkomt.

'Dat ben ik, ja. Maar we liggen op het moment in scheiding,' zeg ik. 'Alstublieft, rechercheur. Wat is er aan de hand?'

'Het lijkt erop dat uw echtgenoot, Ben Miller, in uw appartement arriveerde en de inbreker heeft verrast. Er heeft een worsteling in uw slaapkamer plaatsgevonden.'

Alles lijkt nu opeens heel luid, de stemmen, de sirenes, de stationair draaiende motoren van de hulpverleningsvoertuigen.

Hij kijkt nog steeds naar zijn aantekenboekje. 'Het spijt me het te moeten zeggen, mevrouw. Maar uw echtgenoot, Ben Miller, is dood.'

45

Routine zal altijd routine blijven. Ik volg rechercheur Bannon als een van die glimlachende reuzenpoppen in Disney World, ik kijk om me heen en knik. Hij duikt onder het politielint door dat de ingang van het appartementencomplex verspert, en is zo attent om het voor mij omhoog te houden. Als we de trappen op lopen praat hij over koetjes en kalfjes – het weer, de honkbalplay-offs – in een poging om de sfeer luchtig te houden.

Wat niet werkt.

Bij de openstaande deur van mijn appartement staat een geuniformeerde agent met een klembord die onze namen en het tijdstip van ons bezoek opschrijft, de nuttige administratie van een...

Plaats delict.

Mijn appartement is niet langer het toevluchtsoord van een boze moeder en een bange dochter, die de zin van een afbrokkelend huwelijk en gezin probeert te bevatten, maar een plek van dood en geweld.

Gebruikt tegen een man die ik ooit eeuwige trouw zwoer.

'Hier,' zegt rechercheur Bannon. 'Deze moeten we aantrekken. Ik weet dat u hier woont, maar...'

'Ik weet het,' zeg ik. 'Er mag niets worden aangeraakt.'

We trekken allebei lichtblauwe papieren overschoenen aan, en dan zet ik de eerste stap op een plek die niet langer als thuis voelt.

Het eerste wat ik opmerk is de geur van gebakken bacon. Ik wend mijn hoofd af en veeg een traan weg. Ik bevond me vanochtend in deze zelfde keuken, met mijn man en dochter, en probeerde ik toen aardig te zijn? Heb ik Ben voor het ontbijt bedankt? Of voor het feit dat hij zijn best deed om zich van zijn goede kant te laten zien?

Nee.

Ik kan de woorden van mijn dochter nóg horen, ze snijden als een mes door mijn ziel. *Als jij niet zo gemeen deed, waren we nog steeds een gezin! Waarom moet je zo gemeen zijn?*

'Mevrouw?' vraagt rechercheur Bannon kalm.

'Ah... geef me even, oké?'

'Natuurlijk.'

Ik haal diep adem en heb zin om hard te gaan janken, maar ik moet hierdoorheen. Ik veeg mijn ogen nog eens droog en kijk hem aan. 'Het is goed, laten we het doen.'

Hij raakt even mijn bovenarm aan. 'We hoeven het niet te doen.'

'Nee, het is goed. Waar... waar is Ben?'

'In uw slaapkamer.'

Ik volg rechercheur Bannon, we lopen langs twee forensische technici – de een maakt foto's, de ander is aan het poetsen voor vingerafdrukken – en het is vreemd, maar alles komt weer terug. Ik herinner me de plaatsen delict die ik vroeger heb bezocht, de stemmen door de portofoons, het gemompel van de forensische technici, de geur van de chemicaliën... het zijn vertrouwde dingen voor me.

Het is bijna geruststellend.

Rechercheur Bannon houdt zijn pas in bij de open deur, ik kom naast hem staan.

O, Ben, denk ik. O, Ben.

Mijn echtgenoot, de man van wie ik hield, de man die ik aanbad nadat we elkaar hadden ontmoet toen ik bij de Virginia State Police zat en een klacht in het Green Springs National Park onderzocht, mijn man ligt op zijn rug, wijdbeens, een arm op zijn borst, de ander boven zijn hoofd uitgestrekt. Een forensisch technicus, een mollige vrouw, is foto's aan het maken en Bannon zegt: 'Kun je ons even alleen laten, Sandy?'

'Natuurlijk,' zegt ze en ze loopt de kamer uit.

Ik doe een stap dichterbij en kijk naar mijn dode echtgenoot. Zijn gezicht is bleek geworden en zijn hoofd ligt in een vreemde hoek, hij draagt een halflange leren jas en heeft een blauwe gebreide sjaal om. De rechercheur kijkt naar mijn sjaal en zegt: 'Ze zien er hetzelfde uit.'

'Mijn... onze dochter heeft ze gebreid. Rood voor mij, blauw voor hem. Ze hoopte dat... Ik denk dat ze hoopte dat het met dezelfde sjaals om weer goed zou komen tussen ons.'

Bannon knikt.

Arme Amelia.

'Doodsoorzaak?' vraag ik.

'Het is nog niet officieel vastgesteld, maar ik denk dat zijn nek is gebroken.'

'Jezus,' zeg ik. 'Hebt u enig idee hoe dat is gebeurd?'

'Uw dochter hoorde dat de voordeur werd geopend, en dat uw echtgenoot zoiets zei als...'

'Ik ben thuis, schat,' zeg ik vlak. 'Dat was de vaste zin als we thuiskwamen... ik bedoel, als we binnenkwamen. Zodat Amelia niet zou schrikken.'

'Oké. Uw dochter zei dat ze meneer Miller eerder had gebeld, omdat de buurman die haar altijd na school opvangt verhinderd was en u later thuis zou komen.'

Mijn keel is zo dik dat ik bijna geen lucht meer krijg. 'Ze zei,' zegt rechercheur Bannon, 'dat meneer Miller binnenkwam en haar kort begroette. Toen zag hij dat de deur van uw slaapkamer openstond, en hij meende dat hij een beweging zag. Hij... hij zei uw dochter om stil te zijn en 911 te bellen als er iets zou gebeuren, daarna is hij de slaapkamer in gelopen. Er volgde een worsteling, waarna de inbreker de kamer uit rende en uw dochter opzij sloeg. Ze is overeind gekrabbeld en heeft 911 gebeld.'

'Heeft ze gezien dat Ben dood was?'

'Ik, eh...'

'Rechercheur, heeft mijn dochter haar dode vader gezien?'

Hij zucht. 'Ik ben bang van wel. Nadat ze had gebeld is ze naar hem toe gelopen. Ze heeft me verteld dat ze dacht dat hij bewusteloos was, dat hij knock-out was geslagen toen hij haar probeerde te beschermen. Uw dochter is een moedig meisje.'

'Ze heeft een moedige vader,' zeg ik. En nu word ik door herinneringen overweldigd van alle goede tijden die Ben en ik hebben gehad. Onze eerste afspraakjes, ons huwelijk, de huwelijksreis naar Alaska en de magische nacht waarop er een kleine krijsende baby in mijn armen werd gelegd. Ik kniel naast hem neer en druk een kus op zijn koude voorhoofd.

Als we weer in de keuken staan beantwoord ik rechercheur Bannons vragen, maar op een gegeven moment zeg ik: 'Wacht even.'

'Ja?'

'U zei... u zei dat Amelia Ben had horen binnenkomen, toch?'

Hij werpt een blik op zijn aantekeningen. 'Dat is correct.'

'Ze heeft niet gezegd dat ze de ketting van de deur heeft gehaald?'

'Nee, dat niet.'

'Weet u het zeker?'

'Waar wilt u heen, mevrouw?'

Ik loop naar de voordeur en zie de ketting ernaast hangen. 'Toen ik haar voor het laatst sprak... toen ik zei dat ik later thuis zou komen...' Ik slik een volgende snik weg. 'Ik heb haar toen gezegd dat ze de deur op de ketting moest doen.'

'Misschien dat ze het is vergeten.'

Ik schud mijn hoofd. 'Nee. Ik heb het haar opgedragen... Terwijl ik met haar aan de telefoon zat zei ze me dat ze bij de deur stond en de ketting erop deed.'

Hij zegt iets, maar ik strijk met mijn vingers langs de bungelende ketting. Halverwege voel ik dat het plakt.

Alsof er ducttape heeft gezeten.

'De inbreker...' zeg ik. 'Hij heeft het slot open gekregen, en toen de deur opengíng zag hij dat de ketting erop zat. Toen heeft hij...

o, ik weet niet, een snoer, een koord, een groot elastiek en ducttape gebruikt om de ketting eraf te krijgen.'

Rechercheur Bannon voelt ook aan de ketting. 'Mevrouw, u woont op de tweede etage. Om binnen te komen heeft de inbreker een sleutel gebruikt, of hij heeft het slot op een andere manier open gekregen. En toen moest hij nog aan de slag om die ketting eraf te krijgen.'

Ik denk koortsachtig na en zeg niets terug. 'Wat erop wijst dat dit geen gewone inbraak was,' vervolgt hij. 'Dit was geen junkie die op zoek naar juwelen of elektronica zijn kans greep. Uw appartement was een bewust doelwit.'

'Precies,' zeg ik.

Hij komt dichter bij me staan en zegt met gedempte stem: 'Uw dochter zei dat u geheim agent was. Ach, kinderen hebben een levendige fantasie, dacht ik toen. Maar wat voor werk heeft u eigenlijk, mevrouw?'

'Ik werk inderdaad voor de geheime dienst.'

Bannon laat dit even op zich inwerken. 'En wat doet u precies bij de geheime dienst?'

Zoals altijd antwoord ik automatisch: 'Ik ben special agent en hoofd van de presidentiële beveiligingsdivisie van het Witte Huis.'

'Het Witte Huis...' begint hij, dan buigt hij zich naar me toe. 'Special agent Grissom, ik moet u dit vragen.'

'Ja?'

'Al het bewijs hier wijst erop dat dit een doelbewuste, geplande inbraak was. Speelt er op het moment iets op uw werk, agent Grissom, waarom iemand reden zou kunnen hebben om... actie tegen u te ondernemen?'

Waar zal ik beginnen?

'Nee,' lieg ik. 'Helemaal niets.'

46

Tammy Doyle ligt opgekruld in haar bed, het enige licht in de slaapkamer komt van de tv die op een laag volume aanstaat. Het is een lange, lange dag geweest en ze is blij dat ze thuis is, maar ze mist het werk ook wel. Het is vreemd, maar op het werk kon ze zich focussen op de telefoontjes, het nalopen van de facturen, het contact met cliënten over de hele wereld en het afstrepen van klusjes op haar oneindige takenlijst. Behalve het bezoek van de agent van de geheime dienst en wat merkwaardige blikken en commentaren van collega's kon ze het Atlanta-drama tijdelijk achter zich laten.

Maar nu ze alleen thuis is begint de eenzaamheid aan haar te knagen. De afgelopen acht maanden waren anders, ze wist dat ze Harry op een gegeven moment weer zou zien, en dat vooruitzicht bezorgde haar een fijn gevoel.

Maar nu?

Welk vooruitzicht?

Een volgende dag waarin ze pendelt tussen huis en werk terwijl ze... op een telefoontje van Harry wacht?

Stel dat...

Ze is niet gek. Ze weet onder wat voor druk Harry moet leven. Als het zou betekenen dat hij er de verkiezingen mee zou winnen, dat hij er zo weer bovenop kwam, zou hij haar dumpen. In het openbaar, als dat nodig was.

Tammy voelt een huilbui aankomen. Alle gefluisterde beloftes, alle tijd die ze samen hadden doorgebracht.

Ze pakt de afstandsbediening en begint te zappen, op zoek naar iets wat niet met de naderende verkiezingen en de 'Hinderlaag in

Atlanta' heeft te maken. Ze komt op History Channel terecht, een programma over tanks en…

Er schiet haar iets te binnen.

De Tweede Wereldoorlog, ze ziet tanks door de Noord-Afrikaanse woestijn rijden. De Duitsers en Engelsen die elkaar in zandstormen bevechten.

Tammy stapt uit bed en loopt naar haar kleine werkkamer. Ze zoekt tussen de stapels bonnen en visitekaartjes die ze elke week krijgt.

Daar.

Het visitekaartje van Jamal, de Ethiopische taxichauffeur die haar gisteren thuis heeft gebracht.

Ze pakt haar iPhone, negeert alle gemiste oproepen die haar toeschreeuwen en toetst het nummer in.

Hij gaat over.

En over.

En over – dan een statische ruis.

'Hallo?'

Ze loopt naar de donkere woonkamer en gaat in een stoel zitten. 'Jamal? Ben jij dat?'

'Ja,' klinkt het behoedzaam. 'Met wie spreek ik?'

'Je spreekt met Tammy Doyle. Ik ben de vrouw die gisteren samen met je neef dat auto-ongeluk heeft gehad. Sorry… ik weet niet hoe hij heet.'

'O, ja. Caleb. Mijn neef.'

'Ik zou hem graag willen spreken. Weet je hoe ik hem kan bereiken?'

Hij lacht. 'Ja, hoor, dat weet ik. Hij is hier, we zitten samen naar de voetbalwedstrijd Ethiopië-Ghana te kijken. Wacht even.'

Er klinkt gestommel en geruis, waarna Caleb aan de lijn komt. 'Juffie? Is alles goed met u? Hebt u iets in de taxi laten liggen?'

'Nee, hoor, ik heb al mijn bagage. En ik maak het goed, dank je. Maar… mag ik je iets vragen?'

‘Ja, juffie. Snel dan. U moest eens weten hoelang we op deze wedstrijd hebben gewacht.’

Ze verschuift in haar stoel. Vanuit de donkere kamer ziet ze de lichten van het verzamelde persvolk, dat er nog steeds op hoopt dat ze naar buiten zal komen om alles te bekennen. ‘Dat ongeluk… Je zei dat het je deed denken aan de tijd dat je in het Ethiopische leger zat. Toen je door zandstormen reed en gepantserde voertuigen ontweek.’

‘Ja, ja, dat klopt.’

Tammy knijpt haar iPhone bijna fijn. ‘Wat bedoelde je daarmee? Was die pick-up die ons raakte… op de een of andere manier gepantserd?’

‘Ja, juffie, dat was hij. Ik heb het nog tegen de politieagenten gezegd. Die pick-uptruck… hij was zwart en zwaar, en er zat iets op de voorkant. Er was een groot stuk zwart metaal op gelast.’ Caleb giechelt, alsof je zoiets dagelijks op de snelwegen van Virginia tegenkomt. ‘Het zag eruit alsof iemand die pick-up zo had verbouwd dat hij veel schade, heel veel schade aan mijn taxi zou toebrengen. Gelukkig raakte hij de achterkant en niet de zijkant, toch?’

Er klinkt geroep op de achtergrond, Caleb roept iets in het Amharisch terug en zegt tegen Tammy: ‘Alstublieft, ik moet nu gaan. Het is een erg belangrijke wedstrijd.’

‘Dank je, Caleb,’ zegt ze. Hij heeft al opgehangen voordat ze kans krijgt om te vragen hoe het met hem gaat.

Ze zit al tien minuten in het donker en er komt een volgende herinnering naar boven, een die om aandacht schreeuwt.

Toen ze gisteren thuiskwam zat Amanda Price op haar te wachten.

Zogenaamd om met haar te praten.

Maar misschien was ze er wel om een andere reden. Om haar huis te doorzoeken, om iets te vinden dat haar kantoor tegen Harry zou kunnen gebruiken, iets compromitterends of gênants zoals foto’s op haar laptop waarop ze in een intieme houding waren te zien. Of een e-mail. Of iets ergers.

En waarom was ze zo doodgemoedereerd haar appartement binnengedrongen zonder bang te zijn betrapt te worden?

Omdat…

Omdat Amanda wist dat ze een auto-ongeluk zou krijgen.

Ze wist het.

Wat had haar baas ook alweer gezegd toen ze haar van het ongeluk vertelde?

'Interstate 66… wat een horrorfilm kan dat zijn.'

Hoe wist ze dat?

Hoe wist Amanda dat het ongeluk op de I-66 had plaatsgevonden?

Tammy had haar dat zeker niet verteld.

Ze loopt door haar appartement en checkt of alle ramen en de deur goed op slot zitten. In de keuken krijgt ze een paniekaanval, ze pakt een vleesmes en neemt het mee naar bed.

Ze heeft zich nog nooit zo eenzaam gevoeld.

47

Als de president van de Verenigde Staten in het Oval Office de hoorn van de telefoon op de haak legt – na een teleurstellend gesprek met de belangrijkste opiniepeiler van zijn verkiezingscampagne – wordt er op de deur geklopt. Parker Hoyt komt met een zorgelijk gezicht binnen.

'Ja?' vraagt hij.

Parker gaat tegenover hem zitten. 'Geen nieuws.'

'Geen goed nieuws, bedoel je,' reageert hij scherp. 'Wat de zoekactie tot nu toe heeft opgeleverd is haar ongebruikte noodknop, een fragment van een briefje dat Grace heeft geschreven maar waar we niets aan hebben, en het stoffelijk overschot van een onbekende vrouw. Ben ik iets vergeten?'

'Nee, sir.'

'Wat nu?'

'Nou, het...'

Harrison kapt hem af. 'Ik had Taylor Smith net aan de lijn. De opiniepeilingen van gisteren laten een landelijke daling van twee punten zien. Twee punten! Kun je je voorstellen hoe het er dit weekend uit zal zien?'

'Je moet me vertrouwen, ik...'

De president buigt zich over zijn bureau naar hem toe. 'Dat is wat je me op Air Force One hebt gezegd. "Vertrouw me maar, vertrouw me maar." Goed, dat heb ik gedaan, en wat heeft het me opgeleverd? Een daling in de peilingen en steeds luider wordende geruchten over de first lady. "Waar is ze? Waar is de first lady?" Nou?'

Parker houdt zijn handen op zijn schoot gevouwen. 'Onder het mom van een trainingsmissie hebben haar beveiligingsteam van de geheime dienst in samenwerking met een eenheid van de Binnenlandse Veiligheidsdienst een uitgebreide zoekactie in de omgeving van de manege gehouden.'

'En?'

'Het is tijd voor een andere aanpak.'

'Zoals?'

'Sir, de first lady... is aan het rebelleren,' zegt Parker. 'Ze moet iets van plan zijn... maar ik weet niet wat. Maar we hoeven haar spel niet mee te spelen. We moeten haar een stap voor zijn.'

'Door wat te doen?'

'In de loop van morgen lekken we naar de pers dat ze na een rit bij haar vaste manege vermist is geraakt. We zeggen dat ze spoorloos is, misschien wel gewond, of misschien zelfs wel verdronken. We brengen het zo naar buiten dat iedereen in het land naar haar zal uitkijken. Een vrouw die zo prominent is kan zich niet eeuwig verborgen houden.'

'Maar stel... ik bedoel, stel dat ze gevonden wordt?'

Parker glimlacht. 'Dat zal alleen maar in ons voordeel werken. Ze zal moeten uitleggen waarom ze zich verborgen hield en jou en de andere regeringsleden in zo'n grote ongerustheid heeft laten verkeren, en dat verhaal zal op de voorpagina's komen en het hoofditem van de nieuwsprogramma's worden. Niet het verhaal over jou en Tammy Doyle. En nu ik het toch over juffrouw Doyle heb, je hebt toch geen contact met haar opgenomen, hè? Onthoud wat ik je heb gezegd toen we van Atlanta terugvlogen. Geen telefoontjes, geen enkel contact, niets.'

Harrison denkt aan het moeizame gesprek dat hij gisteren met Tammy had en besluit er niet op in te gaan. Hij is niet in de stemming voor een preek.

'Ik heb heel goed naar je geluisterd, Parker.' De president leunt achterover en bestudeert nauwlettend het gezicht van zijn stafchef. Er is nog iets, iets waar hij zijn vinger niet op kan leggen.

'Parker?'

'Sir?'

'Volgens mij is er nog iets,' zegt hij. 'Vertel.'

Parker knikt. 'Agent Sally Grissom.'

'Gaat dat goed allemaal? Klapt ze niet uit de school?'

'Eh…'

'Wat is er aan de hand, Parker?'

'Sir, agent Grissoms echtgenoot is twee uur geleden in haar appartement vermoord.'

Het is alsof er een barst in een van de kogelvrije tuindeuren is gekomen, want Harrison voelt een ijzige bries langs zijn ruggengraat strijken.

'Ga door.'

'Het schijnt dat er was ingebroken en dat Ben Miller, haar echtgenoot, de dader op heterdaad betrapte. Er volgde een worsteling… en hij werd vermoord.'

Harrison schudt zijn hoofd. 'Is er iets waardevols gestolen? Was het wel een gewone inbraak?'

'Dat weten we nog niet.'

Hij blijft de man die – afgezien van hemzelf – verantwoordelijk is voor zijn presidentschap ingespannen aankijken.

'We hebben agent Grissom nog geen twee dagen geleden opdracht gegeven mijn vrouw te vinden. En dan vertel je me nu dat haar man is vermoord?'

'Ja, sir.'

'Dat is wel heel toevallig.'

'Ja, sir.'

'Parker… ik wil dat je me nu vertelt of jij, of iemand anders van deze regering, hoe indirect ook, verantwoordelijk is voor zijn dood en…'

'Sir, ik… Harry, dit is een zeer aanmatigende vraag, en dat weet je.'

'Parker, beantwoord verdomme mijn vraag!'

Zijn stafchef kijkt hem recht in de ogen. 'Mr. President… We zijn niet verantwoordelijk voor de dood van deze man. En als je dat niet gelooft, heb je binnen een uur mijn ontslagbrief op je bureau liggen.'

Harrison denkt dat hij misschien iets te ver is gegaan en zegt: 'Parker, alsjeblieft, doe niet zo pathetisch. Ik wil alleen maar weten hoe...'

Parker valt hem nogmaals in de rede, wat nog nooit is voorgekomen. 'Harry, toen ik je voor het eerst in het Huis van Afgevaardigden van Ohio ontmoette was je een enthousiaste puppy die over zijn eigen poten struikelde. Je was een natuurtalent, maar je had iemand nodig om het te kneden en het richting te geven. En dat heb ik gedaan, ik heb me altijd voor jou en je regering ingezet. Ik heb nooit tijd voor een vrouw of een gezin gehad, dus waag het niet me nog een keer zo te beledigen.'

Harrison schudt langzaam zijn hoofd. 'Het was niet mijn bedoeling om je te beledigen. Parker. Ik... we hebben het allemaal zwaar op het moment.'

'Dat kun je wel stellen,' zegt Parker en hij staat op. 'Was dat alles, sir?'

'Voor nu wel,' zegt Harrison. 'Hou me op de hoogte, en zorg ervoor dat agent Grissom een kaart of bloemen van me krijgt.'

'Ja, sir.'

Net als Parker zijn hand op de deurkruk legt, zegt Harrison: 'Parker?'

Hij draait zich om. 'Sir?'

'Ik ben meestal makkelijk met die dingen, maar noem me nooit meer Harry in deze ruimte. Is dat duidelijk?'

Parker knikt, hij verlaat het Oval Office en de president is weer alleen.

En hij vraagt zich af wie hij kan vertrouwen.

48

Marsha Gray zit in haar appartement – iets buiten Silver Springs, Maryland – naar een documentaire over scherpschutters op Discovery Channel te kijken en ze verkneukelt zich om de vele fouten die erin zitten. Haar telefoon gaat, ze kijkt op het schermpje en ziet dat het voor de derde keer in tien minuten Parker Hoyt is. Ze heeft hem al twee keer weggedrukt nadat het gesprek direct in gescheld en getier verviel, maar ze besluit hem een derde kans te geven.

'Ja?'

Ze hoort hem zwaar ademen. 'Waag het niet me ooit nog eens weg te drukken.'

'Wat, verwacht je soms dat ik dag en nacht voor u klaarsta?' zegt Marsha. 'Ik hang altijd op als de conversatie beëindigd is.'

'Je weet verdomd goed wat ik bedoel.'

'Dat kan zijn, maar ik zeg het u voor de derde keer, meneer Hoyt. Het feit dat ik op uw loonlijst sta betekent niet dat u carte blanche heeft om tegen me te schreeuwen en me te beledigen. Als u een serieuze werkbespreking wilt, dan sta ik daar open voor. Maar ik doe liever iets productiefs dan het aanhoren van dat gescheld. Zoals tv-kijken of het knippen van mijn teennagels.'

Nog meer zwaar geadem. 'Moest je hem per se vermoorden?'

'Ja, dat moest,' zegt Marsha. 'Ik had me uitgedost als een monteur van Comcast en bevond me met hoogwaardige afluisterapparatuur in dat appartement. Denkt u dat ik het erbij had moeten laten? En me laten arresteren? Nou, dat zou een leuk politieverhoor zijn geworden, denkt u niet?'

'Beantwoord de vraag, verdomme! Moest je hem per se vermoorden?'

'Sorry dat ik u uit de droom moet helpen, meneer Hoyt,' zegt ze, 'maar als ik in een handgevecht terechtkom, is het niet mijn bedoeling om de ander met een buil op zijn hoofd achter te laten. Hij is dood, ik leef nog en dat was precies de bedoeling.'

'Wat had je daar eigenlijk sowieso te zoeken?'

Op tv is een scherpschutter in camouflage te zien. Marsha denkt dat zelfs een bijziende kleuter met een jampotbril hem op een afstand van vijftig meter zou opmerken. 'Ik probeerde bruikbare informatie te verzamelen, iets wat ik bij dit klusje helaas niet heb gekregen. U heeft me alleen maar wat brokjes en flarden gegeven, altijd op het laatste moment, en ik heb mijn best gedaan om er iets mee te doen. Maar ik werd er een beetje moe van, ik wilde voor de verandering eens wat anders dan brokjes en flarden en besloot om afluisterapparatuur in haar huis te plaatsen en, als het even kon, ook op haar auto.'

'Dat had je me van tevoren moeten melden.'

'Dat heb ik geprobeerd, meneer Hoyt, maar om de een of andere reden nam u de telefoon niet op. En u had me eerder gezegd dat ik alleen moest opereren als het niet anders kon. En dat heb ik dus gedaan. Goed, laten we het hierbij houden, tenzij u me nog iets anders te melden hebt.'

Weer die ademhaling. 'We lekken morgen rond deze tijd naar de pers dat ze wordt vermist. We gaan de media en het grote publiek erbij betrekken.'

'Ah,' zegt ze. 'Jullie willen haar uit haar hol zien te roken.'

'Dat klopt.'

'En wat is mijn aandeel hierin?'

'Hetzelfde als eerst. Maar, even voor alle duidelijkheid, we zoeken naar een definitieve oplossing.'

'Dat zeiden de nazi's ook indertijd. Maar, oké.'

'Zijn we klaar?'

'Voor nu wel.'

'Wat bedoel je daarmee?' vraagt hij.

Na een korte aarzeling besluit ze om het hem te vertellen. 'Ik wil dat u niet vergeet dat ik een professional ben. Amateurs overleven het niet in deze branche. En een professional heeft altijd iets achter de hand om zijn veiligheid te kunnen garanderen. Dus als er volgende week een begrafenis voor de first lady is, wil ik niet dat mijn appartement een dag later door een FBI-eenheid met een arrestatiebevel wordt bestormd. Is dat duidelijk?'

Het blijft lang stil. Ze weet zeker dat hij zijn woede probeert weg te slikken. 'Je bedreigt me.'

'Nee, ik stel de verwachtingen bij. Betaal me, en haal je verder niets in je hoofd, dan zal ik het ook niet doen.'

Hij kan zich niet meer beheersen, begint haar uit te schelden en drukt haar weg.

Marsha haalt haar schouders op en ziet dat ook dit telefoongesprek met de stafchef succesvol is opgenomen. Ze richt haar aandacht weer op de documentaire over scherpschutters, en blijft er de komende veertig minuten geamuseerd naar kijken.

49

Op deze dag, de verschrikkelijkste die ik ooit heb meegemaakt, voel ik me als een actrice in een toneelstuk die noch haar teksten noch haar rol kent, iemand die door anderen het podium op is geduwd. Het is een warboel van beelden en gezichten geweest, en nu heb ik op deze koude en bewolkte dag op een Joodse begraafplaats bij Capitol Heights, Maryland, de slotscène bereikt. Ik hou Amelia's verkilde hand in de mijne terwijl de rabbijn bij het open graf van Ben spreekt.

Het is nog maar een dag geleden dat ik mijn echtgenoot dood in mijn slaapkamer aantrof, maar vanwege het geloof van mijn schoonouders wordt hij vanmiddag begraven. Esther en Ron Miller staan aan de andere kant van de berg aarde en houden elkaar vast. Ze zijn beiden in het zwart, en Ron draagt een keppeltje. Mijn schoonvader houdt zijn blik strak op de grenen kist gericht, maar mijn schoonmoeder kijkt me af en toe aan en ik kan de ingehouden woede en pure haat aan haar ogen aflezen.

Ik verwijt haar die blikken niet, want vanuit haar standpunt gezien is het volkomen terecht. Ben was niet bijzonder gelovig en heeft nooit geprobeerd me te bekeren, maar zijn moeder trakteerde me altijd op een bombardement van toespelingen als we op bezoek waren, vooral nadat Amelia was geboren. En nu kijkt ze naar me, een goj met een gojdochter, en het lichaam in de kist betekent het einde van haar familielijn.

Achter hen staan familieleden van Ben solidair bij elkaar, en iets verderop zie ik ook collega's van het ministerie van Binnenlandse Zaken. Er valt een korte somberte over me heen als ik probeer te bepalen met welke stagiaires Ben het bed zal hebben gedeeld. Mijn kant – mijn god, alleen al het feit dat je bij een begrafenis twee kanten hebt – bestaat uit Amelia en ik, mijn assistent Scotty en Gwen, een van mijn twee zussen, die bij de NSA werkt en links van me staat. Ze is vijf jaar jonger dan ik en ook vijf keer slimmer. Mijn andere zus, Kate, vliegt op het moment terug van een GAO-conferentie in Seattle en mijn ouders zijn voor zover ik weet nog steeds bezig een vlucht naar het noorden te vinden terwijl er een tropische orkaan over Florida raast.

Ik knijp in Amelia's hand, maar ze knijpt niet terug. Ik heb gisternacht niet geslapen. Ik had het druk met het plegen van de noodzakelijke telefoontjes en heb moeten aanzien hoe het lijkschouwersteam een zwarte plastic zak het huis uit droeg waarin zich de man bevond die ik heb liefgehad, en met wie ik geleefd en gelachen heb. Maar boven alles heb ik mijn dochter getroost nadat ik haar had verteld dat haar papa dood was, en dat ze hem nooit meer terug zou zien.

Het gejammer, het gesnik en het gehuil van Amelia bleven keer op keer door mijn ziel snijden, alsof er urenlang iemand met een mes op me in stak, tot ze eindelijk in slaap viel. We bevonden ons toen in een motelkamer, ik lag naast haar op het bed en deed geen oog dicht. Ik zag de zon opkomen en probeerde nergens aan te denken.

De afgelopen uren, van de motelkamer naar de synagoge en daarna de begraafplaats, heeft ze geen kik gegeven, alsof haar voorbeeldige gedrag haar vader terug zal brengen. Haar gezicht trilt en haar opengesperde ogen zijn roodomrand. Ik werp om de zo veel tijd een blik op haar en zie dat ze niet meer mijn dochter van een dag eerder is.

De rabbijn vervolgt zijn gebeden. Hij is een van de vriendelijkste en grootmoedigste mannen die ik ooit ben tegengekomen, en ik moet tot mijn schande bekennen dat ik zijn naam ben vergeten. Maar hij weet van de spanningen binnen de familie en doet zijn best om met zijn troostende en rustgevende stem deze verschrikkelijke dag een waardige afsluiting te geven.

O, Ben, denk ik, ik had nooit...

Ik had nooit wat?

Ik... had nooit...

Meer niet.

De rabbijn, die een ruimzittend grijs pak draagt, een keppeltje opheeft en een klein in leer gebonden boek in zijn handt houdt, maakt een gebaar en twee vermoeid ogende werkkrachten van de begraafplaats laten de kist met mijn echtgenoot in het graf zakken. Bens moeder Esther barst in huilen uit en haar man slaat zijn arm om haar schouder.

Als de kist op de bodem rust doet de rabbijn een stap naar voren en spreekt iedereen toe. Naast hem staan twee gebutste kartonnen dozen met boeken op de grond en hij legt uit dat deze oude Joodse boeken als een eerbetoon aan Ben samen met hem zullen worden begraven. Hij wijst op de hoop aarde en een schep die erbij ligt en zegt dat wie wil een boek en een schep aarde in het graf mag gooien.

'Maar om onze rouw te tonen,' zegt hij kalm, 'keren we de schep een slag om, zo laten we zien dat wat eens was nu veranderd is.'

Er klinkt gesnik en gefluister en Bens familieleden en vrienden lopen een voor een naar voren. Ik wacht het goede moment af en leid Amelia naar de boeken toe. Ze neemt er een uit en legt hem voorzichtig in het open graf. Ik pak de schep en volg het voorbeeld van de anderen, ik draai hem een slag om en gooi drie scheppen aarde in het graf.

Ik wil Amelia helpen met de schep, maar ze fluistert scherp: 'Ik kan het zelf wel.' Mijn hart breekt voor de zoveelste keer en ik kijk toe hoe ze onhandig maar krachtig – wat ik niet had verwacht – haar drie scheppen aarde aan de rest toevoegt.

Daarna gaan we weer aan onze kant staan.

De bezoekers komen afscheid nemen, de meesten negeren me, maar Amelia krijgt meer aandacht. Ik zie ertegen op om terug naar de synagoge te gaan, waar ons een uitgebreide maaltijd wacht en ik de rol van de malafide weduwe weer op me zal moeten nemen. Mijn zus Gwen, loyaal als altijd, wijkt niet van mijn zijde terwijl de rouwenden naar huis gaan. Scotty loopt met een ernstig gezicht naar me toe.

'Baas… ik vind het vervelend, maar we moeten terug naar het Witte Huis.'

'Maar… Amelia. Nee, dat kan ik niet doen.'

Gwen slaat haar arm om me heen en omhelst me. Mijn zusje, wier haar grijs wordt en die fijne rimpeltjes om haar helderblauwe ogen begint te krijgen, en dat allemaal vanwege haar baan in het puzzelpaleis in Fort Meade, waar ze verschrikkelijke geheimen ontcijfert die je eigenlijk liever niet wilt weten.

'Ik neem Amelia wel onder mijn hoede,' zegt ze.

'Gwen… ik weet niet wanneer ik weer terug zal zijn.'

'Maak je geen zorgen, ik heb nog even vrij. Ik zal die kleine dondersteen van je bezighouden tot de ouderlijke troepen en zus Kate zijn gearriveerd, en dan zien we wel verder.'

Mijn keel wordt dik en er komen tranen, en ik druk haar lang en stevig tegen me aan tussen de grafstenen met hun davidsterren en Hebreeuwse letters. 'Je kunt altijd op me rekenen, grote zus,' fluistert ze. 'Altijd.'

Dan laat ik haar los, we kussen elkaar op de wang en ze kijkt Amelia aan. 'Hé, Amelia, vind je het leuk om bij je gekke tante Gwen te komen logeren?'

Amelia kijkt op. 'Er is toch een zwembad bij je huis?'

'Dat klopt, meid,' zegt Gwen.

'Ik wil wel zwemmen, maar ik heb geen badpak bij me.'

Gwen neemt haar bij de hand. 'Daar gaan we voor zorgen, dat beloof ik je.'

Als ze samen weglopen realiseer ik me dat ik Amelia niet eens gedag heb gezegd, maar dan wenkt Scotty me.

'Is er iets gebeurd?' vraag ik. 'Hebben ze haar…'

Hij schudt zijn hoofd. 'Nee. Kijk maar.'

Hij draait zijn grote iPhone een slag zodat ik de schreeuwende kop van *The Washington Post* kan lezen.

Ik vloek en Scotty grijpt mijn arm. Terwijl de aarde nog steeds in het graf van mijn man wordt geschept rennen we over de begraafplaats.

50

Parker Hoyt zit in zijn kantoor en hoort luide stemmen achter de deur klinken. 'U kunt daar niet naar binnen!' hoort hij mevrouw Glynn roepen. En ja hoor, de deur zwaait open en special agent Grissom wringt zich langs zijn secretaresse en gooit de deur achter zich dicht.

'Agent Grissom,' zegt hij, 'wat een onaangename verrassing. Gecondoleerd met de dood van je man... Zou je niet bij je dochter moeten zijn?'

Ze beent op hem af met een van woede vertrokken gezicht en er gaat even een angstscheut door hem heen – die idiote vrouw is per slot van rekening gewapend – maar ze stopt voor zijn lege bureau en smijt er een vel papier op.

'Ik kreeg dit net binnen beneden,' zegt ze. 'Nieuws dat afkomstig is van "een goedgeïnformeerde bron uit regeringskringen", de first lady wordt vermist en is mogelijk verdronken... Jij bent die bron geweest, klootzak.'

Parker neemt niet eens de moeite het bericht te lezen. 'Waarom ben je hier, agent Grissom? Je zou de rest van de week vrij moeten nemen.'

'Waarom? Waarom is dit nieuws gelekt?'

'Ga zitten.'

'Ik sta liever.'

'Dit is mijn kantoor en hier gelden mijn regels. Ga zitten.'

Ze gaat langzaam op de stoel zitten, en Parker voelt weer eens hoe prettig het is om een ander je wil op te leggen. 'Bevat het nieuws dan onjuistheden?'

'Onjuistheden? Er klopt verdomme niets van. U weet helemaal

niet of ze verdronken is of niet.'

'En jij ook niet,' zegt hij. 'Die dienst van jou, die het twee dagen terug al voor elkaar kreeg om de first lady kwijt te raken, is nog met niets gekomen. Nada. Noppes. Zelfs nadat jullie de Binnenlandse Veiligheidsdienst op de een of andere manier wisten over te halen om te komen helpen, heeft het niet meer opgeleverd dan het lijk van een verdronken dakloze vrouw.'

'Dat is niet waar,' zegt Grissom tandenknarsend. 'We hebben het briefje gevonden, we hebben de noodknop gevonden en...'

'Het briefje en de noodknop? Dat had de eerste de beste paardenknecht van de manege kunnen vinden. Of een vogelaar. Of een visser. Nee, de machtige geheime dienst heeft de afgelopen twee dagen niets voor elkaar gekregen nadat ze haar protegé was kwijtgeraakt. Nul komma nul. Dus is het nu tijd voor andere rugnummers.'

Grissom pakt het vel papier met het persbericht en verfrommelt het tot een prop. 'Door deze volslagen onzin te lekken?'

'Precies,' zegt hij. 'Eerst moesten jij en je agenten, en de Binnenlandse Veiligheidsdienst, het geheimhouden. Die tactiek heeft niet gewerkt.'

'Dat was uw tactiek, niet de mijne,' werpt ze tegen.

'En het werkte niet. President Roosevelt stond er bekend om dat als hij iets uitprobeerde en het werkte niet, dat hij het dan radicaal liet vallen en met iets nieuws kwam. En dat is wat ik ook heb gedaan. De geheimhouding werkte niet. De FBI zal er binnen een paar uur druk mee bezig zijn, evenals duizenden en duizenden bezorgde burgers die ongevraagd zullen uitkijken naar hun geliefde first lady.'

'U denkt nog steeds dat ze zich schuilhoudt om de president te vernederen. En als ze gevonden wordt en het groot in het nieuws komt, dat dan iedereen dat akkefietje van Atlanta zal vergeten.'

Parker denkt dat Grissom veel te slim is voor een agent van de geheime dienst, maar dat haar ziel net niet verdorven genoeg is om te bedenken wat er echt aan de hand is. 'Als dat gebeurt, zullen de president en ik juichen. Ze wordt ongedeerd gevonden. En als ze zich niet schuilhoudt... als er iets anders aan de hand is, nou, dan zal de Amerikaanse bevolking de FBI helpen waar het kan.'

'En de geheime dienst?' vraagt Grissom.

Parker glimlacht. 'Kom op, agent Grissom, jullie hebben twee dagen lang de kans gehad om te schitteren. Het is nu tijd voor competente volwassenen om zich ermee te bemoeien.'

'U... als u zo verdomd competent bent, wist u dan dat de first lady...'

Parker wacht, ze maakt haar zin niet af. 'Ga door,' zegt hij. 'Wát wist ik van de first lady?'

Grissom blijft koppig zwijgen en dan, het is toch niet te geloven, klinken er wéér opgewonden stemmen achter de deur. En mevrouw Glynn roept nog een keer: 'U kunt daar niet naar binnen, hij zit in een belangrijke vergadering.' De deur zwaait open en er verschijnt een geüniformeerde man met een verschrikte blik en een bleek gezicht. Hij draagt een zwarte broek, een wit overhemd met een gouden wapen erop en een zwarte stropdas. Parker herkent hem als een van de vele gezichtloze geüniformeerde leden van de geheime dienst die de wachthuisjes en controleposten bemannen.

Hij houdt iets in zijn hand.

'Wat is dit?' zegt Parker. 'Wie ben je en wat kom je hier doen?'

De man negeert Parker en wendt zich rechtstreeks tot Grissom.

'Supervisor Grissom,' zegt hij gespannen. 'U moet dit zien.'

Ze staat op en zegt: 'Wat is het?'

'Kijkt u maar.' Hij overhandigt haar een doorzichtige plastic bewijszak. Parker ziet dat er een manillaenvelop van A5-formaat in zit. 'Dit werd tien minuten geleden bij de South Gate afgeleverd.'

'Handschoenen?' zegt Grissom.

'Hier, mevrouw,' zegt hij en hij haalt uit zijn achterzak een paar lichtblauwe latex handschoenen tevoorschijn die ze aantrekt.

'Wat is het?'

De agent slikt en zegt met verstikte stem: 'Het is een menselijke vinger.'

51

Ik ben moe, uitgeput, en probeer mijn tranen te bedwingen tegenover deze zelfverzekerde en verschrikkelijke man, en ik realiseer me dat ik hem bijna had gevraagd of hij wist wat ik weet – namelijk dat de first lady een andere man de liefde heeft verklaard.

Parker ziet eruit alsof hij me wel naar de keel kan vliegen vanwege die onafgemaakte zin, maar dan verschijnt mijn reddende engel in de vorm van een agent van de Uniformed Division, een ex-marinier die Stephenson heet.

Ik hoor nauwelijks wat hij zegt, want ik kijk ingespannen naar de plastic zak waar met zwart-rode letters BEWIJS op staat, en dan boren vijf woorden – het is een menselijke vinger – zich met hoge snelheid in mijn hersenpan. Bovenaan de zak staat een rij stippellijntjes, en op het bovenste is de naam van agent Stephenson geschreven. Ik schrijf de mijne eronder, een vaste methode om de keten te registreren.

'Mijn god,' zegt Parker, 'denk je dat...'

'Nu even niet,' zeg ik. 'Ik ben aan het werk.'

Ik trek behoedzaam de zelfklevende flap van de zak los. 'Wie heeft dit bij de South Gate afgeleverd?'

'Een van de daklozen die in Lafayette Park rondhangen, een figuur die Gregory heet. Hij is al jaren een vaste klant daar, hij wordt op het moment verhoord.'

'Hoe is hij eraan gekomen?'

'Gregory heeft de envelop met een twintigdollarbiljet erbij van een andere dakloze gekregen die hem vroeg het bij ons af te leveren. Hij kende die jongen niet. Ze hebben het slim aangepakt.'

'Zeker,' zeg ik terwijl ik de envelop uit de bewijszak haal. Ik zie een kleine bobbel in het midden zitten. 'Wie weet hier verder van?'

'Alleen ik, mevrouw,' zegt hij. 'Ik heb de envelop geopend, en toen ik zag wat erin zat ben ik meteen hiernaartoe gekomen.'

'Nou, waar wachten we nog op?' zegt Parker. 'Maak dat verdomde ding open!'

Gelukkig is zijn bureau leeg. Ik leg de bewijszak weg en open de envelop van zestien bij drieëntwintig centimeter. De plakstrook is niet gebruikt, wat betekent dat wie dit heeft gedaan in elk geval slim genoeg was om hem niet dicht te likken en zo DNA-sporen achter te laten.

Ik tuur in de envelop en hou hem zo dat een van Parkers bureaulampen de binnenkant verlicht. Er zit een vel papier in waar ik geprinte blokletters op zie staan.

Dat kan nog even wachten.

Ik zie een plastic boterhamzakje waar iets rozigs in zit. Ik haal diep adem, trek het zakje uit de envelop en leg het op Parkers bureau.

Het is een vingerkootje, misschien wel van een pink. De nagel is lichtrood gelakt, en er zit een bloederig verbandje om de afgesneden kant.

Parker zit verstijfd op zijn stoel met een hand voor zijn mond.

'Ziet u wel, mevrouw?' zegt Stephenson. 'Dat is wat ik zag.'

De huid is nog steeds roze, wat betekent dat het vingertopje er niet al te lang geleden is afgesneden. 'Stephenson, er is helemaal niets bij de South Gate afgeleverd. Begrijp je me?'

'Ja, mevrouw.'

'Goed,' zeg ik. 'Heb je toevallig nog een andere bewijszak bij je?'

Hij voelt in zijn zakken en haalt er klein doorzichtig plastic zakje met een pil uit. 'Mijn antimaagzuurpil,' zegt hij enigszins verontschuldigend. 'Ik heb hem nog niet ingenomen.'

'Ja, het is een drukke dag vandaag,' zeg ik. Nadat Stephenson de pil droog heeft doorgeslikt hou ik het afgesneden vingertopje tussen mijn beschermde duim en wijsvinger en stop het in het pillenzakje. Ik zoek in mijn handtas tot ik een visitekaartje heb gevonden waar ik vervolgens mijn naam, de datum en de tijd op schrijf. Ik stop het erbij.

'Nu moet je vertrekken. Je brengt dit naar Gil Foster van de forensische afdeling en ik wil dat je onderweg met niemand praat. Het is niet precies zijn afdeling, maar zeg hem wat er aan de hand is en dan zal hij het vingertopje naar de juiste persoon brengen. Nadat de vingerafdruk is vergeleken zullen we horen of onze vermoedens kloppen.'

'Ja, mevrouw.' En hij is net zo snel verdwenen als dat hij binnenkwam.

'Zit er verder nog iets in die envelop?' vraagt Parker.

Ik haal het vel papier eruit. Parker staat op en loopt om zijn bureau heen. We lezen samen de geprinte tekst.

WE HEBBEN DE FIRST LADY. ZE IS NIET VERDRONKEN.

IN RUIL VOOR HAAR VRIJHEID

A: BINNEN TWAALF UUR EEN STORTING VAN HONDERD MILJOEN DOLLAR NAAR DE CENTRALE BANK VAN CARACAS OP REKENINGNUMMER HPL 0691959, TOEGANGSCODE B14789.

B: BINNEN 24 UUR EEN TOESPRAAK VAN HARRISON TUCKER WAARIN HIJ ZIJN EXCUSES MAAKT VOOR WAT HIJ HAAR HEEFT AANGEDAAN.

C. DAARNA ZAL ZE LEVEND WORDEN VRIJGELATEN. ALS ER IETS ANDERS GEBEURT, ZULLEN WE MELDEN WAAR JE HAAR LICHAAM KUNT VINDEN, ZODAT HET SAMEN MET HAAR VINGERTOPJE KAN WORDEN BEGRAVEN.

Parker lijkt enigszins te trillen na het lezen van het briefje en ik zeg: 'Ik denk niet dat ze zich schuilhoudt, meneer Hoyt.'

52

Hoyt loopt om zijn bureau heen en, wat is het toch een rotvent, weet zich in deze luttele seconden te herpakken, alles is weer onder controle. 'Goed, agent Grissom, vanaf hier neem ik het over.'

Mijn verbazing is groot. Hij had me net zo goed kunnen vertellen dat ik zojuist tot ambassadeur van IJsland ben benoemd. 'Wat neemt u vanaf hier over? Wat bedoelt u in godsnaam? We moeten hiermee aan de slag.'

'En wat bedoel jíj in godsnaam met "we", agent Grissom?' zegt hij zelfingenomen. 'Dit is een ontvoering, en verder niets. Het valt dus onder de jurisdictie van de FBI. Ik zal meteen contact met ze opnemen zodat ze aan het onderzoek kunnen beginnen.'

'Het kost ze minstens een dag om op stoom te komen,' zeg ik. 'We kunnen het ons niet permitteren zo lang te wachten. En dat weten we allebei... De first lady verkeert in levensgevaar.'

'En daarom zal de FBI het onderzoek verrichten, en niet een stelletje prutsers van de geheime dienst.'

Mijn hart bonst zo hard van opwinding dat ik het voel in mijn nek. 'Ontstellende klootzak – twee dagen geleden waren we geen prutsers. Twee dagen geleden gaf u me de opdracht om de verdwijning van de first lady te onderzoeken, en u heeft me duidelijk gezegd hoe ik dat moest aanpakken.'

Hij leunt achterover op zijn stoel, de handen rustig op zijn buik gevouwen. 'Ik begrijp niet waar je het over hebt, agent Grissom.'

De angst die door me heen giert slaat nu om in ijskoude afschuw. 'Hoe durft u dat te zeggen, meneer Hoyt.'

Hij haalt zijn schouders op. 'Ik kan me een korte bijeenkomst in het Oval Office van twee dagen geleden herinneren, toen je je zorgen uitsprak over de verblijfplaats van de first lady. Ik herinner me ook dat je zei dat je wist waar ze was, en dat het allemaal goed zou komen. Meer niet.'

'U hebt me opdracht gegeven haar te zoeken! U zei me dat het een stille en geruisloze operatie moest worden!'

'Heb je dat ergens op papier staan, agent Grissom?' zegt hij afgemeten. 'Een memo? Een e-mail? Een handgeschreven briefje van de president?'

Ik bal mijn vuisten. 'Zo komt u er niet mee weg, dat gaat niet gebeuren.'

'Laten we het even recapituleren,' zegt hij. 'De afgelopen jaren waren niet zo florissant voor de geheime dienst, is het niet? Dronken agenten. Prostitutieschandalen. Het Witte Huis dat beschoten werd en niemand die het aanvankelijk had gemerkt... En dan hebben we nu een incompetent trio dat de belangrijkste vrouw van de Verenigde Staten is kwijtgeraakt. Een trio dat onder de verantwoordelijkheid van een grillige, emotionele vrouw valt die midden in een vechtscheiding zit... en wier echtgenoot net is vermoord.'

Ik bijt op de binnenkant van mijn wang en probeer me te beheersen. 'En dat is het verhaal, agent Grissom,' vervolgt Hoyt. 'Journalisten zijn niet meer geïnteresseerd in de droge nieuwsfeiten, ze willen details hebben die het verhaal kleur geven. En wiens verhaal zullen ze geloven? Dat van jou of dat van de president?'

Het is zo stil en leeg in dit grote kantoor dat ik het gevoel heb dat ik in een graftombe of mausoleum ben beland.

'Het verhaal van de president zou weleens niet kunnen werken,' zeg ik. 'Hij heeft een paar zware dagen achter de rug.'

'Net als jij, agent Grissom. Zit je werkelijk te wachten op alle aandacht die jij en je dochter zullen krijgen?'

Klootzak, denk ik. IJskoude schoft die je bent.

'Gaat u het losgeld betalen?'

'Dat is aan de FBI en de president.'

'En de tv-toespraak met de excuses?'

'Dat is aan mij... en de president.'

Ik kan aan de onderkoelde toon horen dat Parker Hoyt niet van plan is om de president door het stof te laten gaan op de nationale tv-zenders.

Wat betekent dat de first lady ten dode is opgeschreven.

En...

Dan zie ik het opeens. Ik zie het aan zijn onaangedane blik.

Een dode first lady is de uitkomst waar Parker Hoyt op hoopt, het zal iedereen de Atlanta-affaire doen vergeten in de laatste weken voor de verkiezingen.

'Goed, ik heb nog veel werk te doen, agent Grissom. Daar is het gat van de deur.'

Ik word eruit gebonjourd. Na Bens dood en begrafenis, het gesprek met Hoyt en het afgesneden vingertopje van de first lady is het alsof ik langzaam volloop met waterstof en elk moment weg kan zweven, op weg naar totale vernietiging.

Ik sta op.

Ik kan niet meer denken of plannen, alleen maar bewegen.

En luisteren.

'Agent Grissom?' roept hij me na. 'Nog een laatste tip. Neem het geld van je levensverzekering of je pensioen op en huur de beste advocaat in die je kunt vinden. Je zult hem nodig hebben.'

Ik bereik de deur en doe hem open. Dan komt er zowaar een gedachte naar boven.

Ik draai me om en zeg: 'Meneer Hoyt? Ik heb ook een tip voor u. Koop het beste kogelvrije vest dat u kunt vinden en draag het elke dag. U zult het nodig hebben.'

En dan ben ik weg.

53

Grace Fuller Tucker – voormalig gouverneursvrouw van Ohio, telg van een prominente familie uit de Midwest en huidige first lady van de Verenigde Staten – ligt op een gammel bed met een dun matras in een oude woning op het platteland. Ze ligt op haar zij en haar linkerhand klopt van de pijn sinds het topje van haar pink is afgesneden.

Ze durft zich niet te bewegen.

Echt niet.

Ze haalt diep adem, de tranen stromen over haar wangen. Ze heeft het koud, en ze heeft honger en dorst. Ze draagt nog steeds haar rijtenue van twee dagen geleden – een stretch paardrijbroek met voetbandjes en een lichtbruine coltrui met een kort, zwart katoenen jasje erop. Haar laarzen zijn uitgetrokken en haar helm is weggegooid.

Grace kijkt naar het dikke verband om haar linkerhand en voelt nog steeds de ontzetting die haar overviel toen haar arm werd uitgestrekt en werd vastgebonden zodat ze zich niet meer kon bewegen. Ze hoort weer het getinkel van de chirurgische instrumenten. Ze had weggekeken en kon in elk geval nog dankbaar zijn dat ze plaatselijk werd verdoofd. Toen was er dat vreemde gevoel van een zagende beweging geweest. Ze had nog steeds de andere kant op gekeken terwijl haar lege, koude maag zich omkeerde en ze moest overgeven zonder dat ze zich kon bewegen.

Hier is ze dus.

Maar waarom is ze hier?

Ze denkt terug aan vroeger en weet dat het komt door keuzes die ze ooit heeft gemaakt, toen ze een liefdadigheidsevenement in de Cleveland Clinic bezocht waarvan haar familie de hoofdsponsor was en waar ze een pas gekozen senator genaamd Harrison Tucker ontmoette.

Een besluit.

Ze had dat charmante, glimlachende gezicht kunnen negeren, ze had ergens anders heen kunnen gaan, maar ze was gebleven.

Zelfs nu de extra sterke Tylenol die ze heeft gekregen hard aan het werk is blijft haar linkerpink pijnlijk kloppen.

Ze was gebleven.

Als ze in de komende vierentwintig uur zou komen te overlijden, moesten ze dat maar op haar grafsteen zetten.

ZE BLEEF.

Ze bleef bij Harrison toen hij steeds hoger in de rangen van de Senaat van Ohio klom, toen hij twee termijnen lang gouverneur werd, toen hij door zijn partij als presidentskandidaat werd voorgedragen en toen hij bijna vier jaar geleden de sleutel van 1600 Pennsylvania Avenue kreeg.

O ja, ze bleef terwijl hij beloftes maakte, compromissen sloot en nog meer beloftes maakte. Ze was met hem meegegaan, terwijl haar bloeiende carrière in het onderwijs en de kinderzorg langzaam naar de achtergrond verdween, tot ze in een positie terechtkwam die ze altijd had verafschuwd – die van de vrouw van een politicus. Het type vrouw dat om slechte grappen lachte, dat vriendelijk bleef glimlachen terwijl ze zich door het zoveelste koude buffet heen werkte en dat erop los babbelde met dikke mannen die uit hun mond stonken en hopelijk vette cheques zouden uitschrijven om de campagnes en politieke actiecomités te financieren.

Dan... haar ziekte. Toen haar jaarlijkse mammografie – in dezelfde Cleveland Clinic waar haar vader en inmiddels overleden moeder ironisch genoeg prominente namen waren – iets verdachts liet zien, iets wat er bij het vervolgonderzoek nog steeds was, en dat na een naaldbiopsie kankercellen bleken te zijn, goed, toen had gouverneur Harrison Tucker haar alle juiste dingen gezegd en alle juiste stappen ondernomen.

Maar toen kwam die glibberige engerd van een Parker Hoyt haar man vertellen dat ze haar ziekte naar buiten moesten brengen omdat het hem veel sympathie zou opleveren bij de voorverkiezingen.

Ze was erachter gekomen. Er volgde een heftige ruzie en voor één keer in haar leven boekte ze een overwinning op Harrison en was ze eens niet de volgzame vrouw van een politicus. Ze had de maanden van operaties en chemokuren in alle stilte doorstaan, en krabbelde weer op met het onomkeerbare besef dat ze nooit meer kinderen zou kunnen krijgen.

Grace ligt in de koude, kale ruimte en hoort van buiten voetstappen naderen.

Daarna kwam het presidentschap, en Grace zag dat er mogelijkheden waren om op het punt door te gaan waar ze ooit was gestopt, namelijk om een substantiële bijdrage te leveren aan de kinderzorg – vooral de kinderen die dakloos waren zonder dat ze er iets aan konden doen – wat een vier jaar durende strijd bleek met budgetcompromissen, inzinkingen en nederlagen.

Omdat ze was gebleven.

De deur gaat krakend open.

'Ik wil naar die hand kijken,' klinkt een barse stem.

Grace zwijgt en beweegt zich niet.

Ze blijft waar ze is, zoals ze altijd heeft gedaan.

54

Het is drie uur in de ochtend en ik zit te wachten in een McDonald's in Forestville, Maryland. Ik heb twee koppen koffie op, en twee Sausage McGriddle-sandwiches. Ik had daarnet zowaar honger, een goed teken naar ik aanneem, maar ik heb nog steeds niet het gevoel dat ik iets heb geproefd.

Er speelt zo veel op het moment.

Ik deel dit zitgedeelte met een aantal mensen die je op zo'n tijdstip eerder in een McDonald's-filiaal in de stad zou verwachten – groepjes jongeren die aan het kletsen en lachen zijn, schoonmaaksters met een ontbijt voor hun neus en twee vrachtwagenchauffeurs die brandstof naar binnen werken om weer uren achter het stuur te kunnen zitten.

Er gaat een deur open. Scotty komt binnen en kijkt om zich heen. Als hij me ziet loopt hij naar mijn tafel en gaat zitten.

'Baas.'

'Hoi,' zeg ik.

'Hoe is het met Amelia?'

'Ze is bij haar tante Gwen.'

'Baas, sorry dat ik laatst zo...'

Ik hef mijn hand op. 'Het is goed, laten we het er niet meer over hebben. Laten we op de rest wachten, oké?'

Dat hoeven we niet te doen. De deur zwaait open en twee leden van CANARY's persoonlijke beveiligingsteam komen binnen. Ze zien er moe en verwilderd uit. Het zijn Pamela Smithson, die de leiding heeft, en Tanya Glenn. Ze lopen direct naar onze tafel en gaan naast Scotty zitten.

'Waar is Brian?' vraag ik.

Pamela gaapt en Tanya zegt: 'Ik zag hem op de parkeerplaats, volgens mij was hij aan het telefoneren.'

'Om drie uur in de ochtend?' zegt Scotty.

'Misschien dat hij zijn moeder belt om te zeggen wat hij voor het ontbijt wil,' zegt Tanya.

Pamela glimlacht magertjes en de deur zwaait nog een keer open. De jonge agent haast zich naar binnen en zegt: 'Sorry dat ik te laat ben.'

Hij gaat naast me zitten en ik zeg: 'Dat is goed, ik was nog niet begonnen.'

Net als ik dat wil doen zegt Pamela: 'Sally, ik weet zeker dat ik ook voor Tanya en Brian spreek als ik zeg dat we kapot zijn van Bens dood. Is er… is er nog nieuws? Heeft het onderzoek al iets opgeleverd?'

'Nee,' zeg ik.

'Heeft de lokale politie een spoor?' vraagt Brian.

'Niet dat ik weet,' zeg ik, maar dan neemt Tanya het over.

'Sally, ik kan het werkelijk niet geloven dat je dochter daar was toen…'

Ik hef mijn hand weer en zeg: 'Sorry mensen, maar nu even koppen dicht.'

Hun gezichten verstrakken. Ik heb hun aandacht.

Mooi zo.

'Er speelt van alles en de tijd dringt,' zeg ik. 'Om te beginnen, wat hebben jullie de afgelopen uren uitgevoerd?'

Scotty en de andere agenten wisselen snelle blikken met elkaar, alsof ze zich afvragen of hun baas het spoor bijster is geraakt, maar dan volgen er antwoorden, het ene na het andere.

'Ik zat met een biertje tv te kijken.'

'Ik was aan het slapen.'

'Ik ook, dat probeerde ik tenminste.'

'Ik ook.'

'Is er iemand door de FBI gebeld?' vraag ik.

Niemand zegt iets, iedereen schudt zijn hoofd.

'Dat dacht ik al.'

Ik kijk om me heen om er zeker van te zijn dat niemand in deze McDonald's meeluistert. Dan zeg ik: 'CANARY is ontvoerd. Ze hebben ongeveer twaalf uur geleden een briefje met hun eisen bij het Witte Huis laten afleveren.'

Op hun gezichten zijn verschillende stadia van schrik en ongeloof af te lezen, het teamhoofd is de eerste die reageert.

'Hoe weten we dat het niet nep is?' zegt Pamela. 'Sinds het nieuws over haar vermeende verdrinking is uitgelekt zijn alle idioten en mafkezen uit hun ondergrondse holen tevoorschijn gekomen om complottheorieën op internet te posten. Misschien dat dit briefje ook zoiets is.'

'Er zat een afgesneden topje van een pink bij het briefje,' zeg ik. 'De vingerafdruk klopt.'

Gefluisterde vloeken en opgetrokken wenkbrauwen. 'Wat gebeurt er allemaal, baas?' zegt Scotty.

'Er gebeurt helemaal niets, dat is nu juist het probleem. Ik was bij Parker Hoyt toen het briefje en het pinktopje arriveerden. Hij zei dat hij de FBI zou inschakelen.'

Stilte. Vanuit de keuken hoor ik geruzie in het Spaans.

'Niemand van jullie is door de FBI benaderd, en dat terwijl jullie het team waren dat bij CANARY was toen ze verdween. Jullie zijn de eersten die ze zouden moeten ondervragen.'

'Wat stond er in het briefje, baas?' zegt Scotty.

'Er moet om zes uur vanochtend een losgeld van honderd miljoen dollar zijn betaald. Om zes uur vanavond moet de president een nationale tv-toespraak houden waarin hij zijn excuses aanbiedt voor de affaire.'

Tanya Glenns ogen zijn vochtig, maar haar blik is scherp. 'Wat probeer je ons te zeggen, Sally?'

'Het zou kunnen dat er wordt betaald,' zeg ik. 'Maar er is geen sprake van dat de stafchef de president die toespraak laat houden.'

Met donderend geraas valt er in de keuken iets op de grond.

'Parker Hoyt wil CANARY dood hebben,' vervolg ik. 'En wij zijn de enigen die hem kunnen stoppen.'

55

Op Scotty na kijkt iedereen me sceptisch aan. De jongste agent, Brian Zahn, zegt: 'Met alle respect, agent Grissom, maar...'

Zijn baas, Pamela, onderbreekt hem. 'Sally... je hebt veel stress gehad, en god mag weten wat...'

Nu is het mijn beurt.

'Parker Hoyt heeft me ook gezegd dat de zoekactie naar CANARY, die ik samen met jullie heb ondernomen, ongeautoriseerd en illegaal was, en dat zodoende de wensen en orders van de president niet zijn opgevolgd. Wat volgens de letter van de wet betekent dat jullie mijn handlangers waren in een illegale zoektocht naar de first lady.'

'Wat een klootzak...' zegt Tanya.

'Waarom wil hij CANARY dood hebben?' vraagt Scotty.

'Heb je naar het nieuws gekeken? CANAL keldert flink in de peilingen. Hij zal door iets gered moeten worden. En wat zou dat kunnen zijn? Een dode first lady, want dan zal het hele land rouwen, en er zal algehele sympathie naar CANAL uitgaan als men over een paar weken in het stemhokje staat.'

'Maar, mevrouw, dat is... harteloos,' zegt Brian.

'Dat is Washington,' zegt Pamela. 'Maar wat kunnen we doen?'

Aha, denk ik, nu wordt het interessant.

'Mensen... we moeten de feiten onder ogen zien, hoe pijnlijk dat ook is,' zeg ik. 'Onze carrières zijn kapot, geruïneerd. We mogen van geluk spreken als we over een paar maanden, of een paar jaar, als dit allemaal is uitgezocht, nog een baantje als beveiliger in een winkelcentrum kunnen krijgen. Als we dan tenminste niet in de gevangenis zitten.'

Ik laat dit even inzinken en vervolg: 'We kunnen twee dingen doen. We kunnen achterover gaan zitten en Parker Hoyt zijn gang laten gaan, wat betekent dat CANARY vermoord zal worden.'

'We kunnen naar de FBI stappen,' zegt Brian.

'Het is drie uur in de ochtend,' zegt Scotty op gespannen toon. 'We krijgen een agent te spreken die het aan zijn of haar meerdere zal moeten voorleggen. Denk maar niet dat zo iemand op eigen gezag zal handelen. Zo'n beslissing moet van hogerhand komen... en dan moeten ze ons eerst nog geloven.'

'En wat is het andere dat we kunnen doen?' vraagt Tanya.

'Haar op eigen kracht proberen te vinden,' zeg ik.

'Ik wil niets zeggen, baas,' zegt Pamela, 'maar onze prestaties zijn tot nu toe waardeloos. We hebben helemaal niets gevonden.'

'Wat betekent dat we door moeten zoeken. Pamela... vertel ons nog eens over de camera's en het beveiligingsteam van de manege.'

'De beveiligingsbeelden van de hekken op de grens van het terrein hebben niets opmerkelijks opgeleverd, wat ook geldt voor de gesprekken met de beveiligers. Ze hebben niets in de lucht gezien, geen helikopter die voorbij is gekomen om haar weg te plukken. Op de camerabeelden van de toegangspoort is te zien hoe CANARY die ochtend arriveerde. En niemand, ik bedoel ook echt niemand, heeft het terrein verlaten tot jij en Scotty er waren.'

'En daarom gaan we terug,' zeg ik.

'Wat?' zegt Scotty.

'We hebben de directie van de manege op hun woord geloofd toen ze zeiden dat alles in orde was. Daarom hebben we de manege alleen maar oppervlakkig doorzocht. Deze keer gaan we het grondig aanpakken.'

'Nu?' vraagt Tanya.

'We mogen geen tijd verliezen.'

'Ze zullen het niet leuk vinden om wakker te worden gemaakt,' zegt Tanya.

'Ik zal ze een ontbijt aanbieden als we klaar zijn. Verder nog iets?'

Brian kijkt op. 'Er is nog een...'

'Laat het, Brian,' zegt Pamela. 'We volgen Sally's spoor.'

Ze vangt mijn blik. 'Terug naar de manege. Voordat we allemaal worden gearresteerd.'

Scotty lacht. 'Ja, zoals Benjamin Franklin ooit zei: "Als we niet allemaal samen hangen, zullen we allemaal apart hangen..." Of zoiets.'

Een latino in een zwarte broek, een zwart-wit gestreept overhemd en een rode stropdas met het logo van McDonald's erop loopt naar onze tafel toe en zegt: 'U zult iets moeten bestellen als u hier nog langer wilt blijven.'

Ik sta op. 'We wilden net vertrekken.'

56

Het is beduidend drukker bij de Westwood-manege geworden sinds ik er voor het laatst was. Hoewel het nog en paar uur duurt voordat het licht wordt staan er aan beide kanten van de toegangsweg auto's en vrachtwagens geparkeerd. We zitten met zijn allen in een Suburban van de geheime dienst en hebben de zwaailichten en sirene nodig om erdoorheen te kunnen komen.

Pamela rijdt. Als ze de auto op het parkeerterrein heeft gemanoeuvreerd, stappen we uit en nemen het gekkenhuis in ons op. Er staan minstens zes satellietwagens van tv-zenders, met commentatoren die onder felle lampen hun verslag afleveren. Er zijn groepen mannen en vrouwen die met zaklampen, rugzakken en wandelstokken het hoofdpad in slaan. Er is zelfs een afdeling padvinders die klaarstaat om mee te helpen aan de zoektocht. En dan zijn er veel wetshandhavers; van de Virginia State Police, het sheriffdepartement van de regio tot lokale agenten, en tot slot ook nog een groep van de vrijwillige brandweer. Het dichte bos met de rijpaden licht op door de vele aanwezigen, die allemaal op weg zijn naar de rivier omdat Parker Hoyt een paar uur geleden aan *The Washington Post* heeft gemeld dat de first lady waarschijnlijk in deze stroom is verdronken.

'Nou, het circus is in de stad,' zegt Scotty, die naast me staat.

Naast hem staat Tanya. 'Wat een puinhoop,' zegt ze hoofdschuddend.

'Het maakt niet uit,' zeg ik. 'Wij gaan ergens anders heen.'

Ik leid mijn afvallige onderzoeksteam naar de stallen en bijgebouwen, binnen een paar seconden komen er twee beveiligers uit het donker tevoorschijn.

'Sorry, mensen, maar hier mag niemand komen,' zegt de eerste, en de tweede voegt eraan toe: 'Het is al erg genoeg dat al die idioten daar rondlopen.'

Ik hou mijn pasje op. 'We vallen niet onder "niemand" en we zijn geen idioten. We zijn de geheime dienst en jullie verlenen ons toegang.'

Mijn agenten staan in een rij achter me, en misschien dat de twee beveiligers moe of overdonderd zijn, want de eerste maakt het hek voor ons open. Terwijl we het terrein op lopen mompelt hij iets over 'te weinig loon om deze puinhoop in goede banen te leiden'.

'Goed,' zeg ik, 'aan de slag.' Ik wijs iedere agent een gebouw aan. 'Wees grondig, maar hou de vaart erin. We hebben niet veel tijd.'

Ik ben ongeveer een half uur in de stallen en ruik de geuren van paarden, graan en hooi. Met een zaklamp in mijn hand loop ik over het geplaveide middenpad en richt de lichtbundel in elke stal. De meeste paarden vermijden en negeren me, sommige snuiven en hinniken licht.

Eén paard valt op, het is de prachtige zwarte Morgan die Arapahoe heet en aan de first lady toebehoort.

Behoedzaam speur ik de stal af om er zeker van te zijn dat ze niet ergens met een bloederige hand in een hoek ligt.

'Jij weet wat er is gebeurd, maatje,' zeg ik tegen het paard. 'Kon je maar praten.'

Hij kijkt me aan met zijn trieste bruine ogen.

Ik vraag me af of paarden kunnen treuren.

Ik loop verder en zie aan één kant een ladder staan. Met de zaklamp tussen mijn tanden klim ik omhoog. Op de vliering staan dozen, stapels leren tuigage, wat oude zadels, laarzen en hooibalen. Ik stoot twee keer mijn hoofd tegen een dwarsbalk – pijnlijk, maar ik kan gelukkig verder – en als ik de ladder af daal staat vijfenveertig kilo en zeventig jaar vrouwelijkheid uit Virginia me woedend op te wachten.

'Ik ben Connie Westbrook,' zegt ze. 'Wie ben jij in godsnaam?'

Ze heeft staalgrijs haar dat op haar achterhoofd tot een knot is samengebonden, en ze draagt een lichtbruine ochtendjas over een nachtjapon met kaplaarzen eronder. Met één gerimpelde hand houdt ze haar ochtendjas dicht, in de andere heeft ze een zaklamp.

Als ik de laatste sport heb bereikt ben ik zo vriendelijk om haar mijn pasje te tonen. 'Ik ben Sally Grissom van de geheime dienst,' zeg ik. 'Ik ben het hoofd van de presidentiële beveiligingsdivisie.'

Connie lijkt een van die oude matrones uit Virginia te zijn wier familielijn teruggaat tot de stichting van Richmond, zo iemand die de Amerikaanse Burgeroorlog nog steeds de *Late Great Unpleasantness* noemt…

'Nou, en?' zegt ze. 'Waarom ben je hier?'

Ik loop in hoog tempo de stallen uit, maar ze weet me bij te houden. 'Dat weet u best.'

'En waar is je huiszoekingsbevel, agent Grissom?'

Ik sta buiten in de koele lucht. Er daagt nog steeds geen licht in het oosten. 'Meent u dat nou, mevrouw? De first lady wordt op uw terrein vermist en u maakt zich druk over een huiszoekingsbevel?'

Ze perst haar lippen op elkaar. 'Je bevindt je illegaal op mijn terrein.'

'Ik ben hier om de first lady te vinden.'

'Ze is hier niet,' snauwt ze. 'En dat is iets wat ik je… personeel ook al heb gezegd. En nu worden mijn velden en paden vertrapt en de paarden raken in paniek. En ik wil dat je hier vertrekt. En ik zal zo snel als ik kan ook die andere… mensen van mijn terrein verwijderen.'

'We zijn hier voor een extra inspectie,' zeg ik. 'Om er zeker van te zijn.'

'Ik verbied het je.'

Ik neem haar van top tot teen in me op, en nog een keer, en zeg dan: 'Mevrouw, u kunt alles verbieden wat u wilt, u kunt zelfs de zon verbieden om straks op te komen. Het zal allemaal wel waar wezen, maar nu…'

Een krakende stem in mijn oortje. 'Baas, Scotty hier.'

Ik hou mijn arm op om in het polsmicrofoontje te spreken. 'Hier Sally. Zeg het maar, Scotty.'

'Een bijgebouw, ongeveer vijftig meter in oostelijke richting, met die eiken eromheen,' zegt hij. 'Er is iets mee.'

'Wat dan?'

'De deur is op slot. En er staat een vuilniszak bij.'

Statische ruis en gekraak. 'Waar bebloede verbanden in zitten.'

57

Ik ren over een zandpad naar Scotty toe. Zijn zaklamp verlicht een groen geverfde houten deur waar een witte plastic vuilniszak naast staat. In tegenstelling tot de andere gebouwen is het een verwaarloosd perceel met een ingezakt dak en kleine zolderramen dat tussen een groep eiken staat.

Ik wend me tot Connie Westbrook, die me is gevolgd.

'Wat zit daarin?' vraag ik terwijl ik mijn lichtbundel op het gebouw richt.

'Niets,' zegt ze.

'Kijk hier eens naar, baas,' zegt Scotty.

Ik inspecteer de opengescheurde vuilniszak, waar voornamelijk verkreukelde papieren zakken van McDonald's en Burger King in zitten, maar als ik de zak iets verder opentrek zie ik verfrommelde verbandjes met oude, bruin opgedroogde bloedvlekken, verder nog draden – hechtdraad? – en watjes.

Ik kijk Connie aan zeg: 'En wat zeg je hierop?'

Ze slaat haar armen over elkaar en zegt niets. Pamela en Tanya zijn nu ook gearriveerd, hijgend van het rennen. Scotty zegt niets en houdt zijn lichtbundel op de geopende zak met de gebruikte verbandjes gericht.

Pamela kijkt me aan en zegt: 'Wie is dit?'

'De eigenaresse van de manege.'

Pamela grijpt haar bij de revers van haar ochtendjas en roept: 'Is ze daarbinnen? Is ze daarbinnen? Zeg het, oude heks!'

Tanya trekt Pamela van haar weg. De oude vrouw valt bijna om, maar ze blijft strijdvaardig en kijkt ons aan met een blik die van haat vervuld is. 'Ik kan ernaast zitten, baas, maar ik dacht dat ik daarbinnen stemmen hoorde,' zegt Scotty.

Ik ga voor mevrouw Westbrook staan. 'De sleutel. Geef me de sleutel van die deur. Nu.'

'Loop naar de hel,' zegt ze als een onverzettelijk omaatje, maar dan wel een die de directrice van een gevangenis is geweest.

Ik draai me om. 'Scotty, maak die deur open. Het maakt me niet uit hoe je het doet, als die deur maar open is. En waar is Brian Zahn in godsnaam?'

'Geen idee,' zegt Tanya.

'Wacht maar even, baas,' zegt Scotty. Hij rent naar de dichtstbijzijnde schuur en is binnen een minuut terug. Ik hoor claxons klinken vanaf het parkeerterrein, het gegil van een sirene en dan het gebrom van een generator die aanslaat. Had ik maar zo'n ding, dan kon ik deze donkere nacht op het platteland van Virginia in een stralende dag veranderen. Maar er is geen tijd, en ik zie dat Scotty een voorhamer – die als een Colt M4 op zijn schouder rust – bij zich draagt.

Hij loopt resoluut naar de deur en slaat met één slag de deurknop eraf. Scotty zet de voorhamer naast zich neer en trekt – net als de rest van ons – zijn dienstwapen. En zo staan we klaar, met een pistool in de ene hand en een zaklamp in de andere.

Scotty duwt de deur open er roept: 'Geen beweging! Geheime dienst!'

Ik sta direct achter hem, en het eerste wat ik zie is het angstige gezicht van een vrouw.

58

In het woongedeelte van het Witte Huis, op de eerste etage, knikt Parker Hoyt een agent van de geheime dienst toe die voor een simpele deur de wacht houdt. Hij klopt twee keer, loopt naar binnen, en vindt door een routine van jaren blindelings de knop aan de binnenkant van de muur waarmee hij het gedempte licht in de slaapkamer aandoet.

De president van de Verenigde Staten ligt met opgetrokken benen op zijn linkerzij te slapen, hij draagt een lichtblauwe pyjama. Parker voelt een steek van jaloezie. Hoe kan zijn baas slapen terwijl er zo veel aan de hand is? De stafchef moet zich tevredenstellen met hazenslaapjes op een legerbrits in de voorraadkamer die aan zijn kantoor grenst.

'Mr. President? Sir?'

Harrison schiet wakker, ziet Parker en zegt: 'Is er nieuws?'

'Nee, sir, ik ben bang dat ze nog steeds wordt vermist.'

De kamer is smaakvol ingericht, aan de muren hangen oude olieverfschilderijen en landschappen van Lake Erie, maar Parker en genoeg anderen in het Witte Huis weten dat het lang geleden is sinds de first lady het bed met deze man heeft gedeeld.

Parker heeft een envelop in zijn ene hand, met de andere trekt hij een stoel naar zich toe en gaat tegenover de president zitten.

Harrison wrijft in zijn ogen en zegt: 'Mijn god, Parker, weet je wel hoe laat het is?'

'Ik weet het, het is iets voor vijven en ik vind het vervelend dat ik je moet storen, maar je moet iets ondertekenen.'

Harrison haalt een hand door zijn haar. 'Wat moet ik dan ondertekenen?'

‘Dit, sir.’ Parker trekt een vel papier uit de envelop. ‘Het is een presidentieel bevel, waarin u het ministerie van Financiën opdracht geeft om honderd miljoen dollar uit het Judgment Fund naar die bankrekening in Caracas over te maken.’

De stafchef werpt een blik op zijn horloge. ‘Ik ben de hele nacht bezig geweest om deze transfer voor te bereiden, en we hebben net iets meer dan een uur de tijd om het te doen.’

Harrison neemt het vel papier van hem aan, en dan een pen die Parker hem aanreikt. ‘Wat is in godsnaam het Judgment Fund?’

‘Het is het fonds dat Financiën achter de hand heeft om rechtszaken of schikkingen te betalen. En, laat ik het maar gewoon zeggen... het is ook uw geheime noodfonds. Zo hebben we een paar jaar geleden die Iraanse deal betaald. Door dit fonds konden we de volgende dag pallets met honderddollarbiljetten bij de moellahs laten afleveren.’

De president leest het A4’tje, knikt en kijkt zijn stafchef aan.

‘Wanneer krijg ik de conceptversie van de toespraak?’

Daar gaan we dan, denkt Parker. ‘Over welke toespraak heb je het?’

‘Het is te vroeg in de ochtend voor zulke grappen, Parker,’ zegt Harrison koel. ‘Je weet best welke toespraak ik bedoel. Die ene waarmee ik live op tv zal verschijnen om mijn excuses aan te bieden voor de manier waarop ik Grace heb behandeld.’ Hij draait zich in zijn bed om en kijkt naar de wekker. ‘En die ik zo te zien over dertien uur moet houden.’

‘Mr. President, er komt helemaal geen toespraak.’

Harrison trekt zijn wenkbrauwen op. ‘Hebben de ontvoerders... hun eisen aangepast?’

‘Nee, sir. We gaan er alleen niet op in.’

‘Dat gaan we wel, verdomme.’

‘Sir, ik...’

‘Ik wil om tien uur een conceptversie van die toespraak hebben. Zo niet, dan zal ik persoonlijk – ja, persoonlijk! – de directies van de drie nationale tv-zenders en die van alle commerciële zenders bellen en ze zeggen dat ik om zes uur zendtijd wil hebben. En dan schrijf ik die toespraak zelf wel.'

'Ik ben bang dat ik dat niet kan toestaan, sir.'

'Parker...'

'Luister naar me, sir.'

Harrisons vingers omklemmen de pen zo stijf dat Parker zeker weet dat de president het ding maar al te graag door zijn strot zou willen duwen.

'Sir,' begint hij, 'wat zou het land eraan hebben als je die toespraak zult houden?'

'Wat het land...? Verdomme, Parker, het zorgt ervoor dat de first lady wordt vrijgelaten!'

'Misschien wel, misschien niet... Maar luister naar wat ik zonet zei, wat zou het land eraan hebben? Voor jou persoonlijk betekent het dat je vrouw wordt vrijgelaten. Goed, de first lady is weer vrij, en al haar vrienden, familie en volgelingen zullen blij en opgelucht zijn. Het zal uitgebreid in het nieuws komen, er zullen achtergrondartikelen worden geschreven en dan kun je over vier weken vriendelijk glimlachend op tv verschijnen om de gouverneur van Californië met zijn verkiezingsoverwinning te feliciteren. En nog geen drie maanden later zal die prutser worden ingezworen.'

De president zwijgt. 'Maar stel dat we het losgeld betalen,' vervolgt Parker. 'Daar winnen we twaalf uur mee. Misschien dat ze wordt gevonden, misschien wordt ze bevrijd. Haar veilige terugkeer zal op het nieuws komen... en dat zonder de ramp dat jij ten overstaan van meer dan driehonderd miljoen van je medeburgers je excuses moet maken omdat je je presidentiële pik achterna bent gelopen.'

'Jij...' Meer weet de president niet uit te brengen.

'Ze zal ergens op een straathoek worden achtergelaten als we geluk hebben, en dan kunnen we de ontvoering stilhouden tot na de verkiezingen.'

'De pers zal ons aan het kruis nagelen als we dat doen.'

'Dat zou kunnen,' zegt Parker. 'Maar laten we zeggen dat... nadat je succesvol bent herkozen... dat we het in de laatste weken voor de verkiezingen niet openbaar wilden maken omdat het de uitslag had kunnen beïnvloeden. Dat zou het publiek respecteren. Dus wat als de pers dat niet doet?'

'Maar stel dat de ontvoerders hun bedreigingen uitvoeren?' zegt Harrison somber. 'Als haar iets wordt aangedaan... wat dan?'

'Dan zal het hele land achter de president staan om samen met hem over het zware verlies van zijn vrouw te rouwen. Je affaire zal vergeten zijn. Je overwinning zal nog grootser worden.'

Harrison schudt zijn hoofd. 'Dat... cynisme... ik bedoel...'

'Mr. President, ik wil niet bot zijn. Maar wat die ontvoering betreft, het kan best zijn dat de first lady al dood is. Als ze eenmaal het losgeld hebben zullen ze zich van haar willen ontdoen. Ze weten dat de FBI met een compleet leger naar hen op jacht is... en ze zullen geen getuigen willen achterlaten. En dan krijgen ze er nog het genoegen bij dat ze de leider van de vrije wereld hebben kunnen vernederen.'

Er valt een stilte. 'Ik zeg het nog een keer,' zegt Parker, 'wat heeft het land eraan als je die toespraak houdt? Niets. Het levert ons de verkiezing van een granola knabbelende idioot op die alle vooruitgang die je hebt geboekt – zowel binnenlands als buitenlands – zal terugschroeven, en je zult er niets anders dan een verknalde affaire en een ontvoerde first lady aan overhouden.'

Een volgende stilte. We zijn er bijna, nu de genadeslag, denkt Parker.

'Of... je brengt het noodzakelijke offer dat deze natie nodig heeft. Je wordt met een enorm mandaat herkozen en je hebt nog eens vier jaar om je eerste termijn verder uit te bouwen. Voor het Amerikaanse volk en een veilige wereld.'

Hij wacht.

En wacht.

De president van de Verenigde Staten kijkt naar zijn hand, die waarmee hij de pen omklemt, alsof hij zich afvraagt hoe het ding er is gekomen.

Met een wild gebaar zet hij zijn handtekening onder het presidentiële bevel en schuift zijn stafchef de pen en het papier toe.

'En nu wegwezen hier,' snauwt hij.

Parker staat op. 'Ja, sir.'

59

Met de zaklamp voor me uit gericht wring ik me langs Scotty, behalve de angstige vrouw zijn er nog andere mensen binnen: mannen, vrouwen, jongens en meisjes. Ze knipperen met hun ogen in de felle lichtbundels en houden hun handen omhoog, ze lijken me allemaal latino's.

Ik tel snel en het zijn er acht. Maar er zit geen first lady tussen. Ik zie alleen maar veldbedden, een paar emmers met afwas en vuile kleren, een elektrisch kookplaatje en wasgoed dat achterin aan een lijn hangt. Het blijken twee mannen, twee vrouwen en vier jongens en meisjes, van peuters tot pubers, te zijn.

Tanya grijpt mevrouw Westbrook bij haar schouders en duwt haar naar binnen. 'Is dit wat je voor ons verborgen wilde houden, mens? Goedkope illegale werknemers? Die voor een schijntje het voorrecht hebben om de stront van je miljoenenstal op te ruimen?'

Ze is behoorlijk kwiek voor een kleine, oude vrouw, want ze weet zich snel los te maken. 'Nee, zo ligt het niet, helemaal niet.'

'Hoe dan wel?' zegt Tanya.

Mevrouw Westbrook negeert haar en spreekt in zacht Spaans de twee gezinnen toe. Ze knikken en keren bedrukt glimlachend terug naar hun bedden. Een van de twee mannen heeft een verband om zijn linkerpols zitten. Ik kan me voorstellen dat ze eraan gewend zijn om in zulke zware omstandigheden te leven, en dat ze weten dat er op elk moment van de dag of nacht gewapende mannen en vrouwen van de overheid voor hun neus kunnen staan.

'Zeg,' zegt ze tegen mij. 'Jij hebt hier de leiding, toch?'

'Dat klopt.'

'Laat deze mensen dan met rust.'

'Eerst wil ik enige uitleg,' zeg ik.

'Die zul je krijgen… zodra deze mensen hun privacy terug hebben.'

Ik gebaar naar Scotty, Pamela en Tanya en we lopen naar buiten. Nu de zon is opgekomen, begint alles zichtbaarder te worden. Niet duidelijker, nee, dat niet, maar in elk geval zichtbaarder. Scotty duwt de deur achter zich dicht en pakt de afgebroken deurknop op. Hij kijkt enigszins gegeneerd om zich heen en laat hem dan op de grond vallen.

'Jullie…' begint mevrouw Westbrook. 'Jullie denken dat je alles weet.'

Ze slaat haar ochtendjas strakker om haar tengere lichaam. 'Mijn familie woont hier al meer dan driehonderd jaar, vele generaties zijn hier opgegroeid en ja, er was een tijd waarin ze slaven hadden. Het is een onuitwisbare schande dat mijn familie mensen als hun eigendom beschouwde. Je kunt de oude verslagen en verhalen van mijn voorouders lezen, hoe trots ze waren dat ze hun eigendom goed behandelden. Maar het blijft afschuwelijk, hoelang geleden het ook is, het blijft afschuwelijk.'

'U probeert het goed te maken,' zeg ik.

'Nu zeg je eindelijk eens iets verstandigs.' Ze knikt trots in de richting van de stallen. 'Ja… deze plek, deze manege… is vroeger nooit een schuilplaats voor illegalen geweest. Maar dat is hij nu wel. Deze twee gezinnen hebben werk gevonden en er wacht hun een nieuw leven in het noorden. Het enige wat we doen is hen helpen daar te komen, zonder dat ze gearresteerd en teruggestuurd zullen worden.'

Ze kijkt me aan. 'Ga je ze nu arresteren?'

'Nee,' zeg ik terwijl ik mijn pistool terug in de holster doe. De anderen volgen mijn voorbeeld.

'En word ik gearresteerd?'

Tanya mompelt iets over wat ze in mijn plaats zou hebben

gedaan en ik zeg: 'Nee, mevrouw Westbrook, u zult niet worden gearresteerd.'

'En jij en je mensen, zijn jullie klaar hier?'

Dan valt het als een trage, maar grote en brede vloedgolf over me heen, het overweldigende gevoel dat ik compleet oververmoeid, uitgeput en waardeloos ben. De zon is opgekomen. Het losgeld is waarschijnlijk betaald en we zijn klaar hier. Een paar minuten geleden leek het succes nog binnen handbereik, met een vuilniszak vol bebloede verbandjes en een afgesloten houten deur.

Zo dichtbij bleek zo ver weg te zijn.

Scotty kijkt om zich heen en zegt: 'Waar is Brian in godsnaam?'

'Goeie vraag,' zeg ik. 'Pamela? Hij hoort bij jouw team. Wanneer heb je hem voor het laatst gezien?'

'Niet,' antwoordt ze terwijl ze in haar koude handen wrijft.

'Ik zag hem teruglopen en een laptop uit de Suburban halen,' zegt Tanya. 'Hij zei dat hij iets wilde uitzoeken.'

'En dat heb je toegelaten?' zeg ik op hoge toon. 'Dit was een zoekactie in het veld, geen...'

Ik hoor iemand roepen vanaf het parkeerterrein. We draaien ons als één man om, en in het prille ochtendlicht zie ik hoe Brian onze kant op rent met een laptop onder zijn arm.

Hij blijft roepen en dan versta ik het.

'Ik weet waar ze is! Ik weet waar ze is!'

60

De andere agenten beginnen meteen door elkaar heen te praten, maar ik snoer ze de mond.

'En nu stil allemaal,' zeg ik.

Brian rent op me af en gaat nog bijna onderuit in een modderpoel. Buiten adem zegt hij: 'Ze is hier... ze is hier. Ik wist het.'

Iedereen staat om hem heen als hij de laptop openklapt. 'Toen we de zoekactie begonnen vroeg ik me af hoe we CANARY hadden kunnen kwijtraken, en hoe haar paard, Arapahoe, daarna op eigen gelegenheid terugkwam.'

'En dus?' zegt Pamela.

'Jezus, je weet hoe dat paard van haar hield,' zegt Brian terwijl hij met één hand de laptop openhoudt en met de andere het toetsenbord bewerkt. 'Maar het paard kwam alleen terug. Als CANARY door het bos was gevlucht en ergens hier was terechtgekomen, had hij haar gevolgd. Hij zou met haar zijn meegelopen.'

'Goed, maar wat heb je dan?' vraag ik. 'Waar is ze?'

Hij draait de laptop om en zegt: 'Shit, ik had net nog een goede verbinding.'

'Vergeet die laptop nu maar even,' zeg ik. 'Wat heb je gevonden?'

Hij knikt en probeert op adem te komen. 'Ik bleef maar aan de rivier denken.'

'De rivier was een totaal fiasco, dat weten we allemaal,' zegt Tanya.

'Maar iedereen ging ervan uit dat ze van haar paard was gevallen,' zegt Brian, die langzaam achteruit begint te lopen, op zoek naar de verdwenen verbinding. 'Of te water was geraakt. Of dat ze, vanwege dat briefje, zelfmoord had gepleegd. Dus iedereen was stroomafwaarts aan het zoeken. Maar wie heeft er stroomopwaarts gezocht?'

'Een paar leden van de Binnenlandse Veiligheidsdienst hebben daar gezocht. Dat weet ik zeker,' zegt Scotty.

'Maar hebben ze de percelen die er staan ook geïnspecteerd?'

'Ja,' zegt Scotty. 'Ze hebben stroomopwaarts een gebied van toch zeker drie kilometer uitgekamd.'

Brian glimlacht. 'Maar ze zijn niet ver genoeg gegaan. Oké, nu is er verbinding.'

'Brian,' zeg ik, 'al wordt het je door de Death Star zelf ingefluisterd, vertel me nu meteen wat je hebt ontdekt!'

Hij knikt, haalt nog eens diep adem en zegt: 'Vastgoedgegevens. Ik ben naar de site van de onroerendgoedbelasting gegaan en heb naar locaties langs de rivier gezocht. Ik heb gekeken of er geen vriend of bekende zou kunnen wonen, een plek waar ze zich schuil zou kunnen houden.'

'Maar, wacht even,' zegt Tanya. 'Hoe zit het dan met het losgeld en het afgesneden pinktopje, hoe kan...'

Ik hef mijn hand op. 'Ga door, Brian.'

'Geen van de namen kwam me bekend voor, of had iets met de first lady te maken... maar toen kwam ik een kleine, afgelegen boerderij tegen, zo'n zes kilometer stroomopwaarts. Hij bleek het eigendom te zijn van iets dat de Friends of Lake Erie Association heette... een liefdadigheidsinstelling uit Ohio.'

'Ohio...' fluister ik.

'Ah, hier heb ik hem,' zegt hij terwijl hij de laptop omdraait. 'Kijk! Kijk wie de voorzitter van de Friends of Lake Erie Association is.'

Ik zie de naam en de foto. Met alle kalmte en autoriteit die ik kan opbrengen zeg ik: 'Brian, jij neemt de leiding. Probeer op je laptop de kortste route vanhier naar die boerderij te vinden, laten we opschieten.'

En we zijn vertrokken. 'Hé, wie gaat die afgebroken deurknop betalen?' roept mevrouw Westbrook ons na.

‘Stuur de rekening maar naar de Binnenlandse Veiligheidsdienst,’ roep ik terug.

Dan beginnen we allemaal te rennen.

61

Parker Hoyt is achterovergeleund op zijn bureaustoel in slaap gevallen. Hij schrikt wakker van telefoongerinkel.

Hij schiet naar voren, pakt automatisch zijn 'gewone' telefoon, zegt 'Hoyt' en realiseert zich dan dat hij tegen de kiestoon zit te praten.

De telefoon blijft rinkelen.

Het is zijn 'speciale' telefoon.

Hij probeert de hoorn van de gewone telefoon op de haak te leggen, maar hij mist en het ding klettert over zijn schone bureau. Parker strekt zich uit om bij de andere telefoon te kunnen komen en grijpt de hoorn.

'Ja?'

'We gaan een kleine boerderij inspecteren, ongeveer vijf kilometer stroomopwaarts bij de manege. Daar zou ze kunnen zijn. Het is binnen loopafstand.'

'Wacht... werken jullie nog steeds aan die zaak? Ik had Grissom gezegd dat het onderzoek voor haar was beëindigd.'

'Ja, maar ze luistert niet zo goed. Onze tenen vriezen er zo ongeveer af en we gaan zo vertrekken.'

'Geef me het adres,' zegt Parker, die ondertussen een pen tevoorschijn haalt maar geen papier kan vinden. Hij pakt een verfrommelde opiniepeiling van gisternacht – president Tucker blijft ongenadig kelderen – strijkt het glad en zegt: 'Zeg het maar.'

'East Dominion Road 14, in Walton.'

Hij schrijft het adres op en zegt: 'Waarom denk je dat ze daar is? Waar is het bewijs? Zou het een schuilplaats voor terroristen kunnen zijn?'

Er klinkt een lachje aan de andere kant van de lijn. 'Alleen als de terroristen milieuactivisten zijn. De boerderij is het eigendom van een milieuorganisatie uit Ohio.'

'Ohio... wat heeft dat in godsnaam met haar te maken?'

'Ik moet nu gaan.'

Parker zit nu kaarsrecht op zijn stoel, alsof alle wervels van zijn ruggengraat met tweecomponentenlijm aan elkaar zijn geplakt. 'Nee! Vertel me wat dat met haar te maken heeft, verdomme!'

'Vanwege de voorzitter van deze milieuorganisatie.'

Hij noemt de naam, maar voordat Parker kan reageren heeft zijn tipgever opgehangen.

62

Als haar telefoon gaat heeft Marsha Gray hem te pakken voordat de tweede beltoon klinkt.

'Ja?' zegt ze terwijl ze de opneemfunctie van haar telefoon aanzet.

'Je weet wie dit is,' klinkt de stem van de stafchef.

Ze gaapt. 'God ja, we hebben ook zó veel intieme momenten met elkaar gedeeld, hoe zou ik het kunnen vergeten?'

'Kappen jij,' zegt hij. 'Ik heb nieuws, dat wat jij "bruikbare informatie" noemt.'

Ze zwaait haar benen over de rand van het bed en pakt een potlood en een blocnote van het nachtkastje. Potloden schrijven altijd, de inkt is nooit op en ze bevriezen niet als het koud is.

'O, Parker,' zegt Marsha, 'ik vind het zo heerlijk als je zo stoer praat... Maar goed, vertel.'

Ze voelt dat hij zich probeert te beheersen en glimlacht. 'East Dominion Road, nummer veertien in Walton, dat is een plaatsje in de buurt van de manege. Het is een kleine boerderij.'

Marsha schrijft het snel op. 'Dit is bruikbare informatie?'

'Absoluut.'

'Dat is fijn voor de verandering,' zegt ze. 'En wat moet ik precies doen?'

'Ik denk dat je dat wel weet.'

Marsha kijkt hoe laat het is. 'Zeg het nog maar eens, sir. Ik wil duidelijke, heldere orders hebben.'

'Wie er ook in dat huis zijn... zorg ervoor dat ze er niet levend uit komen.'

'Oké,' zegt ze. 'En Grissom?'

'Schakel haar uit als het nodig is om de klus te klaren.'

Ze kijkt nog eens naar de tijd. 'Ik zal er zo snel mogelijk zijn.'

'Doe dat, en laat het me weten als je er bent.'

Parker hangt op. Ze gaapt nog eens, staat op en loopt naar de kleerkast. Het lijkt erop dat er een einde zal komen aan deze vreemde en belangrijke klus, en het zou nog weleens een hachelijke situatie kunnen worden. Ze zal het juiste moment moeten kiezen om de trekker over te halen.

En dan zal ze er ook nog eens heelhuids uit weg moeten zien te komen.

Marsha doet de kastdeur open, knipt het licht aan en kijkt naar de kledingstukken die ze tijdens haar carrière bij de mariniers en in de freelancejaren erna heeft verzameld.

Het is tijd voor een volledig gevechtstenue.

63

Na het telefoongesprek met Marsha Gray ijsbeert Parker door zijn kantoor. De puzzelstukjes beginnen in elkaar te vallen, maar het zit hem niet lekker dat Marsha wat tijd nodig heeft om bij de afgelegen boerderij te komen.

Hij gaat weer zitten en kijkt op zijn computerscherm naar de overzichtskaarten en de gedetailleerde informatie over het huis in Virginia.

Goed.

Hij pakt zijn speciale telefoon en draait een nummer.

Deze ochtend is te belangrijk om op één persoon te vertrouwen, hoe goed ze ook is.

Op de burelen van Global Strategic Solutions in Crystal City, Arlington, Virginia, laat Rupert Munson, vicepresident van de afdeling Binnenlandse Operaties, op zijn computer de nieuwsflitsen van die ochtend langskomen als de telefoon rinkelt. Rupert wil graag op de hoogte blijven van het wereldnieuws, maar dat hoeft hij niet te vernemen van wat hij 'de mediadinosaurussen' noemt, zoals *The Washington Post* of *The New York Times*, of de grote omroepen. Wie hij graag leest zijn de querulante journalisten en commentators, mensen die hij vertrouwt omdat ze in dezelfde dingen geloven als hij, en de nieuwsprimeur op het moment is of de rondborstige lobbyist die met de president Tucker was betrapt niet een voormalig liefje van de Russische president is geweest.

Er staan wat korrelige foto's bij die het moeten aantonen, en als Rupert naar de hoorn grijpt denkt hij dat er eigenlijk nooit een president is geweest die hij respecteerde of bewonderde. Misschien Reagan – hoewel Reagan te liberaal was naar Ruperts smaak – maar dat was voor zijn tijd.

Hij neemt op met 'Munson', en de telefoniste zegt: 'Meneer Munson, ik heb het Witte Huis voor u aan de lijn.'

Hij was zonet nog een beetje slaperig omdat hij gisternacht te lang op internet zijn favoriete sites had bezocht, maar na het horen van haar woorden is hij klaarwakker.

'Wie is het?' vraagt hij.

'Hij heeft zijn naam niet genoemd,' antwoordt ze, 'maar er zat een codering bij die aangaf dat hij vanuit het Witte Huis belde. Voordat u het telefoontje aanneemt moet u de V-1 toets indrukken.'

Tussen de batterij toetsen op de telefoon bevindt zich een groene waar V-1 – versleuteld 1 – op staat. Als hij die indrukt zal het gesprek tussen hem en het Witte Huis versleuteld worden. Munson houdt er niet van want meestal zit zo'n gesprek vol statische ruis en rare echo's, alsof je met iemand praat die zich op de bodem van een put bevindt.

'U krijgt hem nu aan de lijn.' Er klinkt een klik en hij zegt: 'Met Rupert Munson.'

'Rupert? Je spreekt met Parker Hoyt, stafchef van de president.'

Jezus. Rupert verlegt de hoorn van zijn ene naar de andere hand. 'Meneer Hoyt, wat kan ik voor u betekenen?'

Hoyts stem komt helder door en Rupert herkent hem meteen, hoewel hij ook zorgelijk klinkt. 'We hebben hier verontrustende ontwikkelingen… en ik heb hulp van het bedrijf nodig.'

Rupert weet welke hoge functie Hoyt binnen het bedrijf heeft bekleed, en realiseert zich dat deze man niet zou bellen als het niet om iets belangrijks ging.

'Zeg het maar, sir. Wat is er aan de hand?'

'De affaire van Atlanta…' zegt Hoyt, 'het overschaduwt alles, en de president kan zich niet tot andere dingen zetten. We hebben betrouwbare en gedetailleerde informatie dat IS in het land is geïnfiltreerd en op het punt staat een serie aanslagen te plegen, waarschijnlijk al deze middag.'

Mijn god, denkt Rupert. 'Ga door, meneer Hoyt.'

'De president is ervan op de hoogte dat de IS-cel gelokaliseerd is in een afgelegen boerderij op het platteland van Virginia. Maar ondanks alle briefings, verzoeken en besprekingen weigert de president de FBI in te schakelen. Hij wil zelfs niet de Virginia State Police of lokale wetshandhavers erbij betrekken, hij wil afwachten wat er gebeurt.'

'Ik begrijp het, meneer Hoyt,' zegt Rupert.

'Ik denk dat jij en ik allebei weten wat dit afwachten betekent. Het betekent dat we de levens van honderden onschuldige burgers riskeren omdat de FBI niet de noodzakelijke, snelle en straffe actie zal ondernemen. En dat is waar jij en het bedrijf in dit verhaal verschijnen.'

Rupert voelt iets omhoogkomen, de opwinding dat hij opeens deel uitmaakt van iets vertrouwelijks en belangrijks, dat hij zijn bijdrage kan leveren in de strijd tegen het terrorisme. 'We zijn hier om te helpen, meneer Hoyt.'

Parker lijkt opgelucht adem te halen.

'Ik wist dat ik op jou en het bedrijf kon rekenen,' zegt hij.

64

Onze stille Chevrolet Suburban stopt in de ochtendnevel op East Dominion Road. Het is een smalle landweg, hobbelig en gebarsten, aan beide kanten begrensd door hoog gras, stenen muurtjes en – iets verderop – bosranden. We zijn onderweg geen auto tegengekomen. Bij de onverharde oprit staat een roestige en gebutste brievenbus waar met zwart-witte stickers het getal 14 op staat.

Scotty zit achter het stuur en zegt: 'Waarom scheuren we gewoon niet door tot aan het huis?'

'Omdat we dat niet gaan doen,' zeg ik. 'Jullie blijven hier terwijl ik erheen loop om poolshoogte te nemen. We weten bij god niet wat er zal gebeuren als we er een grote show van maken en met veel uiterlijk vertoon arriveren.'

'Maar, jezus, Sally,' zegt Pamela, 'het kan er wel vergeven zijn van terroristen, of de KKK, of andere criminelen die CANARY's pinktopje hebben afgesneden. Wil je daar echt alleen heen gaan?'

Ik open het portier. 'Ja, dat wil ik echt. Maar ik heb de portofoon en zal meteen jullie hulp inroepen als dat nodig is. Maar laat één ding duidelijk zijn, jullie blijven hier tot ik contact opneem. Of als je na vijftien minuten nog niets van me hebt gehoord.'

'En wat doen we dan in de zestiende minuut?' vraagt Tanya.

Ik knik naar de grote man achter het stuur. 'Dan kun je Scotty als het nieuwe hoofd van de presidentiële beveiligingsdivisie beschouwen en volg je zijn orders op.'

Ik stap uit, haal diep adem en zwaai Amelia's dikke rode sjaal om mijn schouder.

Mijn Amelia, denk ik terwijl ik over de oprit loop. Mijn arme kleine meisje.

Ik ben mijn zus dankbaar dat ze voor mijn lieve Amelia zorgt, en ik zou dolgraag even stoppen om haar te bellen, maar het werk gaat voor.

Het is behoorlijk fris in de vroege ochtend, en ik ben blij dat ik Amelia's sjaal heb. Ik knoop mijn zwarte wollen jas los zodat ik makkelijk bij mijn SIG Sauer kan, maar ik hoop dat ik hem niet nodig zal hebben.

Vogels vliegen over me heen en schieten in struiken of bomen. Er komt een herinnering naar boven, uit de tijd dat ik bij de kabouters zat en vogels leerde herkennen. Wist ik die namen nu nog maar.

Er zijn nog veel meer dingen die ik me graag zou willen herinneren.

Zoals de lichtzinnigheid en het pure plezier dat ik in mijn eerste jaren met Ben voelde. Er was een tijd dat die herinneringen me de adem benamen, maar dat is niet meer zo.

Mijn arme dode Ben.

De oprit loopt omhoog en maakt een bocht naar links. Het struikgewas is hier gesnoeid en er ligt een kleine boerderij achter. Voor het huis ligt een erf met modder en grind. Links ervan staan onder een groepje naaldbomen twee auto's geparkeerd. De ene is een zwarte Mercedes Benz S-klasse met het rood-wit-blauwe nummerbord van Ohio. De andere is een zwarte en zware Ford-pick-uptruck met een gebutste voorkant waar een zwart gespoten hekwerk van stalen buizen op lijkt te zijn gelast.

Ik schud mijn hoofd.

Het zal wel.

Ik doe een stap in de richting van het huis. Het heeft een veranda en een simpele deur in het midden met een keurig opgestapelde piramide van brandhout ernaast. Er staan twee lichtbruine rieten stoelen, in een ervan zit een man.

Hij is achter in de zestig of begin zeventig, heeft dik wit haar en draagt een eenvoudig blauw overhemd, een kakibroek en gepoetste bruine instappers. Hij mag dan wel oud zijn, maar zijn gezicht staat strak en zijn bruine ogen kijken me doordringend aan.

Op zijn schoot ligt een geweer. Ik kan van deze afstand niet zien welk merk het is, maar het ziet er goed onderhouden uit.

'Goedemorgen,' zeg ik.

Hij knikt, maar zegt niets.

Ik kom dichterbij.

'Dit is een mooi gedeelte van Virginia,' zeg ik. 'Ja, mooi en afgelegen, geen grote wegen in de buurt… of luidruchtige buren. Er stroomt zelfs een rivier achter het huis.'

De man reageert niet. Nu zie ik dat zijn handen het geweer losjes vasthouden. Ik denk er liever niet aan, maar ik zal moeten reageren als zijn handen bewegen.

Geen leuk vooruitzicht, maar ik zal het doen.

'Hoe maakt u het, meneer?'

Eindelijk, hij beweegt zijn hoofd. 'Wie ben jij?'

'Sally Grissom, hoofd van de presidentiële beveiligingsdivisie,' zeg ik.

Zijn gezichtsuitdrukking verandert niet. 'Wat wil je van me?'

Ik kan niet geloven dat ik deze woorden ga uitspreken, maar ik doe het toch.

'Meneer Fuller,' zeg ik, 'ik zou graag uw dochter Grace willen zien.'

65

Bij een afgelegen hangar op Andrews Air Force Base zit Paul Moody in de cockpit van een omgebouwde OH-58H Kiowa-helikopter zijn preflight-checklist door te nemen; hij is bijna zover om aan deze plotselinge en belangrijke missie te beginnen. Hij heeft jarenlang zijn land gediend als helikopterpiloot in het Amerikaanse leger en vloog in dezelfde toestellen als deze in Irak, Afghanistan, Nigeria en ook nog eens twee keer in Noord-Iran, al waren dat geheime missies.

Het is een heldere dag, en het aflopen van de checklist verloopt gladjes. Hij vliegt sinds zestien maanden voor Global Strategic Solutions en heeft tot nu toe van elke minuut genoten. Ze hebben hem de binnenlandse vluchten toegewezen, wat betekent dat er altijd schoon water en goede toiletten zijn als hij ergens landt. Hij weet dat menigeen daar zijn schouders over zou ophalen, maar na zijn jaren in barre maanlandschappen aan de andere kant van de wereld, waar een toilet een gat in de grond was en het warme water naar chloor smaakte, is het een ware luxe om een missie te volbrengen in de Verenigde Staten.

En dan zijn er nog de vele bereidwillige dames, die géén echtgenoten of broers hebben die je keel doorsnijden zodra je ze probeert te versieren.

De meeste missies die Paul voor het bedrijf heeft gedaan bestonden uit het geven van luchtbeveiliging tijdens bezoeken van vips aan de Verenigde Staten. Voor het merendeel betrof het geheime bezoeken van vips die, als de FBI erachter zou komen, gearresteerd zouden worden voor oorlogsmisdaden. Hij heeft tot nu toe twee keer werkelijk in actie mogen komen bij kwesties die met ordehandhaving hadden te maken – hij stelt nooit te veel vragen – en die eindigden met grote tientonners die 's nachts op afgelegen snelwegen in het westen beschoten werden tot ze in afgelegen ravijnen stortten.

Toch mist hij die buitenlandse missies weleens. Hij moest vaak in zijn eentje luchtsteun geven aan jongens die zijn hulp snel en hard nodig hadden. Het was zijn taak om zijn kist tussen de vijand en de goede partij te manoeuvreren, en hij leerde al snel dat hij zijn werk niet goed deed als hij te hoog zat om beschoten te worden.

De motor begint soepel te lopen en hij zet de boordradio aan. Zijn linkerhand bedient de *collective stick*, zijn rechter de *cyclic stick*, en nadat hij toestemming heeft gekregen om de lucht in te gaan stijgt hij langzaam op om koers te zetten naar Walton. Er ligt een boerderij bij het dorp waar zich een IS-cel schuilhoudt, en Paul gaat ze een bezoekje brengen dat ze nog lang zal heugen.

Hij verandert de radiofrequentie om contact op te nemen met de helpdesk van de afdeling Binnenlandse Operaties van zijn werkgever.

'Hier GSS Tango Four,' meldt hij. 'Ik ben vertrokken.'

Door zijn headset hoort hij de stem van een vrouw die zich ergens in Crystal City moet bevinden. 'Begrepen, Tango Four.'

Hij wint nu snel aan hoogte in de helderblauwe hemel. Aan beide kanten van de helikopter hangen houders met speciale – illegale – AGM-114 Hellfire-raketten. Ze zijn gevuld met samengeperste cellulose en andere stoffen om forensische onderzoekers om de tuin te leiden. Als de boerderij tot een hoop puin is gereduceerd, zullen ze concluderen dat de tank met propaangas moet zijn geëxplodeerd.

Want ander bewijs zal er niet zijn.

66

Marsha Gray moet haar best doen om niet in lachen uit te barsten als ze op East Dominion Road langs de zwarte Chevrolet Suburban rijdt die aan de kant van de weg staat. Ze ziet dat hij vol agenten van de geheime dienst zit die hun blik op een oprit gericht houden. Die lui hebben ook niets door. Als ze een zwaarder wapen bij zich had gehad dan haar gebruikelijke scherpschuttersgeweer, zoals een M249 Squad Automatic Weapon, had ze de Suburban fluitend met twee salvo's kunnen doorzeven.

Niemand die aandacht aan haar besteedt als ze in haar Odyssey-minibusje langzaam voorbijrijdt. Geen wonder dat die sukkels de first lady zijn kwijtgeraakt.

Ze rijdt nog een stukje door tot er een bocht komt en ze de wagen van de geheime dienst niet meer in haar achteruitkijkspiegel kan zien. Mooi. En wat nog mooier is... links van haar bevindt zich een volgende onverharde oprit. Marsha slaat links af en ziet na zo'n tien meter een grasveldje dat door esdoorns is omgeven. Ze rijdt het minibusje er achteruit op, zet de motor uit en laat het contactsleuteltje erin zitten. Dat scheelt weer tijd als ze hier snel weg moet zijn.

Marsha stapt uit en pakt de weekendtas met haar geweer en andere benodigde spullen van de achterbank. Ze trekt snel haar gevechtstenue aan – behalve de helm, het heeft geen zin om bijna twee kilo extra mee te torsen – en glipt het bos in. Marsha heeft geleerd om met een minimum aan bagage te manoeuvreren. Ze heeft genoeg aan een verrekijker en de apps op haar iPhone.

Ze moet aan de Burgeroorlog denken. Dit zou weleens hetzelfde gebied kunnen zijn waar de Noordelijke en Zuidelijke troepen elkaar meer dan honderdvijftig jaar geleden bevochten.

Mooi, dan zal hier vandaag nog een keer geschiedenis worden geschreven.

Ze beklimt een kleine heuvel met een modderig ravijn eronder, klimt weer omhoog en... kijk eens aan.

Een prima uitzicht op de zijkant van de boerderij. Ze kan zien dat er een man in een stoel zit, en dat er een vrouw voor hem staat.

Marsha haalt de verrekijker uit de weekendtas en kruipt nog een stukje door het struikgewas om het nog beter te kunnen zien. Ze houdt de kijker voor haar ogen en stelt hem scherp. Er komt een oude man met een geweer op zijn schoot in beeld. Wat nou? Zou hij illegaal drank stoken in het boerderijtje?

Ze verschuift het beeld.

Ah, nu wordt het duidelijk.

De koningin van de geheime dienst, in een zwarte jas en nog steeds met die stomme rode sjaal om.

Er wordt gepraat en gepraat.

Ze laat haar rechterhand zakken, vindt haar iPhone, tikt erop en nadat hij één keer is overgegaan wordt er opgenomen.

'Hoyt,' zegt hij.

'Gray,' fluistert ze. 'Doel bereikt. Ik ben vlak bij het huis en kan Grissom zien praten met een oude vent. Wat nu?'

Hoyt klinkt goedgehumeurd. 'Ik heb het een en ander geregeld. Jij bent er voor de ruggensteun... oké? En die geef je alleen maar als ik je bel. Begrepen?'

'Ja, hoor,' zegt ze.

Het lijkt erop alsof het gesprek daar intenser wordt. 'En wat zal jouw extra steun dan zijn? Een bliksemschicht uit de hemel?'

Jee, Hoyt lacht zelfs. 'Zoiets, ja.'

En hij hangt op.

Marsha hoort in de verte het vertrouwde doffe geklapwiek van een naderende helikopter. Ze wringt zich weer terug naar achteren, ritst de weekendtas open en haalt er hetzelfde geweer uit dat ze altijd in het buitenland gebruikt, en dat zich hier net zo nuttig zal maken.

Het enige verschil is het type kogels dat ze zal gebruiken, hoewel dat uiteindelijk ook niets uitmaakt als het eenmaal zover is.

67

De oude man geeft geen krimp. 'Ik weet niet waar je het over hebt, agent Grissom.'

'Meneer Fuller,' zeg ik. 'Ik weet niet hoe of waarom de first lady hier terecht is gekomen, of hoe ze haar pink heeft verwond, maar ik kan u wel zeggen dat ze in gevaar verkeert, en dat we haar hier zo snel mogelijk weg moeten zien te krijgen.'

Hij zegt niets. Ik zal langs hem heen moeten lopen, maar ik maak me nog steeds zorgen over dat geweer. Hij zal zo'n dertig jaar ouder dan ik zijn, maar hij lijkt me nog steeds in goede conditie – hij schiet me overhoop als hij snel en accuraat weet te reageren.

En dan is mijn Amelia wees.

Ik begin spijt te krijgen van mijn besluit om hier alleen heen te gaan.

Hij kijkt me kwaad aan. 'Wat weet je van mijn dochter?'

'Veel,' zeg ik. 'Ik weet dat ze in Ohio en Washington nooit van Harrison Tuckers zijde is geweken. Ik ken haar liefdadigheidswerk. Haar toewijding om...'

'Je weet helemaal niets,' zegt hij. 'Grace... was ons enige kind. Maureen en ik gaven haar alles wat ze nodig had, maar we leerden haar ook te vechten en haar eigen weg te zoeken. En dat heeft ze gedaan. Ze had het hoofd voor getallen en had zakelijk inzicht, en ze had het hart en medeleven voor de minder bedeelden onder ons. Ze had als jonge vrouw bij mijn bedrijf kunnen werken... ze zou er nu de directeur van zijn geweest en had onze ziekenhuizen en bedrijven in medische apparatuur kunnen leiden. Maar ze heeft het allemaal weggegooid om die... klootzak te steunen.'

'Meneer Fuller, ik waardeer uw...'

'Mijn dochter! De first lady, een sterke, knappe vrouw die haar kanker heeft overwonnen... en wat doet die idioot van een man van haar? Wat doet hij met zijn huwelijksgeloftes? Heeft hij voor een goed huwelijk gevochten? Heeft hij zich als een waardige man gedragen? Nee... integendeel. Hij heeft haar niet alleen links laten liggen, hij heeft haar vernederd. Publiekelijk. En voor wie? Voor een jongere sloerie die...' Hij verschuift in zijn stoel, en kreunt even, alsof hij ergens pijn heeft. 'Ik... ik heb zelfs geprobeerd om die vrouw iets aan te doen. Om haar iets van de pijn te laten voelen die Harry en zij mijn dochter hebben bezorgd. Om het recht te zetten. Om de rekening te vereffenen.'

Ik doe een stap in zijn richting, ik zou dat geweer van zijn schoot kunnen trekken als ik dichterbij ben, en dan kan ik naar binnen.

'Meneer Fuller, alstublieft... is ze hier?'

'Ga weg.'

'Meneer Fuller, uw dochter verkeert in groot gevaar. We moeten haar hier zo snel mogelijk wegkrijgen.'

Hij wil iets zeggen, maar dan hoor ik een krakend geluid en zie dat de deur wordt geopend.

Meneer Fuller reageert niet, hij heeft het niet gemerkt.

Maar ik wel.

Grace Fuller Tucker, first lady van de Verenigde Staten, die bij de geheime dienst de codenaam CANARY heeft, stapt de veranda op. Ze ziet er moe uit. Ze heeft haar zwarte paardrijbroek aan en een ruimvallend grijs sweatshirt, haar linkerhand zit in een dik verband.

'Agent Grissom,' zegt ze met een vermoeide stem. 'In wat voor groot gevaar verkeer ik?'

68

Paul Moody houdt van vliegen, hij houdt ervan om controle over het toestel te hebben, maar waar hij het meest van houdt is om laag over het landschap te scheren, zoals hij nu over het platteland van Virginia op weg is naar het doelwit. Er is niet veel talent nodig om een vliegtuig of helikopter op een paar duizend voet hoogte te besturen, dat is als het besturen van een vrachtwagen. Maar dit… je moet alert zijn, de adrenaline laten stromen, op je hoogte en de veranderingen in het landschap letten, kortom, dit vereist vakmanschap.

Hij volgt de navigatie, kijkt op en…

Ja, daar is het doelwit.

Een oefenrondje en dan zal hij terugkomen om de boerderij te vernietigen en de IS-terroristen daarbinnen naar welk hels hiernamaals dan ook te sturen.

Hij scheert in zijn Kiowa over de boerderij, en terwijl hij een ruime bocht maakt activeert hij de lanceermechanismen van de twee Hellfire-raketten. Dan denkt hij aan zijn werkgever. Hij zet de microfoon aan en zegt: 'Hier GSS Tango Four, doelwit in zicht, klaar om te vuren.'

'Begrepen, Tango Four,' antwoordt de vrouwenstem vriendelijk.

Zijn duim glijdt over de knop die boven op zijn cyclic stick zit en die de twee raketten die zo toepasselijk 'hellfire' zijn genoemd zal afvuren.

Zo dadelijk.

69

Parker Hoyt staart en staart naar zijn speciale telefoon, hij wacht op nieuws van Munson van Global Strategic Solutions, die zo snel bereid was om aan zijn verzoek te voldoen. In gedachten ziet hij hoe deze ochtend zal verlopen. Eerst zal de boerderij waar de first lady zich vrijwel zeker met haar vader schuilhoudt door de zwarte gevechtshelikopter van zijn voormalige werkgever worden aangevallen.

Boem.

Dan zal hij het nieuws van het afgesneden pinktopje en het briefje met de eisen naar de buitenwereld lekken, waarbij hij natuurlijk wel zo handig is om de tweede eis te verzwijgen, die van de janktoespraak op de nationale tv waarin de president zijn excuses maakt voor de zonden die hij tegen zijn frigide vrouw heeft begaan.

Terwijl de media inmiddels in alle staten zullen zijn zal een plaatselijk brandweerteam bij de brandende boerderij arriveren en het vuur blussen. Uiteindelijk zullen ze twee lichamen in de rokende resten aantreffen en de bewijzen dat er een propaantank – die er stond om het huis te verwarmen – moet zijn geëxplodeerd.

Zal het lang duren voordat ze de lichamen hebben geïdentificeerd? Nee, niet al te lang, vooral omdat één lichaam dat van een vrouw van zekere leeftijd blijkt te zijn die een stukje van haar linkerpink mist.

Vanuit een verbijsterd Witte Huis zullen nog meer feiten gelekt worden, tot het hele verhaal bekend is: Grace Fuller Tucker, first lady van de Verenigde Staten, was ontvoerd en werd in deze afgelegen boerderij vastgehouden, een perceel dat het eigendom was van haar vader, die overigens samen met haar was ontvoerd.

Want wie zou kunnen bedenken dat de FBI de first lady zou zoeken in een huis dat het eigendom van haar vader was?

En nadat het losgeld was betaald zijn de ontvoerders natuurlijk naar een openbare plek met internet vertrokken om de geldtransfer te verifiëren, ongeveer op hetzelfde moment waarop de boerderij explodeerde.

Hoe verschrikkelijk, hoe afschuwelijk moet dit alles voor de president van de Verenigde Staten zijn.

En wat Munson en de helikopterpiloot betreft, nou, die houden natuurlijk hun mond dicht. Ze dachten dat ze een terroristische cel hadden geëlimineerd. Zulke vergissingen worden gemaakt. Aan de lopende band.

Er zal een begrafenis komen – de first lady en haar vader die samen ter aarde worden besteld in Ohio of, als het aan Parker ligt, op Arlington National Cemetery. Hij is er zeker van dat er een protocol is voor wie er op Arlington begraven mag worden, maar er zal vast wel een manier zijn om dat opzij te schuiven of te ontduiken.

En een paar weken na de begrafenis zullen de ruimhartige en vergevensgezinde kiezers van de Verenigde Staten zijn man, Harrison Tucker, een tweede termijn in het Witte Huis gunnen.

Dat is hoe Parker Hoyt het zich voorstelt.

Dat is hoe Parker Hoyt denkt dat het zal gaan.

Als die verdomde telefoon nu maar ging.

70

De first lady ziet er uitgeput uit en het is duidelijk dat ze pijn heeft, maar verder komt ze beheerst over, precies wat ik had verwacht. Ze stapt de veranda op en zegt: 'Ik ken jou. Jij bent agent Grissom.'

'Ja, dat klopt, mevrouw,' antwoord ik, 'maar we hebben nu even geen tijd voor andere dingen, ik wil u hier zo snel mogelijk weg krijgen. U loopt gevaar.'

Ze kijkt in de verte en zegt: 'Ben je hier alleen?'

'Bij de weg staat een SUV op ons te wachten.' Ik doe nog een stap in de richting van de veranda en zeg: 'Mevrouw, ik sta erop. De stafchef zal...'

'De stafchef is een grote schoft,' zegt ze. 'Heeft hij je hierheen gestuurd? Weet hij waar ik ben?'

'Mijn agenten en ik zijn hier op persoonlijke titel gekomen, mevrouw. Voor zover ik weet heeft meneer Hoyt er geen idee van dat u hier bent. Maar ik weet ook dat hij u iets aan wil doen. Hij heeft ermee ingestemd om het losgeld te betalen, maar hij heeft de president verboden om in een nationale tv-toespraak excuses voor zijn... indiscreties te maken. En als u voor zijn doel uit de weg moet worden geruimd, zal hij dat volgens mij niet nalaten te doen.'

Ze kijkt haar vader aan en zegt: 'Pap, ik had je gezegd dat die toespraak te veel was.'

'Dat maakt me niet uit,' antwoordt hij. 'Ik wilde die klootzak net zo diep door het stof laten gaan als jij hebt moeten doen.'

Nu dan. Ik spring op de veranda, struikel bijna, pak het geweer bij de loop en slinger het naar het grind achter me. Meneer Fuller is te verrast om iets te doen. Ik grijp de first lady bij haar goede arm en zeg: 'We vertrekken, mevrouw. Ik ben verantwoordelijk voor uw veiligheid, en ik weet niet hoe hij het gaat doen, maar de stafchef wil zich van u ontdoen. Hij beschouwt u als een obstakel.'

Het lukt me om haar van de houten traptreden te trekken. Ze probeert zich aan mijn greep te ontworstelen. 'Pap! Kom mee! Alsjeblieft!'

Hij schudt zijn hoofd en staat op. 'Geen politicus of welke hielenlikker dan ook krijgt me van mijn eigen terrein af. Gaan jullie maar. En ik ben niet weerloos als er iemand komt, ik ga nu mijn geweer pakken.'

'Alstublieft, mevrouw...' Met het nodige duw- en trekwerk bereiken we de oprit. Als ik omkijk zie ik dat meneer Fuller het meent, want hij loopt moeizaam het trapje af voor zijn geweer.

De first lady is gelukkig met één hand mee te krijgen, met de andere breng ik de portofoon naar mijn mond en zeg: 'Scotty, Scotty, Grissom hier. Hoor je me?'

Ik trek haar verder en probeer het nog eens. 'Scotty, Scotty, Grissom hier. Ik heb je hier nodig, met de Suburban. Nu!'

Nog steeds geen antwoord.

Als we zo'n zes of acht meter zijn gevorderd hoor ik het geluid van een motor. Mooi, denk ik, Scotty heeft me gehoord en is onderweg.

Maar dan zegt de first lady: 'Wat is dat, daar in de lucht?'

Ik kijk omhoog en het is een helikopter, een Kiowa zo te zien, met aan elke kant een rakethouder.

'Scotty, Grissom hier! Ik heb je nodig!'

Nog steeds geen antwoord.

Ik zie de militaire helikopter op ons af komen en denk, shit, we zijn te laat.

71

Paul Moody nadert het doelwit om zijn missie te volbrengen, maar dan ziet hij iets: twee personen die over de oprit rennen.

Shit.

IS-leden die proberen te ontsnappen?

Het is zijn opdracht om de boerderij aan te vallen, maar hij wil die personen even goed bekijken, zodat hij later een beschrijving kan geven en de FBI, of welk bureau dan ook, een handje kan helpen bij hun opsporing, waarna ze waarschijnlijk in een tropisch paradijs als Guantanamo Bay terecht zullen komen.

Er bevindt zich een klein videoscherm op het dashboard, en dankzij de camera's die boven op de helikopter zijn geïnstalleerd kan hij hen direct goed zien.

Vrouwen, denkt hij.

Kijk eens aan.

Het maakt hem niet veel uit, want hij heeft genoeg navrante ervaringen gehad met oude vrouwen, jonge vrouwen of meisjes die zelfs nog in hun puberteit moesten komen, en die allemaal in staat waren om een RPG-7 of een AK-47 af te vuren, of die hem glimlachend een koud flesje cola aanboden terwijl ze onder hun gewaad een bomgordel droegen.

Maar deze vrouwen…

Ze rennen niet meer.

Ze lijken niet gewapend.

Ze zwaaien naar hem.

Alsof ze blij zijn hem te zien!

Hij mindert vaart en houdt er rekening mee dat het een valstrik is, dat ze willen dat hij in de lucht blijft hangen zodat iemand in het bos hem neer kan halen met een raketwerper, maar die vrouw links… ze lijkt…

Bekend?

Hij drukt een knop in.

De camera zoomt in.

De technologie van het videosysteem is enigszins verouderd, maar nog steeds goed genoeg om de gezichten van de vrouwen te kunnen onderscheiden en de ene rechts, de langere vrouw, is druk naar hem aan het wuiven en…

Hij herkent de vrouw links.

Hij herkent haar maar al te goed.

Mijn god, wat heeft hij zich op de hals gehaald?

72

Marsha Gray ziet de Kiowa over de boerderij scheren en weet uit ervaring wat de piloot aan het doen is – hij maakt een proefrondje zodat er geen verrassingen zullen zijn als hij zo dadelijk terugkomt om het huis in de as te leggen.

Die ouwe Parker Hoyt neemt geen halve maatregelen. Ze twijfelt er niet aan dat hij het is die deze moordmachine heeft besteld. Het is een beetje als een punaise met een moker in de muur slaan, maar goed.

Ze is blij dat er een einde aan deze klus komt, maar ze voelt ook enige wrevel over haar aandeel erin. Bij sommige klussen ben je de hoofdrolspeler, bij andere geef je slechts ruggensteun, en als er vandaag slechts een bijrol voor haar is weggelegd... Oké, zij en haar bankrekening hebben er vrede mee.

De helikopter komt terug en scheert langs de boomtoppen. Marsha volgt hem door haar verrekijker en benijdt de piloot. Die jongens zijn knettergek, maar vooral dol op vliegen en luchtgevechten, en ze weet zeker dat hij dit klusje zo dadelijk fluitend af zal maken.

De Kiowa wordt groter en groter, en dan...

... houdt hij stil.

Ja, hij houdt stil.

Wat zullen we nou krijgen?

Marsha denkt even nog dat de piloot er een persoonlijk akkefietje van gaat maken. Ze heeft het in Afghanistan een paar keer gezien: hoe gestoorde Kiowa-piloten met M4's op hun schoot aan hun missie begonnen, zodat ze vanuit hun cockpit de talibanstrijders konden afknallen. Zeer persoonlijk en streng verboden, maar ze gelooft niet dat deze piloot dit van plan is.

Wat is hij aan het doen?

Er verstrijken enkele seconden.

De rotorbladen scharen en het toestel schommelt even heen en weer, de informele vliegcode om iemand te begroeten, en dan… vliegt hij weg.

Verdomme!

Marsha gooit de verrekijker op de grond, pakt haar Remington en begint te rennen.

De Kiowa heeft om de een of andere reden zijn missie afgebroken, en nu heeft Marsha niet langer meer een bijrol, ze heeft opeens de hoofdrol. Parker Hoyt had haar gezegd niets te ondernemen tot hij zou bellen, maar daar is nu geen tijd voor. Ze ziet agent Grissom en de first lady over de oprit rennen, maar ze heeft geen goed schot vanaf hier. Ze zal hen af moeten snijden.

Marsha begint nog harder te rennen.

Ze is op jacht.

En ze is er dol op.

73

Nadat hij zich ervan heeft vergewist dat het de first lady is die daar beneden voor zijn Kiowa staat, weet Paul Moody genoeg. Hij begroet de vrouwen door de rotorbladen even te laten scharen en vliegt dan weg.

Nu het doelwit, de boerderij, en de twee vrouwen achter hem liggen is het tijd om het nieuws te melden. Hij zet de boordradio aan en zegt: 'Hier GSS Tango Four. Hier GSS Tango Four.'

De vrouwenstem antwoordt koel en zakelijk: 'GSS Tango Four, ik hoor je.'

'Hier GSS Tang Four. Missie afgebroken.'

Zijn gezichtloze contact is niet onder de indruk. 'GSS Tango Four, keer terug naar doelwit. Voltooi missie.'

God, wat een prachtige ochtend. 'Sorry, schat, maar dat gaat niet gebeuren.'

'Dit zijn orders!'

'Mevrouw, ik ben niet in dienst bij Uncle Sam. Ik sta onder contract bij je-weet-wel-wie, en hiermee is mijn contract per direct beëindigd.'

Ze blijft tegensputteren en hij draait de radio naar een andere frequentie.

Vrouwen.

Hij checkt de brandstofmeter en ziet dat hij nog een paar uur vliegtijd heeft. Maar hij weet hoe pissig Global Strategic Solutions zal zijn, dus hij kan deze kist maar beter op de grond zetten voordat zijn voormalige werkgever een paar andere Kiowa's achter hem aan stuurt om hem neer te halen. Ze zullen een raket op de motor afvuren, of de cockpit van dichtbij met een dertig kalibermachinegeweer beschieten, waarna de officiële versie zal luiden dat hij tijdens een trainingsincident is omgekomen, en dat is dan dat.

Paul zet koers in noordwestelijke richting. Bij Rockville, Maryland, ligt een landingsbaan die toebehoort aan een van de concurrenten van GSS, Tyson International Services.

Hij vraagt zich af of ze nog vacatures hebben.

Er is maar één manier om daarachter te komen.

74

En wederom ren ik weg van het gevaar met een protegé aan mijn zijde, net als tijdens de honderden trainingen die ik vroeger heb gehad. Behalve dan dat dit geen training is en ik hijgend doorren, bang dat alles binnen een minuut volledig mis zal lopen.

Had ik maar een paar agenten meegenomen, zodat we als een beschermend schild met CANARY tussen ons in naar de auto konden rennen, maar het is nu te laat voor spijt of zelfverwijten. Ik wil alleen maar rennen en haar meekrijgen over die oprit, haar vervolgens in de relatieve bescherming van de Suburban duwen om daarna zo snel mogelijk weg te scheuren. Naar een veilige plek. Iets in Pennsylvania of Delaware, in elk geval iets wat ver van Washington DC afligt.

'Agent… alsjeblieft… niet zo snel… alsjeblieft… niet zo snel…'

Snel? Ik heb het gevoel dat we tot onze knieën in de modder waden, en ik kijk om of ik die militaire helikopter nog ergens zie, want diep vanbinnen weet ik dat hij niet op een plezierreisje was.

Maar de helikopter is verdwenen.

Zouden het orders zijn geweest?

Of heeft hij zich uit de voeten gemaakt omdat er iets anders onze kant op komt?

Ik moet mijn snelheid aanpassen, want ik wil niet dat de first lady zal struikelen en vallen, en dat we kostbare seconden verliezen tijdens deze vlucht. Er zijn zo veel vragen waar ik een antwoord op wil krijgen – van hoe ze hier terecht is gekomen tot wie haar ontvoerd heeft en haar vingertopje heeft afgesneden, en of ze dat afscheidsbriefje heeft geschreven, maar…

Er is geen tijd voor!

Er is geen tijd voor!

Ik speel even met de gedachte nog vijf kostbare seconden aan de portofoon te verspillen om Scotty te bereiken, maar in plaats daarvan zwoeg ik door, want in die vijf seconden ben ik al zo veel dichter bij die gepantserde Suburban waar mijn vier collega's in zitten en…

'Agent! Alsjeblieft!'

'Mevrouw, ik…'

Voor me zie ik een kleine man in een camouflage-uniform op een begroeide helling staan, hij houdt een lang geweer met een telescoop op ons gericht. En weer komen de vele lange jaren van trainingen bij me terug.

'Liggen!' schreeuw ik, en ik draai me om mijn as, grijp CANARY en duik met haar naar de grond. Ik bedek haar met mijn lichaam, net als op de training, net als op de training, net als op de…

Er klinkt een schot, en meteen voel ik een mokerslag op mijn rug.

Dan wordt het zwart voor mijn ogen.

Amelia, denk ik, nu is mijn arme Amelia wees.

75

Marsha Gray houdt haar Remington op en knikt tevreden. Recht in haar rug, en de bonus is dat ze geen standaard .38-kogels heeft gebruikt, maar een patroon met wat een 'breekbare kogel' wordt genoemd. Het zijn kogels die bij penetratie in kleine deeltjes uiteenvallen; ze worden door de luchtvaartpolitie gebruikt, zodat ze bij een vuurgevecht tijdens een vlucht niet de romp doorboren, dat zou namelijk voor decompressie zorgen.

En dan zijn deze kogels gevuld met dezelfde giftige stof die ze de arme Carl in het Hay-Adams Hotel toediende. Een forensisch onderzoek zal uitwijzen dat deze overwerkte en gestreste overheidsemployee aan een hartaanval is overleden.

Ze ontgrendelt het geweer, haalt het gebruikte patroon eruit, stopt er een nieuw in en rent – zonder enig bewijsmateriaal achter te laten – in haar ruisende gevechtstenue naar de oprit. Marsha weet dat het een kwestie van seconden is voordat die sukkels van de geheime dienst in beweging zullen komen vanwege het schot dat hier in de ochtend klonk.

Ze komt dichterbij. De dode agent ligt over de first lady heen, die worstelt om onder de langere en zwaardere vrouw uit te komen. Marsha richt haar geweer zonder de telescoop te gebruiken, vanaf deze afstand kan ze onmogelijk missen. Na het schot zal ze zich zo snel mogelijk uit de voeten maken, en dan blijft er alleen nog maar het mysterie over hoe de first lady en een agent van de geheime dienst tegelijkertijd en op dezelfde plek aan een hartaanval konden overlijden.

Ach wat, denkt ze. Men weet nog steeds niet hoe en waarom Jack Ruby indertijd Lee Harvey Oswald doodschoot. Dit vraagstuk kan er nog wel bij.

De first lady zegt iets, ze smeekt, haar lippen bewegen. Marsha's vinger spant zich om de trekker als...

... de agent zich op haar zij rolt, haar automatische pistool richt en Marsha drie keer in haar borst schiet.

76

Ik ben er nog. Mijn rug voelt verschrikkelijk en ik hoor het ruisende geluid van iemand die in een camouflage-uniform naar ons toe rent. Als ik denk dat hij dichtbij genoeg is voor een schot rol ik me op mijn zij en haal drie keer de trekker van mijn SIG Sauer over. Op een schietbaan zou ik in elk geval binnen de ringen van de schietschijf hebben geschoten, want ik raak hem drie keer in zijn borst en hij slaat achterover, of hij nu een kogelvrij vest aanheeft of niet.

Ik sta op en loop naar hem toe. Op het moment dat ik zijn geweer pak en het een eind van hem weggooi zie ik de vier agenten met getrokken wapens naar ons toe rennen. 'Alles is veilig!' roep ik terwijl ik me omdraai om te kijken hoe het met CANARY gaat.

Ze trilt en haar ogen zijn opengesperd.

'Gaat het, mevrouw?' vraag ik. 'Bent u gewond?'

De first lady schudt haar hoofd en probeert overeind te komen. Samen met Pamela Smithson, die in tranen is, help ik haar op de been.

'Nee, het gaat wel, het gaat wel... ik had alleen even geen adem meer. Maar agent Grissom, die man schoot op je, hoe gaat het met jóú?'

'Ik ben er nog.' Terwijl Scotty, Tanya en Brian de schutter onderzoeken doe ik mijn sjaal af en trek mijn wollen jas uit. Ik huiver en denk dat er morgenochtend een enorme blauwe plek op mijn rug zal zitten, als ik dan nog leef tenminste.

Pamela kijkt met me mee als ik mijn jas inspecteer. Er zit een gat in Amelia's sjaal, en ook nog een kleiner gat in mijn jas, en ik zie een soort keramische scherfjes die voor mijn ogen lijken op te lossen.

Pamela fluit. 'Nou baas, ik zou nog vandaag een loterijlot kopen als ik jou was, want volgens mij ben je de grootste geluksvogel die er op deze aardbol rondloopt. Dit ziet eruit als kogels die de luchtvaartpolitie gebruikt. Ze breken als ze iets penetreren. En dat deed deze kogel ook, maar dan in die dikke sjaal en jas van je.'

'Nou, zo'n geluksvogel voel ik me vooralsnog niet,' zeg ik en ik trek mijn jas weer aan. De andere drie agenten staan nog steeds over het lichaam van de schutter gebogen en ik roep: 'Hebben jullie iets? Heeft hij iets van een ID bij zich?'

'Hij is een zij, baas,' roept Scotty terug, 'en ze leeft nog, al vraag ik me af hoe ze eraan toe is. Ze draagt een kogelvrij vest onder haar camouflage-uniform.'

'Helaas wel,' zegt Tanya.

Smithson staat nu met de first lady te praten en ik loop naar de schutter toe. Ze is licht getint en tenger, en ik denk...

Ik kan het niet bewijzen, maar ik weet zeker dat het Bens moordenaar is die hier bewusteloos voor me op de grond ligt.

Ik haal diep adem, en weet dat ik mijn zelfbeheersing niet mag verliezen, anders zou ik nog een laatste kogel door haar hoofd schieten.

'Geen identificatie?' vraag ik.

'Niets,' zegt Tanya.

'Geen portofoon, of telefoon, of wat dan ook?'

'Niets, mevrouw. Ze is brandschoon,' zegt Brian.

Focus, denk ik, focus.

'Tanya, ren terug en rij zo snel mogelijk de Suburban hiernaartoe.'

'Ik ben al weg, Sally.'

Ze rent terug over de oprit. Ik trek de handboeien uit mijn koppelriem en werp ze Brian toe. 'Boei onze arrestant,' zeg ik, 'en goed strak.'

‘Komt voor elkaar,’ zegt hij.

Ik hoor het geronk van de Suburban en zie hoe hij ons schuddend over de oprit nadert. Hij stopt slippend en Tanya springt eruit terwijl ze de motor stationair laat draaien.

‘Pamela! Zorg dat CANARY op de achterbank terechtkomt.’

Ze geeft geen antwoord, maar werkt de first lady de auto in en gooit het portier achter haar dicht. De verstikkende druk op mijn borst begint nu al minder te worden. Ze is niet voor honderd procent veilig in de Suburban, maar dit is al stukken beter dan een paar minuten geleden.

‘Wat is hier in godsnaam aan de hand?’ klinkt een stem. Het is meneer Fuller, die enigszins trekkebenend over de oprit naar ons toe loopt. Tanya en Scott reageren meteen alert, maar ik zeg: ‘Rustig, mensen. Dat is CANARY’s vader.’

Er is nu even geen tijd voor uitleg, of vragen, of wat dan ook.

Pas nu valt het me in. Deze afgelegen boerderij was de andere plek waar de gestreste first lady zich kon ontspannen en zich gelukkig voelde.

‘Scotty en ik vertrekken met CANARY. Pamela,’ zeg ik, ‘jij, Tanya en Brian blijven hier om de arrestant te bewaken. Bel de plaatselijke politie, en zorg ervoor dat ze levend het ziekenhuis bereikt, begrepen? Ik wil dat er niets geks gebeurt tussen hier en het ziekenhuis. Ze moet in leven blijven, en het maakt me niet uit of je daarvoor je wapen zult moeten trekken.’

Pamela is een ervaren agent, ze knikt begrijpend en zegt: ‘Wat zullen we de politie zeggen als ze hier arriveren?’

‘Verzin maar iets,’ antwoord ik. ‘Ze zullen je toch niet geloven. Kom, Scotty, we gaan.’

Binnen enkele seconden zitten we in de Suburban. Scotty maakt een modderige U-bocht en we rijden weg over de oprit. Ik kijk in de zijspiegel en zie dat Tanya, die haar telefoon tegen haar oor houdt, door meneer Fuller wordt aangeklampt en dat Brian geknield de schutter handboeien omdoet terwijl Tanya ernaast staat en haar onder schot houdt.

'Waarheen, baas?' zegt Scotty als we East Dominion Road op draaien.

'Geen idee,' zeg ik. 'Rij maar door tot ik iets heb bedacht.'

77

Parker Hoyt ijsbeert weer door zijn kantoor als zijn speciale telefoon klinkt. In zijn haast om op te nemen struikelt hij bijna over zijn eigen voeten.

Hij grijpt de hoorn en merkt dat hij klamme handen heeft van de stress.

'Ja?'

Gesis, gekraak en ruis.

'Hallo?' zegt hij.

Nog een ruisuitbarsting, en dan hoort hij: 'Het is voorbij.'

Hij ploft opgelucht op zijn stoel neer. 'Godzijdank.'

'Ik zou me maar uit de voeten maken als ik jou was,' klinkt de stem. 'En wel meteen.'

'Hoezo?' vraagt hij. 'Je zei net nog dat het voorbij was.'

'Ik denk dat je door de storingen het eerste deel niet hebt gehoord,' zegt de stem. 'Het is voorbij omdat CANARY is gevonden, ze is nu in veilige handen.'

Parker sluit zijn ogen. Hij wil de stem aan de andere kant bevelen iets anders te zeggen, hij hoopt dat het bluf is om meer geld te krijgen, meer prestige, of wat dan ook.

'Wat is er gebeurd?' vraagt Parker.

'Een vrouwelijke scherpschutter lag in een hinderlaag voor CANARY en Grissom toen ze in Virginia een boerderij verlieten die het eigendom van CANARY's vader was. Grissom deed haar werk en haar protegé leeft nog.'

Shit, shit, shit, denkt hij.

De scherpschutter.

Marsha Gray, natuurlijk. Verdomme.

'Is de scherpschutter dood?'

'Dat nog niet,' zegt de beller. 'Ze heeft drie negenmillimeterkogels in haar borst gekregen en ze heeft haar borstbeen en een paar ribben gebroken. Ze is op het moment buiten bewustzijn.'

Marsha Gray leeft dus nog.

Oké, denkt hij. Het is haar woord tegen het mijne. Dat zou betekenen dat…

'Nog iets,' zegt de stem. 'Ze had een iPhone bij zich. Ik kon hem alleen maar openen met haar duimafdruk, maar het is me gelukt. Ik kwam een heel stel interessante opnames tegen… opgenomen telefoongesprekken van jou en haar.'

Er valt een lange stilte, en Parker heeft het gevoel dat hij elk moment een hartverzakking kan krijgen.

'Noem je prijs,' zegt hij. 'Ik moet die iPhone hebben.'

'Daar hebben we het later nog wel over. Ik moet nu gaan.'

Parker gaat rechtop in zijn stoel zitten. 'Wacht, wácht, alsjeblieft… hang niet op.'

'Snel dan.'

Parker wrijft over zijn voorhoofd. 'Jij… je hebt de mogelijkheden. Ik bedoel, kun je…'

'Kan ik wat?'

Parker haalt diep adem, het is alsof zijn longen met messen worden doorboord. 'Kun je… de missie van de scherpschutter afmaken?'

Geen antwoord.

Statische ruis.

Nog meer gekraak en tikken.

Is zijn beller er nog?

Dan klinkt de stem opeens op resolute toon.

'Ik zal erover nadenken.'

En dan hangt hij op.

78

Terwijl Scotty een parkeerplek voor onze Suburban zoekt sta ik voor de deur van een leuk, maar niet té opgepoetst huis in een lommerrijke woonwijk in Laurel, Maryland, dat op zo'n twaalf kilometer van mijn zusters werk in Fort Meade ligt.

Ik hou mijn arm om CANARY geslagen en bel aan. We zijn allebei uitgeput en staan te tollen op onze benen. Haar gezicht is vertrokken van pijn die ongetwijfeld met haar linkerhand heeft te maken, terwijl mijn onderrug voelt alsof er steeds opnieuw een beuk op wordt gegeven.

'Gaat het nog, mevrouw?' vraag ik.

'Alsjeblieft, noem me Grace.'

'Dat gaat niet gebeuren, mevrouw.'

Ik bel nog een keer aan, en ik word door een duistere gedachte overvallen – stel dat er iets met Gwen is gebeurd omdat ze Amelia wilden meenemen? Als ze aan mijn dochter komen, hebben ze me te pakken.

'Is dit het huis van je zus? Weet je zeker dat we hier mogen blijven van haar?'

'Ze moet wel,' zeg ik. 'Ze is familie.'

En godzijdank hoor ik beweging vanachter een raampje met een gordijn. De deur gaat open en daar staat mijn zus Gwen – met een schort voor, witbestoven handen van het meel en een verraste en verwarde blik in haar ogen.

'Grace, eh, ik bedoel mevrouw Tucker... kom binnen, kom binnen,' zegt ze. Als we binnen zijn sluit ik de deur achter me en doe hem op slot.

Vanuit de keuken hoor ik Amelia 'Wie is daar, tante Gwen?'

roepen, en ik moet me inhouden om niet naar de keuken te rennen, haar op te tillen en per direct mijn ontslag uit de geheime dienst te nemen om samen met haar te vertrekken.

'Gwen,' zeg ik, 'zit de achterdeur op slot?'

Gwen heeft gelukkig door dat dit een urgente situatie is. 'Ik dacht van wel, maar ik zal het nog even extra checken. Ik ben zo terug.'

Terwijl Gwen de hal uit loopt dirigeer ik de first lady naar de woonkamer rechts, waar ik de gordijnen dichttrek. Er wordt aangebeld, ik pak mijn SIG Sauer en gluur behoedzaam door een kiertje.

Het is Scotty.

'Nou, dat duurde even,' zeg ik.

'Ik heb het parkeerterrein nog even geïnspecteerd,' zegt hij terwijl hij zijn eigen pistool terug in de holster stopt. 'Ik heb geen verdachte busjes gezien, of mannen in geparkeerde auto's die de omgeving in de gaten hielden.'

Tegen deze tijd heeft mijn kleine meisje onze stemmen gehoord. Met een schort voor dat haar drie keer te groot is en ook met witte handen rent ze vanuit de keuken naar me toe. 'Mama!' roept ze, en dat is genoeg. Ik ben niet langer een agent van de geheime dienst meer, maar een vermoeide en angstige moeder.

'O, schat,' roep ik uit. Ik omhels en kus haar en druk haar nog steviger tegen me aan.

'Mama, niet zo hard,' zegt ze. Ik kan niets terugzeggen omdat ik een brok in mijn keel heb, tranen schieten in mijn ogen.

Na een paar minuten stuurt Gwen haar vriendelijk naar de logeerkamer. 'Willen jullie straks chocoladekoekjes? Tante Gwen en ik hebben ze gemaakt!' Natuurlijk willen we dat, ook de first lady, bij wie zowaar een lichte glimlach valt te bespeuren.

Gwen brengt ons koffie in de woonkamer. Ik leg mijn pistool op de salontafel; dan schiet me iets te binnen, ik haal het magazijn eruit en stop er een nieuw magazijn in. Ik heb drie keer geschoten, en ik wil alle veertien kogels hebben als het nodig is.

Mijn zus kijkt toe en zegt: 'Maak je maar geen zorgen, mijn huis is schoon.'

'Wat bedoelt u daarmee?' zegt de first lady.

Scotty verzet zijn stoel, zodat hij uitzicht op de voordeur heeft en zegt: 'Daar bedoelt ze mee, mevrouw, dat het koopcontract, de energierekeningen en alle andere dingen op naam van iemand anders staan. Niet op die van haar, zo kan ze nooit getraceerd worden.'

'Ben je een spion?' vraagt CANARY aan mijn zus.

'Daar ben ik niet moedig genoeg voor,' antwoordt ze. 'Ik ben meer van het lees- en denkwerk.'

Ik ben klaar met mijn pistool en zeg: 'Ik neem aan dat je je afvraagt waarom ik hier met… mevrouw Tucker ben.'

'Inderdaad.'

'Je kunt maar beter niet te veel weten,' zeg ik.

Gwen grijnst. 'Zoals in "Wat niet weet, wat niet deert"? Die heb ik wel vaker gehoord.'

'En toch,' zeg ik. 'Je zult er blij mee zijn als je een onderzoekscommissie van het Congres op je dak krijgt.'

Ze knikt. 'Oké, ik begrijp het. Wat kan ik voor jullie doen?'

'We willen hier logeren,' zeg ik.

'Prima.'

'Onder andere,' zeg ik.

Gwen knikt. 'Ook prima. Verder nog iets?'

Nu ik niet meer hoef te vluchten en hier in het prettige en tot nu toe veilige huis van mijn zus ben zou ik zo in deze stoel in slaap kunnen vallen.

'We zullen een veilig adres voor de first lady moeten vinden,' zeg ik. 'En ik bedoel niet het Witte Huis. Of het Eisenhower Executive Office Building, of welk overheidsgebouw dan ook.'

'Ik heb daar wel ideeën over,' zegt CANARY.

Ik knik langzaam. 'Zoiets dacht ik al.'

79

Na een kop tomatensoep met stokbrood, gevolgd door de chocoladekoekjes – Amelia is er zo trots op dat ze zo goed zijn gelukt dat ik mijn hoofd omdraai om mijn tranen te verbergen – ruim ik de tafel af en ga samen met Amelia naar de logeerkamer. CANARY slaapt in Gwens kamer, Gwen krijgt de slaapbank en Scotty zal het moeten doen met een schuimrubber matras en een deken op de keukenvloer.

Ik kan van Gwen een joggingbroek en een oud T-shirt lenen. 'Ik ben je zo veel verschuldigd, zusje,' zeg ik tegen haar.

Ze geeft ons allebei een nachtzoen en zegt: 'Daar wil ik niets van horen. Ga maar lekker slapen, oké?'

Ze draait zich om en sluit de deur achter zich. Een gedeelte van de kamer wordt karig verlicht door een nachtlampje. Ik kruip erin en draai me naar Amelia toe. We liggen lepeltje lepeltje en er komen zoete herinneringen naar boven over de keren dat ze een nachtmerrie had gehad of bang voor het onweer was of wat dan ook. Ben mopperde dan (arme Ben!) maar ik vond het stiekem heerlijk en genoot van de geur en warmte van mijn kleine meisje. Zelfs de pijn in mijn onderrug voelt nu al beter.

'Mam?' fluistert ze.

'Ja, schatje?'

'Ik mis papa.'

Het komt er achteloos uit, zoals dat zo vaak gaat met een waarheid. 'Ik ook, schat. Ik ook.'

Haar schouders beginnen te schokken, ik weet dat ze huilt en ik laat het op zijn beloop. Ik hoor ritselende geluiden en ik denk dat ze haar neus afveegt met het laken.

‘Hij was moedig hè, mam?’

‘Je vader was zeer, zeer moedig,’ zeg ik. ‘Een van de moedigste mensen die ik heb gekend.’

‘En hij had niet eens een pistool. Hij ging achter die slechte man aan, en hij had niet eens een pistool bij zich.’

‘Dat klopt. Hij wilde je beschermen, zoals een moedige vader dat zou doen, en dat heeft hij gedaan.’

Ze kruipt tegen me aan en ik kan het bijna niet geloven, maar ik doezel weg. Er is nog zo veel om over na te denken en nog zo veel te doen, maar mijn lichaam geeft zich over na deze laatste achtenveertig uur.

‘Jij bent ook moedig, mama.’

‘Nee, dat ben ik niet.’

‘Die aardige mevrouw beneden. Die met haar hand in het verband. Ze zei me dat jij moedig was.’

Ik lig na te denken en zeg: ‘Weet je het zeker?’

‘Hm, hm,’ zegt Amelia. ‘Die aardige mevrouw zei... dat ik trots mocht zijn. Dat mijn moeder de moedigste vrouw was die ze ooit had ontmoet.’ Dan zegt ze, nu iets harder: ‘Wie is ze, mam? Ze komt me zo bekend voor. En hoe heeft ze haar hand bezeerd?’

Ik strijk met mijn hand door haar haren. ‘Ga slapen, liefje. Ga slapen. Morgen praten we verder.’

Mijn meisje maakt geen tegenwerpingen.

Wat een klein wonder mag heten.

Op een gegeven moment tijdens de nacht gaat de deur geruisloos open, iemand glipt de kamer binnen. Ik grijp mijn pistool vanonder het kussen en bedek Amelia’s lichaam met het mijne. Dan hoor ik Gwen fluisteren: ‘Meid, jij bent ook altijd met je werk bezig, hè?’

Ik draai me terug om Amelia niet te wekken terwijl mijn jongere zus vanaf het voeteneind naar me toe loopt om naast me neer te knielen op het tapijt. ‘Gaat het?’

‘Ik geloof van wel,’ zeg ik gapend. ‘Wat is er?’

Ik zie dat ze een paar vellen papier in haar hand heeft. 'Sorry dat ik het moet zeggen, Sally, maar jullie moeten hier zo snel mogelijk weg. Nu.'

80

Overal klinkt gerommel en gestommel en al snel sta ik aangekleed met Scotty en de first lady in de woonkamer, we zijn klaar om te vertrekken. Gwen stopt me een dikke envelop toe die ik in mijn zak laat glijden als niemand kijkt. We gapen en wrijven in onze ogen, maar Scotty is even scherp als altijd.

Mijn onderrug doet nog steeds pijn.

'Weet je zeker dat we moeten vertrekken?' vraagt hij.

'Absoluut,' zeg ik en ik kijk mijn zus aan. 'Amelia is nog in diepe slaap,' zegt ze.

Ik heb het gevoel alsof mijn keel wordt dichtgeknepen. 'Zeg haar… zeg haar…' Gwen loopt naar me toe en geeft een kneepje in mijn hand.

'Ik zal haar zeggen dat ze roerei of pannenkoeken als ontbijt mag hebben. Dát zal ik haar zeggen.'

Ik geef haar een kneepje terug. 'Dat klinkt goed.'

Scotty staat naast CANARY, die zegt: 'Waarom vertrekken we zo vroeg? En waar gaan we heen?'

'Dat zal ik u zo zeggen, mevrouw. Maar eerst iets anders. Scotty, wil jij het parkeerterrein inspecteren en ons dan oppikken met de Suburban?'

'Komt voor elkaar, baas.' Hij opent het slot op de voordeur en glipt dan naar buiten. Ik geef hem een halve minuut en gebaar dan naar de first lady dat we gaan.

We lopen naar de smalle stoep voor het huis. Het is al licht buiten, maar het is nog steeds ongenadig vroeg. De first lady houdt haar linkerhand onbeholpen vast met haar rechter, maar ik ben niet in de stemming om haar daar nu vragen over te stellen.

Ik ben in de stemming voor wat de essentie van mijn werk is.

Ik zie in de verte hoe de gestalte van Scotty tussen de geparkeerde auto's om zich heen kijkt, om er zeker van te zijn dat we niet door iemand met kwade bedoelingen worden opgewacht.

Ik kan er niets aan doen, maar ik moet weer gapen. 'Nog steeds moe, hè?' zegt de first lady glimlachend.

'Ik heb weleens het gevoel dat mijn enige doel in het leven is om ergens te zijn waar ik geen wekker hoef te zetten, nooit meer, zodat ik alleen maar hoef op te staan wanneer mijn lichaam me dat opdraagt.'

Opeens hoor ik een motor starten en ik grijp naar mijn pistool, maar dan ontspan ik weer. Het is een vrouw in een zilverkleurige Lexus, die ons langzaam tegemoetkomt terwijl ze een slok meegenomen koffie neemt. Ze zwaait naar ons, we zwaaien terug en ze rijdt door zonder te weten wie ze net is voorbijgereden.

'U zei eerder dat u wel een veilige plek wist waar we heen konden rijden,' zeg ik.

'Dat klopt.'

Ik schuif mijn hand in de binnenzak van mijn jas, om de envelop te voelen die mijn zus me zojuist heeft gegeven.

'Vertel me dat nu dan maar,' zeg ik.

81

Tammy Doyle zit in haar kantoor bij Pearson, Pearson & Price. Ze is blij dat ze vanochtend moedig genoeg was om via de hoofdingang naar binnen te gaan. Door het nieuws van de vermiste first lady is de belegering uitgedund, veel journalisten en tv-ploegen zijn voor het laatste sappige nieuws naar Virginia afgereisd.

Ze kent de afwegingen maar al te goed.

Wat krijgt meer aandacht?

Een levende maîtresse of een dode first lady?

Er wordt zacht op de deur geklopt en Ralph Moren, de administratieve hulp, komt binnen met een mok koffie en zegt: 'Je ziet er goed uit vanochtend.'

'Dank je, Ralph.'

Hij reikt haar de mok aan. Nog voor ze de eerste slok kan nemen zegt hij vertrouwelijk: 'Ik heb iemand voor je aan de lijn.'

'Wie dan?'

'Dat raad je nooit,' zegt hij glimlachend.

'Laat maar horen.'

'Lucian Crockett.'

Tammy is verbijsterd en herinnert zich de laatste keer dat ze deze naam hoorde, dat was in haar appartement. 'Dat moet een vergissing zijn, Amanda probeert hem al maanden als cliënt binnen te halen.'

De hulp schudt zijn hoofd. 'Geen vergissing, hoor. Hij vroeg specifiek naar jou.' Hij gebaart naar haar telefoon. 'Lijn drie, Tammy. Laat hem niet te lang wachten.'

Ralph verlaat de kamer, maar Tammy laat Crockett nog even wachten omdat ze het probeert te verwerken. Lucian Crockett is de CEO van het grootste gaswinningsbedrijf in het zuidwesten, en het lobbyistenkantoor Pearson, Pearson & Price – met name Amanda – heeft er de nodige moeite in gestoken om zijn miljarden dollars aan activa onder de paraplu van het bedrijf te krijgen.

Tammy hakt de knoop door. Ze pakt de hoorn, drukt de knop van lijn drie in en zegt: 'Met Tammy Doyle.'

'Mevrouw Doyle?' klinkt een gruizige en zelfverzekerde stem. 'Lucian Crockett hier, fijn dat ik u kan spreken.'

'Het genoegen is geheel aan mijn kant, meneer Crockett. Bedankt voor uw telefoontje. Wat kan ik voor u betekenen?'

Hij lacht. 'Ik hou ervan om mijn zaken spontaan te regelen. Mijn accountants worden er gek van. Mag ik u Tammy noemen, mevrouw Doyle?'

'Maar natuurlijk.'

Er klinken luide stemmen vanuit de gemeenschappelijke kantoorruimte, maar Tammy negeert de commotie. 'Dan kunt u me Lucian noemen,' antwoordt hij. 'Luister, ik weet dat u een drukbezette vrouw bent, en dat u onlangs in het nieuws was, dus ik zal het kort houden. Ik wil dat uw kantoor mij en mijn mensen gaat representeren, hoe eerder hoe beter. Er zijn veel kwesties met vergunningen en ruimtelijke ordening die we geregeld willen hebben, en uw kantoor heeft precies de mensen die zulke zaken kunnen afhandelen.'

'Maar dat is geweldig nieuws, meneer, eh, Lucian. Maar ik weet dat u in onderhandeling met mijn baas Amanda Price bent en...'

Zijn jovialiteit krijgt een ijzige ondertoon. 'Amanda? Nou, onder ons gezegd, Tammy, die bitch zit al maanden een spelletje met me te spelen, als een cheerleader die denkt dat ze de ster van het footballteam aan de haak heeft geslagen. Ze houdt me aan het lijntje en ik heb er schoon genoeg van.'

'O, maar...'

'Mijn vrouw en mijn moeder, God zegene ze, hebben u op tv gezien. Ze vinden het goed van u dat u uw waardigheid probeert te behouden, en ze vinden dat Tucker u waardeloos heeft behandeld. Ik vertelde ze dat u voor Pearson, Pearson & Price werkt en… wel, ze adviseerden me' – hij grinnikt even, omdat zowel hij als Tammy weet wat het woord 'adviseren' hier inhoudt – 'dat ik met jullie kantoor in zee moest gaan, maar dat ik alleen zaken met u moest doen. En niet met Amanda Price.'

Tammy's hart maakt een sprongetje. Ze denkt aan de miljoenen dollars die deze deal het bedrijf zal opleveren, en dat allemaal dankzij haar. 'Nou, Lucian, dat is hoogst ongebruikelijk en…'

'Dit is de deal,' zegt Lucian. 'Ja of nee, we kunnen nu geen tijd meer verkloten. Toen ik Amanda voor het laatst sprak zei ze dat haar laatste aanbod het beste was wat ze me kon bieden, graag of niet. Het leek erop dat ze een hoger percentage wilde hebben omdat ze bang was dat ze vanwege onze bezigheden haar milieubewuste cliënten zou verliezen… wat een trut. Oké, ik wil dat laatste aanbod wel accepteren, maar alleen als ik met jou, en niemand anders, zaken kan doen. Ben ik duidelijk?'

Tammy denkt koortsachtig na. Amanda zal zeggen dat het onmogelijk is, dat ze dit niet zal toestaan, maar de andere partners van het kantoor… Ze zullen het glimlachend goedkeuren.

'We hebben een deal, Lucian,' zegt Tammy voldaan.

Nadat ze heeft opgehangen loopt ze naar de gemeenschappelijke ruimte om te zien waar alle commotie over is. Er staat een groot tv-scherm in de hoek, ze wringt zich tussen haar collega's door en ziet…

Grace Fuller Tucker, first lady van de Verenigde Staten.

Ze kijkt gelukkig en lacht, ze is omgeven door kleine kinderen, die giechelen en zich tegen haar aan drukken. Op de muren hangen vingerschilderingen en tekeningen, Tammy herkent in het gezelschap dat bij de first lady staat de agent van de geheime dienst die haar laatst had ondervraagd.

'Wat is er gebeurd?' vraagt ze.

'De first lady is in leven,' zegt een van haar collega's. 'Het schijnt dat ze tijdens het paardrijden in een rivier was gevallen, dat ze even buiten westen is geraakt en haar hand heeft verwond… en dat het haar gelukt is om naar een boerderij te kruipen… waar de geheime dienst haar vanochtend heeft gevonden.'

Tammy ziet de first lady glimlachen en glimlachen, ze ziet de vreugde en het plezier in haar ogen, hoe sterk en onafhankelijk ze is, hoe trots en onverzettelijk. 'Ze ziet er verschrikkelijk uit,' zegt iemand.

'Nee,' zegt Tammy. 'Ze ziet er fantastisch uit.'

82

Grace Fuller Tucker had zich eerder verkleumd en hongerig gevoeld terwijl er trage pijngolven door haar linkerhand trokken, maar nu voelt ze zich warm, gelukkig en o zo veilig.

Ze is terug bij A Happy Place Forever, de opvang voor dakloze kinderen in Anacostia die ze op de ochtend van het schandaal had bezocht voordat ze de East Wing verliet. En nu voelt ze zich onkwetsbaar, want ze is omringd door de kinderen, haar staf en agent Grissom terwijl de ene na de andere tv-ploeg arriveert.

De vragen komen op haar af als de snel geworpen softballen uit de tijd dat ze in het schoolteam speelde, en net als toen slaat ze ze met gemak terug.

'Mevrouw Tucker, wat is er met uw hand gebeurd?'

Ze houdt haar linkerhand omhoog. 'Ik weet het niet precies. Ik denk dat mijn pink is verbrijzeld toen ik in de rivier viel. Maar het gaat al beter, dank u.'

'Wie heeft uw pink behandeld, mevrouw Tucker?'

'De geheime dienst... ze hebben me eerste hulp gegeven. Ik ga straks naar het George Washington-ziekenhuis, zodat er een dokter naar kan kijken.'

'En uw hoofd?'

Ze glimlacht breed en wrijft met haar goede hand over de achterkant van haar nek. 'Hoewel de Taccanock River en Arapahoe hun best hebben gedaan zit het er nog steeds op.'

Vanuit haar staf klinkt gelach op, en ook sommige leden van het snelgroeiende leger nieuwsjagers kunnen er de humor van inzien.

'Mevrouw Tucker, weet u dat er de afgelopen dagen een uitgebreide zoektocht naar u is geweest?'

Een klein Afro-Amerikaans jongetje drukt zich tegen haar been aan. Ze buigt voorover en knijpt in een knokig schoudertje. 'Dat weet ik... en ik ben iedereen die aan deze zoektocht heeft meegeholpen zeer dankbaar. Ik kan hen niet genoeg bedanken.'

'Mevrouw Tucker, waarom bent u hier, en niet in het Witte Huis? Of in een ziekenhuis?'

'Ik weet dat het vreemd klinkt,' antwoordt ze. 'Maar ik wilde even iets hartverwarmends meemaken voordat ik naar het ziekenhuis vertrek. En dit is daar de perfecte plek voor.'

Het jongetje blijft haar been stevig vasthouden, en ze vraagt zich af of het de verzamelde pers is opgevallen dat ze niets over het Witte Huis zegt.

De camera's flitsen, er worden haar steeds meer microfoons toegestoken en de felle lampen van de tv-ploegen veranderen de opvang voor dakloze kinderen in een tropisch paradijs.

Maar ze wacht, ze wacht op die ene vraag die eraan zal komen en, ja hoor, daar is hij.

'Mevrouw Tucker, als ik... Ik hoop dat u het me niet kwalijk neemt dat ik erover begin, maar wat is uw commentaar op de aan het licht gekomen relatie van uw man met een lobbyist van K Street?'

Weer een brede glimlach, en nog een kneepje in de schouder van het dakloze jongetje.

'Daar heb ik geen commentaar op,' zegt ze.

83

Toen ik vier dagen geleden in het Oval Office kwam zaten de president en de stafchef op een bank en vroegen me op een open en uitnodigende manier tegenover hen te gaan zitten.

Vandaag niet.

De president zit achter zijn bureau en Parker Hoyt staat aan zijn zijde. Ze kijken allebei grimmig, als advocaten die net hebben vernomen dat de gouverneur het gratieverzoek voor hun ter dood veroordeelde cliënt heeft afgewezen.

Oké.

Dit zal mijn laatste bezoek hier zijn, en als ik geluk heb ook de laatste keer dat ik hen zal spreken.

Parker Hoyt werpt een blik op zijn baas, maar ik ben hem voor.

'Mr. President, ik weet dat u het nieuws al hebt gehoord, maar ik ben blij dat ik u kan melden dat de first lady is gevonden,' zeg ik. 'Op haar pink en wat blauwe plekken na is ze er heelhuids van afgekomen.'

President Tucker kijkt zijn stafchef aan, alsof hij steun zoekt en ik zeg: 'Hoe uw huwelijk er ook aan toe mag zijn... ik weet zeker dat u blij bent met dit nieuws. Grace Tucker is in leven en maakt het redelijk goed. Maar wat meneer Hoyt betreft... ik vind dat u moet weten dat hij achter uw rug om heeft geprobeerd het onderzoek te saboteren.'

Parker Hoyt krijgt een kleur en zegt: 'Agent Grissom, nu heb je een grens overschreden. Vertrek. Nu.'

'Niet voordat ik de president heb gebrieft.'

'Eruit!' schreeuwt Parker terwijl hij naar de dichtstbijzijnde deur van het Oval Office wijst. 'Nu!'

Ik loop naar hem toe en geef hem de volle laag. 'Ik werk hier in het Witte Huis met het goeddunken van de president, en alleen voor hem! Als hij wil dat ik vertrek, dan zal ik dat doen, maar geen verdomde seconde eerder!'

Hoyt en ik staan tegenover elkaar. Zonder mijn blik af te wenden zeg ik: 'Mr. President?'

O, er valt een stilte van een paar seconden, maar het lijken wel uren.

Dan zegt de president met zachte stem: 'Ga door, agent Grissom.'

Ik glimlach naar Parker en loop van hem weg.

'Sir,' zeg ik, 'in het verloop van mijn onderzoek ben ik erachter gekomen dat uw stafchef, Parker Hoyt, niet alleen zijn oude werkgever Global Strategic Solutions in de arm heeft genomen, maar ook nog eens een onafhankelijke kracht, Marsha Gray, een voormalige scherpschutter van de mariniers. Deze vrouw heeft voortdurend in contact gestaan met meneer Hoyt en volgde zijn orders op.'

De president balt zijn vuisten en staat op vanachter zijn bureau. 'Parker?'

Parkers blik schiet heen en weer. Ik denk dat zijn politieke reptielenbrein razendsnel de opties afweegt. 'Mr. President, dat is niet waar. En dat weet je. Agent Grissom heeft onder extreem hoge druk gestaan, en daar kwam nog eens de dood van haar echtgenoot bij...'

Ik hou mijn ideeën over de moordenaar van Ben voor me en zeg: 'Mr. President, uw stafchef had niet de intentie om de first lady te bevrijden. Hij had de intentie om haar te laten vermoorden.'

Parker wordt rood en zegt: 'Harry... luister niet naar haar. Ze weet niet waar ze het over heeft. Luister, je kent me al vele, lange jaren en ik heb jouw belang altijd vooropgesteld. Luister niet naar haar.'

'Mr. President,' zeg ik, 'wist u dat meneer Hoyt een aparte telefoonlijn heeft die losstaat van het communicatiesysteem van het Witte Huis?'

Hij lijkt na te denken. 'Ik kan me herinneren dat het weleens ter sprake is gekomen… vlak na mijn inauguratie.'

'Het is via die speciale telefoonlijn dat meneer Hoyt met zijn voormalige werkgever en de scherpschutter van de mariniers communiceerde.'

Hoyts gezicht is nu zo rood dat het lijkt alsof hij te lang onder de zonnebank heeft gelegen. 'Bewijs dat maar.'

Ik steek mijn hand in de binnenzak van mijn zwarte jas en haal de drie A4'tjes tevoorschijn. 'Mr. President… dit is een lijst van telefoongesprekken die meneer Hoyt met zijn voormalige werkgever en met de gearresteerde scherpschutter heeft gevoerd, de tijden en locaties staan erbij.'

Ik leg de papieren op het presidentiële bureau. 'Dat zijn vervalsingen. Dat zijn vervalsingen, Mr. President!' zegt Hoyt.

'Nee, het zijn geen vervalsingen,' zeg ik. 'En een telefoontje van de president naar de directeur van het National Security Agency in Fort Meade zal dat bevestigen. Deze lijst zal in de rechtszaal niet als bewijs worden toegelaten… maar ik weet zeker dat u er iets aan zult hebben, Mr. President.'

CANAL strekt zijn arm uit, en met een trillende hand pakt hij A4'tjes. Hij begint ze te lezen.

Hoyt kijkt me aan met een blik vol pure, onversneden haat.

Het voelt goed om nu eens aan de andere kant te staan.

'Als de heren me zouden willen excuseren… ik moet nu gaan,' zeg ik.

Ik draai me om en loop naar de gewelfde deur, maar toch kan ik het niet laten.

'Meneer Hoyt,' zeg ik, 'ik hoop dat u zich ons laatste gesprek kunt herinneren. U adviseerde me om de beste advocaat in te huren die ik kon vinden.'

Ik open de deur. 'Ik zou u willen voorstellen uw eigen advies ter harte te nemen.'

84

Iets meer dan twee meter onder het Oval Office – ik ben verschrikkelijk benieuwd naar het gesprek dat op het moment boven me wordt gevoerd – ga ik aan mijn bureau zitten en leg mijn hoofd in mijn handen.

Zo verstrijken er enkele ogenblikken, en dan ga ik aan het werk.

Geen tijd te verliezen.

De andere agenten negeren me ijverig als ik een lege kartonnen doos en twee plastic boodschappentassen heb gevonden en langzaam en nauwgezet mijn persoonlijke bezittingen begin in te pakken. Ik haat het, maar ik weet dat het moet gebeuren.

De deur van W-17 gaat open en Scotty, mijn assistent, komt binnen. Hij ziet wat ik aan het doen ben en gaat naast mijn bureau zitten.

'Baas,' zegt hij.

'Scotty,' antwoord ik.

Ik strek mijn arm uit en pak een van mijn laatste souvenirs, het houten bordje dat Amelia voor me heeft gemaakt, dat waar SALLY GRISSOM, GEWELDIGE GEHEIM AGENT op staat. Nou, zo geweldig voel ik me niet op dit moment.

'Het is aardig stil daarboven, Scotty.'

Hij zegt niets.

'Ik vraag me af waarom je niets hebt gezegd over het feit dat ik je op het parkeerterrein bij mijn zus heb achtergelaten, en haar auto heb geleend om de first lady naar de opvang voor dakloze kinderen te brengen.'

'Daar had je waarschijnlijk je redenen voor,' zegt Scotty kalm.

'Inderdaad, heel goede redenen,' zeg ik. 'Laten we elkaar niet voor de gek houden, oké? Toon respect. Ik heb de lijst met Hoyts telefoongesprekken gezien. Maar zeg me eens... wat had hij je beloofd?'

Zijn kaken verstrakken, en ontspannen zich dan weer. Hij lijkt in tweestrijd te zijn over wat hij wel en niet zal zeggen. 'Jouw baan. En een toekomstige carrière bij zijn voormalige werkgever.'

Ik knik. 'Geen zak met geld dus, maar dit is al heel wat. En dan ga ik je nu vragen: waarom?'

Hij haalt even zijn schouders op. 'Niets persoonlijks, baas. Ik ben als militair drie keer in het buitenland gedetacheerd geweest. Ik ben ex-Ranger. Ik heb dingen gedaan waar jij nachtmerries van zult krijgen... En dan moet ik gecommandeerd worden door een voormalige politieagent uit Washington? Een vrouw?' Weer een kort schouderophalen. 'Dat is niet acceptabel.'

Ik weet mijn woede in te houden. 'Oké, bedankt voor de mededeling.'

Ik trek de bureaula open, rommel er wat in, zie dat er niets persoonlijks tussen zit en zeg: 'Mijn zus vertelde me ook dat je nogal rusteloos was vannacht, dat je een paar keer bent opgestaan, alsof je van plan was om via de woonkamer de trap op te sluipen naar de kamer waar de first lady sliep. Maar ja, mijn zus is een lichte slaper, hè?'

Scotty geeft geen antwoord. Ik werp een laatste blik in de la, doe hem dicht en kijk op. Scotty is er nog steeds.

'En,' zeg ik. 'Is er nog iets?'

Nu kijkt hij voor het eerst ongemakkelijk. 'Eh... en wat nu?'

'Ik zou het bij god niet weten. Ik beëindig mijn werkverband bij de geheime dienst per direct... over zo'n tien minuten om precies te zijn. Ik denk dat de president op dit moment zijn stafchef aan het ontslaan is. Er zou nog een parlementair onderzoek kunnen komen, dat hangt van de verkiezingsuitslag af. Maar ik weet zeker dat er een intern en confidentieel onderzoek binnen de geheime dienst zal komen, want ze zullen willen weten wat er zich hier de afgelopen dagen in godsnaam heeft afgespeeld. Zo niet, dan zal een anoniem telefoontje naar de directeur van de Binnenlandse Veiligheidsdienst de zaak zeker in beweging zetten.'

Hij zegt niets.

'Ondertussen zal jij je zin krijgen, Scotty. Je zult het hoofd van de presidentiële beveiligingsdivisie worden.' Voorzichtig zet ik Amelia's naambordje boven op de rest.

Ik weet er nog een glimlachje uit te persen. 'Geniet ervan, zolang het nog kan.'

85

Met je hoofd in de wolken lopen, luidt de uitdrukking. Tammy Doyle voelt zich precies zo als ze met grote passen via de centrale ruimte, die vol met werkhokken staat, en een gang naar de gesloten deur van Amanda Price' kantoor beent. Ze passeert snel de bureaus van haar twee administratieve assistenten, duwt de deurklink omlaag en loopt naar binnen.

Een week geleden had ze er niet aan durven denken om zoiets bots en voortvarends te ondernemen.

Maar een week is een eeuwigheid geleden.

Amanda Price, die rokend met iemand aan de telefoon zit, kijkt op en zegt: 'Wat is dit in godsnaam, Tammy? Is er brand? Of heeft de president je een huwelijksaanzoek gedaan?'

Haar kantoor op de hoek heeft een schitterend uitzicht op K Street en naburige panden, het is de mooiste ruimte in het gebouw. 'Ik moet met je praten, Amanda.'

Amanda houdt met haar ene hand de hoorn tegen haar oor en legt met haar andere de sigaret in de overvolle asbak. 'Kom over een uur maar terug.'

'Nee, nu.'

Amanda trekt haar getatoeëerde wenkbrauwen op. 'Ik zou deze kamer maar snel verlaten, Tammy.'

'Als ik je nu niet kan spreken,' zegt Tammy, 'dan ben jij binnenkort degene die dit kantoor kan verlaten, en wel door de voordeur.'

'Jeb,' zegt Amanda in de telefoon, 'er komt even iets tussen. Ik bel je over een minuutje terug, dat beloof ik je.'

Amanda smijt de hoorn op de haak en begint tegen Tammy

uit te varen. 'Nu is het genoeg, Amanda!' schreeuwt Tammy terug. 'Ik werk hier al jaren, en nu is het de laatste keer geweest dat je zo tegen me loopt te schreeuwen. En dan ook de laatste keer.'

Dat brengt Amanda tot bedaren. Ze vouwt haar handen in een gespannen driehoek samen op het bureau. 'Ik heb Jeb gezegd dat ik hem over een minuut weer zou spreken. Je hebt dertig seconden voordat ik je op staande voet ontsla en hem terugbel.'

'Lucian Crockett,' zegt Tammy.

Dat verrast haar baas. 'Ga door.'

'Ik heb hem net aan de telefoon gehad. Hij wil met ons in zee gaan... maar hij wil alleen maar met míj te maken hebben.'

Amanda's handen ballen zich tot vuisten. 'Je had niet met hem mogen praten. Je had het telefoontje naar mij moeten laten doorverbinden. Hij en zijn bedrijf zijn van mij. Ik heb er maanden aan gewerkt om die deal door te laten gaan. Maanden!'

'Ik heb niets geïnitieerd,' zegt Tammy. 'Hij wilde mij spreken, en hij was er zeer duidelijk over: hij en zijn bedrijf willen zakendoen met Pearson, Pearson & Price, maar alleen met mij. Niet met jou.'

Ze grijpt naar haar telefoon. 'En nu opgedonderd, jij.'

'Als je eraan zit te denken om Lucian te bellen, ik zou het niet doen, Amanda. Hij mag jou niet. Zijn vrouw en zijn moeder mogen je ook niet. Ik ben de enige reden voor hun ommezwaai.' Tammy doet een stap naar voren om het haar goed in te wrijven. 'Als je mij links laat liggen en deze deal binnen een uur verknalt, stap ik naar de directieraad om ze te vertellen dat je een miljoenendeal hebt gesaboteerd.'

Amanda's zorgvuldig gemanicuurde hand rust nog steeds op de telefoon. 'Ben je nu aan het kijken hoe ver je kunt gaan?'

'Nee, Amanda. Het is een voldongen feit. Lucian Crockett stapt bij ons aan boord, en ik verschaf hem zijn ticket.'

Ze trekt haar hand langzaam terug. Ze kijkt Tammy aan, werpt dan een blik op het raam en keert weer terug naar Tammy.

Er verschijnt een geforceerd glimlachje op haar gezicht. 'Goed, ik denk dat we het dan wel kunnen regelen... in het belang van het kantoor.'

'Afgesproken, Amanda. In het belang van het kantoor. Ik ben blij dat je het zo kunt zien.'

Er valt een stilte, maar Tammy is nog niet klaar. 'Dank voor je begrip, Amanda, maar er is nog steeds iets wat míjn begrip te boven gaat. Toen jij... inbrak in mijn appartement, en ik je had gezegd dat ik een auto-ongeluk had gekregen, zei je dat het verkeer op de Interstate 66 verschrikkelijk kon zijn. Hoe wist je dat het op die snelweg was? Ik had het je niet gezegd. Had jij dat ongeluk soms geregisseerd?'

Ze schudt haar hoofd. 'Nee... Tammy, ik kan valsspelen en grenzen aan mijn laars lappen, maar zoiets... nee.'

Amanda kijkt verlangend naar haar opbrandende sigaret. 'Het is een kwestie van informatie verkrijgen. Dat is alles. Ik verzamel altijd informatie over onze cliënten en employés. Jouw naam staat ook op zo'n lijst, meer niet. En ik kreeg een telefoontje van een bron van me, een agent van de Virginia State Police. Hij vertelde me over je ongeluk.'

'Oké,' zegt Tammy. Ze draait zich om en maakt aanstalten om naar de deur te lopen. 'Trouwens, voordat je Jeb terugbelt, kun je dan nog een ander telefoontje plegen? Voor het einde van deze week wil ik een groter kantoor met een beter uitzicht hebben.'

De glimlach verdwijnt van Amanda's geplamuurde gezicht, maar haar stem klinkt kalm. 'Ik zie niet in waarom niet.'

Tammy vertrekt. Net voordat ze haar binnenkort voormalige kantoor bereikt gaat haar telefoon. Ze kijkt op het scherm en herkent het nummer.

Ze heeft het gevoel dat het de laatste keer zal zijn dat ze dit nummer op haar scherm ziet.

86

Door de ramen van het Oval Office is te zien hoe het elk moment kan gaan regenen. De president van de Verenigde Staten gaat langzaam zitten. Als zijn stafchef hetzelfde lijkt te willen doen heft Harrison Tucker zijn hand op.

'Je kunt blijven staan,' zegt hij moe en verslagen. 'Dit zal niet lang duren.'

'Mr. President, ik...'

Tucker gebaart hem zijn mond te houden. 'Ik heb het min of meer aan mezelf te wijten, Parker. In Ohio proefde ik voor het eerst hoe het is om macht te hebben en ik vond het heerlijk, en jij bleef me er maar mee voeden en voeden. Het is zoals de relatie tussen een dealer en een verslaafde.'

'Harry...'

Tucker schudt zijn hoofd. 'Het is voorbij. Je gaat hier weg en ik wil je ontslagbrief binnen een uur op mijn bureau hebben liggen. Ik zal het netjes houden, ik zal je vol lof en dankbetuigingen laten vertrekken, maar dat was het dan, Parker. Je bent hier weg.'

De stafchef loopt naar de voorkant van het presidentiële bureau, hij zet zijn beide handen op het blad en leunt voorover. 'Jij idioot, wees toch eens een volwassen kerel en luister naar me. Oké? Die bitch van de geheime dienst... ze bluft alleen maar. Ze zal er niet mee naar buiten komen. Ze zal niet naar de pers stappen. We hoeven alleen maar deze laatste drie weken goed door te komen zodat je de verkiezingen zult winnen. Dat is alles, win die verdomde verkiezingen.'

Tucker heeft het gevoel dat alles wat hij heeft opgebouwd, alles wat hij gedaan heeft sinds hij hier op 1600 Pennsylvania Avenue zit voorbij is, kapotgemaakt door de man die voor hem staat.

'Jij wilde mijn vrouw dood hebben. Verdwijn uit mijn ogen.'

'Ik wilde dat je herkozen werd. En als we daarvoor die koude bitch moesten…'

Tucker staat abrupt op, zodat hun voorhoofden elkaar bijna raken. 'En nu ben je hier weg, ik eis je ontslag, ik zal mijn mond dichthouden en verder zoek je het maar uit. En nu wegwezen!'

'Je bent hier alleen maar omdat ík je hier heb gekregen,' zegt Hoyt. 'En dan is dit mijn beloning?'

'Parker, je verlaat nú het Oval Office, of ik laat je door de geheime dienst wegslepen. Wil je dát soms morgenochtend op de voorpagina van *The Washington Post* hebben?'

Hoyt draait zich om en loopt over het tapijt naar de gewelfde deur, die hij niet achter zich sluit.

Tucker gaat langzaam zitten.

Hij voelt zich verschrikkelijk eenzaam, geïsoleerd, zelfs in dit paleis met honderden mensen.

Er is maar één ding dat hij kan doen.

Hij strekt zijn hand uit naar de telefoon.

87

Tammy Doyle sluit de deur van haar kantoor achter zich en neemt op. ‘Mevrouw Doyle?’ klinkt een vrouwenstem.

‘Ja?’

‘Dit is het Witte Huis,’ zegt de vrouw. ‘Blijf aan de lijn voor de president.’

De aankondiging ‘blijf aan de lijn voor de president’ had haar altijd in vervoering gebracht, ze voelde zich speciaal en geliefd.

Maar nu?

Tammy voelt alleen maar afkeer.

‘O, dank u.’ Er volgt een droge klik, en dan hoort ze die vertrouwde stem.

‘Tammy?’

Ze loopt naar het kleine raam en verheugt zich nu al over het riante uitzicht dat ze volgende week zal hebben.

‘Hallo, Harry,’ zegt ze.

Ze hoort hem zuchten. ‘God… het is goed om je stem te horen. Echt waar. En ik moet met je praten.’

‘Harry, ik ben blij dat Grace is gevonden. Ik wist niet eens dat ze werd vermist. Jij?’

Deze vraag lijkt haar minnaar in verwarring te brengen. ‘Eh, er waren indicaties… hier en daar… Tammy, ik weet dat het zware dagen voor je waren. Ik ben niet eerlijk of open tegen je geweest, dat spijt me echt. Over een paar weken zijn de verkiezingen achter de rug en dan kunnen we elkaar weer zien.’

Tammy blijft naar buiten kijken. Het sprookjesachtige Washington ligt zo ver weg van de huurflat in South Boston waarin ze is opgegroeid.

Een sprookjesstad, denkt ze. Met boze koningen en koninginnen, met intriges en verraad, en een voortdurende strijd om de macht.

'Tammy? Ik… hou van je, schat. Dat doe ik echt.'

Deze zoete woorden zijn veranderd. Het zijn gewoon… woorden.

Beneden in de straat claxonneert een taxi.

'Ik hou ook van jou, Harry. En ik zal je missen.'

'Wat zeg je nu, Tammy?'

Ze had eerder gedacht dat dit gesprek zwaar zou zijn, of deprimerend, of schokkend, maar nee, ze vindt het…

Versterkend.

Bevrijdend.

'Harry, we hebben een geweldige tijd gehad samen, met speciale herinneringen. En ik beloof je dat ik nooit uit de school zal klappen over wat we met elkaar hadden. Ik zal die geheimen voor altijd bewaren. Maar ik kan niet meer terug naar toen, dat is onmogelijk. Het is tijd om verder te gaan.'

'Tammy, alsjeblieft, geef ons een kans, geef ons wat tijd.'

'Nee, het spijt me, Harry. Dit is mijn leven, alleen maar mijn leven. Ik wil in de toekomst niet meer aan jou verbonden zijn. Ik zal geen first lady worden, of de allereerste presidentiële vriendin. Ik heb gezien wat er met Grace is gebeurd, en dat zal mij niet overkomen.'

'O, Tammy…'

En voor het eerst in maanden gebruikt ze de oude beleefdheidsfrase.

'Vaarwel, Mr. President.'

88

De president van de Verenigde Staten zit alleen in het Oval Office.

De regen komt nu met bakken uit de hemel, het water stroomt langs de balkondeuren achter zijn bureau naar beneden.

Het is dus voorbij.

Het is allemaal voorbij.

Peinzend kijkt hij naar zijn schone en lege bureau, naar de foto's van hem en Grace die er staan om het bezoek te laten denken dat hij een geweldig en gedegen huwelijk heeft.

En wat heeft hij nu?

Hij weet het, en de angst slaat hem om het hart.

Nu heeft hij niets meer.

Grace zal hem nooit terugnemen.

Parker is weg.

En nu wil Tammy ook niets meer met hem te maken hebben.

De zwaarbewolkte hemel maakt het nog donkerder en benauwder in het Oval Office.

De president van de Verenigde Staten staart naar zijn telefoon.

Hij kan de hoorn pakken en de vicepresident bellen, die op het moment campagne voert in Georgia en Florida.

Of hij kan zijn secretaresse, mevrouw Young, bellen en haar een heerlijke gourmetmaaltijd voor hem laten regelen.

Of hij kan contact opnemen met de fameuze telefooncentrale van het Witte Huis, om binnen een paar minuten de president van Polen aan de lijn te hebben, of de directeur van Columbia Pictures, of de nieuwste wereldberoemde rapper, of de mooiste actrice van Hollywood.

Al die macht, al die mogelijkheden, het ligt allemaal binnen handbereik.

Maar met welk doel?

Waarom zou hij?

De president van de Verenigde Staten zit alleen in het Oval Office.

Hij blijft naar zijn stille telefoon staren.

89

Op de derde etage van het Waterford County Hospital inspecteert hulpsheriff Roy Bogart vanuit de deuropening zijn vippatiënt. Ze ligt opgekruld op haar zij in het bed, met haar gezicht naar de muur en een handboei om haar pols.

Mooi zo.

Hij draait zich om en loopt naar de verpleegkundigenpost, die zich iets verderop bevindt. Naast de deurpost staat een stoel die voor hulpsheriff Nancy Cook is bedoeld, maar een van haar kleine kinderen moest verschrikkelijk overgeven, dus ze komt wat later.

Maar dat is oké.

Toen hij de patiënt een uur geleden voor het eerst inspecteerde lag ze er zwijgend en bewegingloos bij. Ze lag op haar zij met een handboei om haar pols die aan het ziekenhuisbed was geklonken. Daar heeft Roy geen problemen mee, hij heeft in de loop van de jaren veel patiënten moeten bewaken. Degenen waar je gek van werd waren zij die schreeuwden over hun slechte behandeling, of dat ze een ondersteek moesten gebruiken, of dat ze sowieso nauwelijks in bedwang konden worden gehouden.

Deze patiënt is goed te doen. Ze is klein en licht getint. Ze lijkt het zwaar te hebben gehad. Hij had op de verpleegsterspost gehoord dat ze met een kogelvrij vest aan drie keer in haar borst is geschoten. Die arme meid heeft een flinke opdonder gekregen, en toen Roy met haar probeerde te praten keek ze alleen maar van hem weg.

Ook goed.

Op de verpleegkundigenpost slaat hoofdverpleegkundige

Rhonda Buell haar ogen op. Ze is een lekker ding met mooie rondingen, en hoewel hij oud genoeg is om haar vader te zijn kan hij het niet nalaten om met haar te flirten.

Ze buigt zich op haar stoel naar hem toe en zegt: 'Hoe is het, Roy?'

'Prima, schat. En jij?'

'Z'n gangetje,' zegt ze glimlachend, en Roy fantaseert erover dat ze zo'n verpleegstertje is dat op mannen in uniform geilt. Als hij mazzel heeft kan hij haar misschien wel voor een lunch uitnodigen als hun dienst erop zit.

'Ik wilde net even de kantine met een bezoekje vereren om een kop koffie te halen,' zegt Roy. 'Moet ik er ook een voor jou meenemen?'

'Ja, lekker… maar kun je je patiënt wel alleen laten?'

'Ach wat, je zei me dat haar borst een paar flinke klappen heeft gekregen, en dan zit ze ook nog vast aan een handboei. Die zal niet snel ontsnappen, hoor.'

'Ja, je hebt gelijk,' zegt ze. 'Ik hoorde trouwens dat de FBI, de Virginia State Police en de lokale politie beneden in een vergaderkamer zitten te ruziën onder wiens jurisdictie ze valt.'

'Ik weet nog steeds niet wat ze nu eigenlijk heeft gedaan, jij wel?'

Rhonda schudt haar prachtige blonde hoofdje als de liftdeuren open glijden en de bezwete, rood aangelopen hulpsheriff Nancy Cook verschijnt, een grote vrouw in een bruin uniform met een blikje frisdrank in haar hand.

'S-sorry dat ik zo laat ben, Roy,' stamelt ze. 'Je weet hoe het is met die kleintjes.'

'Ik weet er alles van,' zegt hij. Perfect, denkt Roy, dan kan zij de wacht houden en ik naar de kantine gaan. 'Wacht, ik zal het je even laten zien.'

Hij gebaart in de richting van de kamer waarin de vippatiënt ligt en ze lopen er samen heen. Als ze bij het bed staan zegt Roy: 'Hé, juffrouw, dit is de andere hulpsheriff die je de komende tijd zal bewaken.'

Geen antwoord, maar dat mag geen verrassing heten.

Maar een seconde later is de verrassing compleet.

Er is geen patiënt.

Alleen maar wat opgepropte kussens onder de deken, een bungelende handboei en grote plukken zwart haar op het bovenste kussen zodat het er net uitzag of er iemand lag te slapen. Jezus, denkt Roy, ze heeft dat haar er zelf uitgetrokken of ze heeft het afgesneden.

Nancy staat zwaar ademend naast hem.

'Mijn god, het spijt me dit te moeten zeggen, Roy,' zegt ze, 'maar ik ben eigenlijk wel blij dat ik zo laat ben.'

90

Het is waarschijnlijk de laatste keer in mijn leven dat ik mijn identificatiepasje van de geheime dienst moet tonen om langs een kordon van politieagenten en persoonlijke beveiligers te komen, zodat ik met een paar minuten vertraging voor de kamer in het Blair House sta, dat – ironisch genoeg – op loopafstand van het Witte Huis ligt en ook het officiële gastenverblijf van de president is.

De deur wordt geopend door een van de first lady's 'kinderen' uit de East Wing die me door de zitkamer voorgaat naar een ronde eettafel waaraan een fris uitziende Grace Fuller Tucker zit. Voor haar staat een koffieservies uitgestald en ze zegt: 'Kan ik je iets aanbieden, agent Grissom?'

Op gewone momenten zou ik beleefd hebben geweigerd, maar, ik heb er de laatste dagen veel over nagedacht, dit is geen gewoon moment.

'Graag,' zeg ik, 'maar ik schenk zelf wel in.'

Ze knikt. Ik ga tegenover haar zitten en schenk mezelf uit een zilveren pot een dampende kop koffie in, waar ik twee suikerklontjes bij doe. De first lady is naar de kapper geweest, ze draagt een zwarte pantalon met een witte coltrui erboven en er zit een schoon verband om haar linkerhand.

'Hoe gaat het met uw hand?' vraag ik.

Ze houdt hem op en kijkt ernaar alsof het een vreemd object is dat aan haar arm is vastgemaakt. 'Stukken beter,' zegt ze. 'De chirurg in het ziekenhuis heeft de wond schoongemaakt en opnieuw gehecht, en ik heb een paar geweldige pijnstillers meegekregen. Ze wilden dat ik er een nachtje bleef, maar daar heb ik een stokje voor gestoken.'

De first lady glimlacht, en het is prettig om de focus van haar warmte en aandacht te zijn, wat niet wegneemt dat ik haar nog wat vragen heb te stellen.

'Was het moeilijk,' vraag ik, 'toen uw vader het topje van uw pink afsneed?'

Ze blijft glimlachen. 'Hij heeft jarenlang de Cleveland Clinic bestuurd, en daar heeft hij de kunst afgekeken. Hij heeft het kundig gedaan.'

Ik neem een slok koffie. 'Het plan moet lang in de maak zijn geweest...'

'Niet zo heel lang,' zegt ze. 'We zijn eraan begonnen toen mijn verdenkingen jegens Harrison bleken te kloppen.'

'Ik heb nog het een en ander over meneer Fuller nagetrokken,' zeg ik. 'Het schijnt dat hij in het bestuur zit van een bedrijf dat eigenaar is van *The Cleveland Plain Dealer*. Ik kan me zo voorstellen dat een journalist of redacteur van deze krant eerst naar hem toe zullen stappen als ze iets hebben gehoord over de affaire van uw echtgenoot.'

Mevrouw Tucker zegt niets, maar het nauwelijks zichtbare hoofdknikje zegt genoeg. En ik vervolg: 'Maar... hij confronteert de president niet met deze informatie. Dat zou niet slim zijn geweest. In plaats daarvan zet hij de hinderlaag in Atlanta op. Dat heeft me altijd verbaasd. Meestal is er bij zulk sensationeel nieuws één tv-zender of krant die de primeur heeft. Het is vrij ongelooflijk dat er op het moment suprême verschillende tv-zenders en journalisten van concurrerende kranten aanwezig waren. Alsof ze allemaal tegelijkertijd waren getipt.'

Haar glimlach verbreedt zich. 'Ja, dat is vrij ongelooflijk, toch?'

'Net zo ongelooflijk als uw... verdwijning,' zeg ik. 'Hoelang denkt u dat het verhaal over uw val in de rivier, uw bewusteloosheid en het verwonden van uw pink stand zal houden?'

Ze tilt haar koffiekopje tussen duim en wijsvinger op. 'Mag ik je vragen waarom je hier precies bent, agent Grissom?'

'Tegen het eind van deze zag zal agent Grissom niet meer bestaan,' antwoord ik. 'Het wordt gewoon weer Sally Grissom. Er is de laatste dagen te veel gebeurd.'

'Dat spijt me.'

'Dank u,' zeg ik. 'Ik had een voorbeeldige carrière bij de geheime dienst, een smetteloze reputatie, maar... die is nu weg.'

'Kom dan bij mij,' zegt de first lady. 'Ik kan iemand met jouw ervaring goed gebruiken.'

'U zult altijd door de geheime dienst worden beschermd, zelfs als de president en u uiteindelijk zullen scheiden.'

'Dat weet ik,' zegt ze. 'Maar ik heb niet gezegd dat ik iemand voor mijn persoonlijke bescherming nodig heb.'

Dan valt het allemaal op zijn plek, zoals op de momenten dat ik Amelia met een puzzel hielp. Je zoekt, zoekt en zoekt nog verder, tot het laatste stukje alles duidelijk maakt.

'Dat was een goed doordachte actie, met het briefje, het afgesneden pinktopje en de rest,' zeg ik.

'Ik had verwacht dat het briefje je in verwarring zou brengen, en dat je aan een mogelijke zelfmoord zou denken, maar daar ben je blijkbaar nooit van uitgegaan. Waarom niet?'

'U leek me niet het type om er een einde aan te maken,' zeg ik. 'Nee, u bent het type dat de president straft en zijn kansen voor een tweede termijn wil vernietigen... en dan ook nog eens honderd miljoen dollar onder zijn neus wegkaapt.'

'Ik zie het eerder als een herverdeling,' zegt de first lady. 'Honderd miljoen dollar die ik zonder voorwaarden of verplichtingen kan inzetten om tienduizenden kinderen te helpen. Ik heb mijn echtgenoot en Hoyt jarenlang gevraagd voor het budget en de toekenning om zoiets te kunnen doen, maar ik werd altijd uitgelachen, genegeerd of gepiepeld. En toen besloot ik er iets aan te doen.' Ze houdt haar verbonden hand op. 'Geen slechte ruil.'

Ik zit met Grace Fuller Tucker aan de ronde tafel en laat mijn gedachten de vrije loop. In mijn lange jaren bij de geheime dienst heb ik altijd symbolische functies beschermd: de president, de vicepresident, de first lady en ga zo maar door. Wie het was deed er minder toe dan de functie.

Maar nu zie ik geen symbool, of een codenaam, of een protegé tegenover me zitten. Ik zie een sterke vrouw – sterker dan ik – die compromissen heeft moeten sluiten en die tegenslagen heeft gekend, die er spijt van heeft dat ze nooit kinderen heeft gekregen, maar die nu haar eigen pad volgt en het verschil wil maken.

Niet als first lady.

Maar als vrouw.

'Mijn vader heeft de stichting waarvan ik aan het hoofd zal staan al opgericht. Ik heb iemand nodig die slim en doortastend genoeg is om de geldbedragen ongezien naar mijn stichting en andere instellingen door te sluizen. Het is misschien wat minder opwindend dan je vorige baan, maar ik garandeer je dat je van nu af aan meer tijd met je dochter zult kunnen doorbrengen.'

Amelia, denk ik. Mijn arme, lieve Amelia. Die me met haar liefde en haar cadeau heeft gered.

'Doe je mee?' vraagt de first lady.

Daar hoef ik niet over na te denken.

'U kunt op me rekenen,' zeg ik.

91

Parker Hoyt zit in de kale, schone keuken van zijn luxueuze huis in McLean, Virginia. Hij drinkt zijn ochtendkoffie op voordat hij naar buiten gaat voor zijn dagelijkse uitje.

Hij kijkt door het raam boven het aanrecht en ziet de menigte die hem bij het eind van de oprit staat op te wachten. Zo gaat het elke dag sinds zijn verrassende vertrek uit het Witte Huis, journalisten en fotografen die voor zijn huis bivakkeren en op een brokje nieuws wachten, alles wat de honger van het nationale perskorps maar kan stillen.

Nou, denkt Parker, die zijn simpele zwarte mok in de gootsteen zet, ze kunnen wachten tot ze een ons wegen.

Hij loopt naar de hal en trekt zijn jas aan om zo *The Washington Post* van die ochtend op te halen die altijd op het gazon van de voortuin wordt gegooid. De afgelopen dagen is hij druk in de weer geweest en er gaan genoeg nieuwe uitdagingen komen. Hij mag er dan wel even uit liggen, hij zal nooit van het toneel verdwijnen.

Parker opent de voordeur en kuiert over de oprit. De meute merkt hem op, er wordt gemompeld en een paar keer geroepen en de lampen van de tv-camera's flitsen aan. Hij geniet ervan om met ze te spelen, om ze te sarren en zich van de domme te houden over zijn plotselinge vertrek.

Hij is absoluut niet van plan om deze idioten te vertellen waar hij mee bezig is, de telefoontjes van bepaalde Europese landen die zijn advies willen hebben over hun toekomstige relatie met de nieuwe regering die eraan lijkt te komen. De telefoongesprekken met zijn oude werkgever, die hem heeft verzekerd dat er binnen een paar maanden een vacature voor hem zal worden geregeld. En er belde zelfs een uitgeverij uit New York die hem een gigantisch bedrag bood voor zijn memoires.

Memoires.

Waarom niet?

Maar één ding is zeker: er zal niets in komen te staan over de opgenomen telefoongesprekken die op de iPhone van die vrouw stonden, een iPhone die hem was overhandigd door de agent van de geheime dienst die voor hem werkte, en die hij in het haardvuur heeft gegooid.

Telefoontjes.

Vreemd dat die oude heks van een Amanda Price hem niet heeft teruggebeld, maar het kan Parker eigenlijk niets meer schelen. Er wacht hem een schitterende, maar vooral ook veilige toekomst.

'Meneer Hoyt!'

'Kunt u ons vertellen waarom u uit het Witte Huis bent vertrokken?'

'Hebt u de president de laatste dagen nog gesproken?'

'Wie zal de komende verkiezingen winnen?'

Hij glimlacht zo natuurlijk mogelijk naar de verzamelde pers, die hij eigenlijk haat. 'Zoals ik al eerder heb gezegd, ik heb geen commentaar' zegt hij.

Hoyt werpt een blik op het gazon, maar verdorie, er ligt geen krant.

Waar is dat ding?

Dan hoort hij tussen de vragen die de menigte op hem afvuurt een stem opklinken: 'Hier is uw krant, meneer Hoyt.' De krant wordt omhooggehouden, hij stapt van zijn terrein af om hem te pakken. Maar nu hij zich niet meer op zijn eigen terrein bevindt is hij een gewillige prooi geworden voor de hongerige journalisten, die zich om hem heen verdringen en hem bestoken met hun dwingende vragen terwijl de camera's beginnen te flitsen. Dan voelt hij een scherpe steek in zijn nek…

Zijn nek?

Hij wankelt naar achteren de oprit op, legt zijn rechterhand op zijn nek en bekijkt dan zijn vingers.

Een bloeddruppel.

Nu zit hij op de oprit. Hij voelt zich verschrikkelijk moe en vraagt zich af hoe hij daar terecht is gekomen.

Het laatste wat hij ziet voordat het hem zwart voor de ogen wordt is een tengere, lichtgetinte vrouw die uit de meute wegloopt en zich omdraait.

Ze blaast hem een kus toe.